MAX LANDORFF

OHNE REUE

DIE RÜCKKEHR DES REGLERS

rütten & loening

MAX LANDORFF

OHNE REUE

DIE RÜCKKEHR DES REGLERS

THRILLER

rütten & loening

MIX
Papier | Fördert
gute Waldnutzung
FSC® C083411

ISBN 978-3-352-00986-0

Rütten & Loening ist eine Marke
der Aufbau Verlage GmbH & Co. KG

1. Auflage 2023

www.aufbau-verlage.de
10969 Berlin, Prinzenstraße 85

Satz Greiner & Reichel, Köln
Druck und Binden CPI books GmbH, Leck, Germany

Printed in Germany

PROLOG

Jonathan Healy, den alle nur BB nennen, die Abkürzung für »Big Black«, weil er 203 Zentimeter groß ist, 250 Pfund schwer und seine Haut die Farbe seiner Vorfahren aus Ghana hat, schreckt aus dem Schlaf hoch und braucht ein paar Sekunden, um zu begreifen, was los ist. Vor ihm wird gerade jemand erschossen. Der Mann bricht zusammen, röchelt noch das Wort »Verräter«. Dann wird der riesige Panasonic-Flachbildschirm schwarz, und in weißer Schrift erscheint zuerst der Name des Regisseurs, dann rechts unten im Bild das Feld »Nächste Folge«. Den Fernseher hat er sich vergangenes Jahr geleistet. Und gleich zusätzlich den Mitronic-Massagesessel, der vier verschiedene Entspannungsprogramme hat. BB sucht auf seinem Schoß nach der Fernbedienung und schaltet den Fernseher aus.

Jemand pocht an seiner Tür, und zwar so laut, dass es auch einen Bären aus seinem Winterschlaf geweckt hätte. BB blickt auf seine Armbanduhr und stellt fest, dass es schon nach Mitternacht ist. Er wird die Folge der Serie morgen noch einmal anschauen, offenbar ist er gleich zu Beginn eingeschlafen.

»Ja«, ruft er laut und gleitet etwas steif aus dem Sessel, »komme ja schon!«

Wer zum Teufel will denn um diese Uhrzeit etwas von ihm?

Sein kleines Steincottage liegt am Ortsende von Marlsworth Grove, direkt zwischen Ortsschild und dem Feuerwehrhaus. Es besteht im Grunde nur aus einem größeren Raum mit Kochnische, einem dahinter liegenden Schlafzimmer und einem kleinen Bad. Aber es hat einen Speicher für allerhand Krempel und einen erstaunlich großen Garten, in dem BB seine Tomaten, Kohlrabi und

Gurken anbaut. Die Kohlrabi sind dieses Jahr richtige Prachtexemplare.

BB dreht den Schlüssel um und öffnet die schwere alte Holztür.

Der Mann, der jetzt im Lichtschein vor ihm steht, sieht ihn wortlos an.

»Sie?«, fragt BB erstaunt.

Die Nacht hinter dem Mann ist schwarz und still.

»Bringen Sie mich zu ihm, bitte«, sagt der Mann.

»Jetzt? Mitten in der Nacht? Warum?«

»Bitte«, sagt der Mann.

BBs lange stumme Blicke sind bei seinen Freunden und Kollegen berühmt. Dieser jetzt ist so lang wie die englische Küste. Schließlich greift er sich seine Jacke, die innen neben dem Eingang hängt, zieht die Schlüssel ab und wirft die Haustür hinter sich zu. Er geht an dem Mann vorbei zur Straße. Den silbernen Audi SUV, der dort parkt, ignoriert er.

»Wir nehmen meinen Wagen.«

Es ist eine milde Oktobernacht. Der Himmel ist klar, aber ohne Mond. Das Scheinwerferlicht des Wagens beleuchtet eine schmale Teerstraße, tastet sich an Hecken entlang. Ab und zu taucht eine Einfahrt zu einem Grundstück auf. BB fährt einen alten Mazda, bei dem die Schienen des Fahrersitzes nach hinten versetzt worden sind, damit er Platz hat.

»Wie geht es Daniel?«, fragt der Mann auf dem Beifahrersitz nach einer Weile.

BB zuckt die Achseln.

»Wir hören viel Musik in letzter Zeit«, sagt er. Dann lächelt er. Und beginnt leise zu singen. »Yummy Yummy Yummy, I got love in my tummy … Kennen Sie das?«

Vom Beifahrersitz kommt keine Reaktion.

»Ohio Express heißt die Gruppe. Bubblegum-Musik aus den

sechziger Jahren des vorigen Jahrhunderts. Die liebt er. Sugar, Sugar … Mercy, Mercy … solche Songs.«

BB setzt den Blinker, der laut klackt. Sie biegen in eine Einfahrt ein, auf einen leicht ansteigenden Kiesweg. Rhododendronbüsche, ein steinerner Brunnen.

»Sie wissen, dass Daniel jetzt schläft«, sagt BB und denkt an das Röhrchen mit der Aufschrift »Slenyko«. »Und Sie wissen auch, wie tief er jetzt schläft.«

Ein Gebäude taucht auf. Türme, Erker, Torbögen. Grauer Stein, alle Fenster dunkel. BB hält den Wagen vor der Treppe zum Eingang an, macht den Motor aus. Sie steigen aus und gehen auf eine schwach beleuchtete breite Glastür zu. Daneben ist eine große Granitplatte an der Mauer angebracht mit eingravierten Buchstaben: »Castle Winwood«.

BB hält eine Plastikkarte an ein Lesefeld, die Flügel der Glastür gleiten zur Seite. Die Lichter im Eingangsbereich gehen automatisch an. Hinter einem Empfangstresen auf der rechten Seite ertönt ein Seufzer. Eine junge Frau richtet sich in ihrem Stuhl auf und blinzelt. Ihre blonden Haare sind ein bisschen verstrubbelt.

»Schon gut, Jenny, schlaf weiter«, sagt BB. »Alles in Ordnung.«

Die Frau blickt BB und den anderen Mann an, nickt und sieht den beiden Männern hinterher, wie sie die gewundene Steintreppe in den ersten Stock nehmen. Die Glastüren im Eingang gleiten wieder zu.

Das Zimmer 21 ist am Ende eines langen Ganges. BB öffnet die Tür leise, knipst die Beleuchtung an, dimmt sie aber gleich mit geübtem Griff ab. Er schließt die Tür wieder, tritt zur Seite und mustert den Mann, den er mitgebracht hat. Er sieht verändert aus seit ihrer letzten Begegnung. Ungepflegt, unrasiert, ziemlich fertig. Wie jemand, der drei Nächte durchgemacht hat. Seine Augen schweifen unruhig durch das Zimmer. Immer noch dieselbe Holzkiste mit Spielsachen steht da in einer Ecke, immer noch dieselben Bilderbücher stehen aufgereiht und unbenutzt im Regal. Nur das große Foto vom Meer an der Wand, das ist neu, und die Bluetooth-Lautsprecherbox neben dem Bett auch. Auf dem Kissen unter der Decke mit den blauen Sternen spitzt ein dunkler Haarschopf hervor.

Der Mann tritt an das Bett, zieht die Decke ein wenig zur Seite, betrachtet das Gesicht des Kindes. Dann setzt er sich an den Bettrand, zieht die Schuhe aus und legt sich daneben. Er zieht die Decke über sich und schließt den Jungen fest in seine Arme.

»Können Sie mich morgen früh wecken, bevor alles losgeht, hier?«, flüstert er in Richtung BB. »Dann verschwinde ich wieder.«

BB sieht, dass der Mann die Augen schließt. Er bleibt noch eine Weile stehen, dann hört er gleichmäßige Atemzüge und verlässt das Zimmer.

Als er unten im Empfangsbereich ankommt, gehen wieder automatisch die Lichter an. Zu BBs Überraschung sitzt Jenny zwar auf ihrem Drehstuhl hinterm Tresen, allerdings mit dem Rücken zu ihm.

»Jenny? Alles okay? Sorry, dass wir dich gestört haben«, sagt BB.

Jenny antwortet nicht. Liest sie etwas? Ist sie doch eingenickt? Irgendwie scheint ihm ihre Haltung plötzlich merkwürdig.

»Jenny?«

Er tritt an den Tresen, beugt sich darüber und stupst sie an der Schulter. Der Sessel dreht sich in seine Richtung. Jetzt sieht BB mehrere Dinge gleichzeitig. Er sieht, wie Jenny ihn anstarrt, erschrocken und ungläubig. Er sieht, dass ihre weiße Bluse ganz nass und dunkelrot ist. Und er sieht, dass aus ihrer Brust der Griff eines Messers ragt.

In diesem Moment hört er hinter sich eine Stimme. Sie klingt ruhig und angenehm. Wie ein Arzt, der zu einem Patienten spricht.

»So, Herr Healy«, sagt diese Stimme. »Und nun gehen wir beide noch einmal in den ersten Stock.«

TEIL 1
Heute

»Du sollst nicht töten.«

(BIBEL)

ERSTER TAG

Pfarrkirche Oberronnberg, Niederbayern

Die Stimme am Telefon klang nach Angst. Der Pfarrer Joseph Lichtinger konnte im ersten Moment gar nicht einschätzen, ob es eine männliche oder eine weibliche Stimme war. Jung klang sie und sorgenvoll. »Herr Pfarrer, ich muss Sie unbedingt sprechen. Nicht am Telefon, darf ich vorbeikommen? Ich brauche Ihren Rat. Es ist dringend.«

Der Pfarrer dachte an seinen Rehrücken, den er jetzt gleich in den Ofen schieben wollte. »Gut, dann kommen Sie doch sofort«, sagte Lichtinger. »Wissen Sie, wo das Pfarrhaus ist?«

»Ja, ich kenne mich aus. Ich würde aber lieber in die Kirche in Oberronnberg kommen. Können wir auch in der Kirche reden?«

»Das geht auch«, sagte Lichtinger.

In der kleinen Kirche in Oberronnberg wurden schon lange keine regelmäßigen Messen mehr gehalten. Sie wurde nur noch zu besonderen Gelegenheiten geöffnet, Taufen, Gedenkgottesdienste, hin und wieder eine intime Trauung. Sie lag einsam auf einem Hügel, große Maisfelder davor, kahl jetzt im Herbst, dahinter Wald. Joseph Lichtinger lenkte seinen VW Golf über einen schmalen Teerweg, der eigentlich nur für land- und forstwirtschaftlichen Verkehr freigegeben war. Aber da zählte sich der Pfarrer großzügig dazu. Er textete seiner Haushälterin, dass es etwas später würde mit dem Abendessen. Er hatte sie zu seinem Rehrücken eingeladen. Es dämmerte bereits, und über den Feldern bildete sich Nebel. Er wunderte sich, dass er kein anderes Auto vor der Kirche sah, aber als er näher darauf zu fuhr, entdeckte er beim Eingang eines dieser modernen E-Bikes, die wie kleine Motorräder aussahen und auch fast so schnell waren. Eine Gestalt löste sich aus dem Schatten der Hauswand, während Lichtinger parkte und ausstieg.

Es war ein junger Mann. Ein wenig mehr als zwanzig Jahre alt, schätzte Lichtinger. Sehr blass. Jeans, schwarzer Anorak. Er nahm die Mütze ab. Lange, weiche blonde Haare fielen auf seine Schulter.

»Hallo«, sagte er nur. Und: »Danke.«

Lichtinger sperrte die Kirche auf, und sie setzten sich in die erste Reihe der schlichten Holzbänke.

»Herr Pfarrer, meine Wut …« So begann der junge Mann. »Diese Wut … Wenn einem was ganz Schlimmes angetan worden ist, richtig schlimm … Da hab ich die Frage an Sie: Wo kann ich mit meiner Wut hin, wie kann ich den Wunsch nach Rache und Vergeltung loswerden?«

Oberronnberg war keine helle Kirche, die Fenster waren eher klein und die Scheiben bunt bemalt mit Motiven aus dem Neuen Testament. Sie ließen selbst an einem Sommertag nicht viel Licht herein. Lichtinger stand auf und knipste die indirekte Beleuchtung hinter dem Altar an. Der junge Mann schien ihm sehr aufgeregt, und der Pfarrer sah es als seine Aufgabe an, ihn erst einmal zu beruhigen. Deshalb zündete er noch drei Kerzen auf einem Ständer neben der Bank an, ehe er sich wieder setzte und fragte:

»Was hat man Ihnen angetan? Was ist da passiert?«

Aber es kam kein Gespräch zustande. Der junge Mann wirkte abwesend. Als würde er nicht zuhören, als erwartete er auch nicht wirklich eine Antwort auf seine Frage.

Lichtinger überlegte, mit welchen Worten er den jungen Mann doch erreichen könnte.

Aber da stand sein Gegenüber schon auf. In der Hand plötzlich einen Revolver. Er richtete ihn auf das Gesicht des Pfarrers.

»Wo ist Gabriel Tretjak?«, fragte er. Und seine Stimme klang jetzt sehr anwesend.

Lichtinger starrte in die Mündung der Waffe. Er wunderte sich, dass er nichts fühlte. Vielleicht der Schock.

»Ich weiß es nicht«, sagte er. Es war lange her, dass er von Gabriel gehört hatte. Aber es passte zu ihm, dass er sich auf eine so sonderbare Weise zurückmeldete. Wenn es um seinen Freund Gabriel ging, wurde es immer gefährlich. »Was wollen Sie von ihm?«

Die Frage schien im Zwielicht der Kirche zu verharren. Und der blonde junge Mann machte einen Schritt nach vorne.

»Sie wissen es nicht?«, fragte er. Und er setzte dem Pfarrer den Lauf der Waffe auf die Stirn. »Das glaube ich Ihnen nicht, Herr Lichtinger. Nach meinen Informationen sind Sie der einzige Mensch, der immer genau weiß, wo Gabriel Tretjak ist. Also noch mal: Wo ist er?«

Lichtinger suchte fieberhaft nach einem Gedanken, der ihn befreien konnte, einem Satz, den er sagen konnte, um diesen Mann abzulenken oder wenigstens davon zu überzeugen, dass er die Wahrheit sprach.

»Ich weiß es wirklich nicht«, sagte er. »Ihre Information stimmt schon lange nicht mehr.«

Er sah, wie der Mann wieder zurücktrat, aber ohne den Revolver zu senken. Er holte aus seiner Anoraktasche ein kleines schwarzes Etui hervor, bückte sich, legte es vor sich auf den Boden und öffnete es. Lichtinger erkannte kleine Werkzeuge, Messer, Feilen, eine Säge, eine Zange, eine Pinzette.

»Wie Sie wollen«, sagte der Mann. »Dann werde ich die Antwort anders aus Ihnen herausziehen müssen.«

Lichtinger war in seiner Jugend Leistungsturner gewesen, hatte damals sogar eine Zeit lang im Ringverein mittrainiert. Aber das war Jahre her, Jahrzehnte. Er war noch fit, aber nicht fit genug, um es mit einem Revolver aufzunehmen. Er beobachtete den Mann, wie er ein Messer aus dem Etui nahm. Und als er den Blick sah, mit dem der Mann sich ihm jetzt näherte, wusste Pfarrer Josef Lichtinger: Das hier würde nicht gut ausgehen.

ZWEITER TAG

Ludwig-Maximilian-Universität, München

August Maler war überrascht gewesen, dass der Hörsaal so voll war. Einige der Menschen hatten nicht mal einen Sitzplatz gefunden, sondern lehnten an den Wänden. Der Dekan der medizinischen Fakultät hatte gelächelt. »Ich wette, manche sind gar keine Medizinstudenten«, hatte er gesagt. »Wir sind eben auch besser geworden im Marketing. ›Der Kommissar mit den drei Herzen‹ war anscheinend eine zugkräftige Überschrift.«

Nun stand er also vor diesen jungen Leuten und fragte sich, wie er auf sie wirkte. Ein schmaler grauhaariger Mann in grauer Kleidung, den niemand aus dem Publikum in der U-Bahn bemerkt hätte. Das Interessanteste an ihm konnte man nicht sehen, dazu hätte er sich ausziehen müssen. Es waren zwei Narben. Eine war auf seiner Wade. Sie war klein und rund und niedlich. Sie rührte von einer Schusswunde her, die er sich bei der Verfolgung eines flüchtigen Verdächtigen zugezogen hatte. Lange her. Die andere war dreißig Zentimeter lang, rosa und hässlich, und sie verlief senkrecht von oben nach unten auf seinem Brustbein. Nicht so lange her. Kriminalkommissar August Maler sollte hier erzählen, wie das so war, wenn man herzkrank wurde, wenn einem schließlich dieses Herz aus der Brust geschnitten und durch ein fremdes ersetzt wurde. Und wenn dann das fremde Herz auch wieder krank wurde und noch mal ersetzt wurde.

Der Dekan stellte die meisten Fragen, aber die Studierenden durften sich auch in das Gespräch einschalten. Maler hatte sich nicht zum ersten Mal für so eine Veranstaltung zur Verfügung gestellt. Pflichtbewusstsein? Ja, er fand es schon wichtig, dass die Patientensicht in der immer komplexer werdenden Apparatemedizin gehört wurde. Aber nicht nur: Irgendwie fühlte er sich dabei auch selbst gut. Inge behauptete, es läge daran, dass ihm wieder bewusst wurde, wie wertvoll sein Leben war.

Inge.

Welche Rolle spielen Partner und Angehörige? Hatte eine Studentin mit einer blauen Brille eben gefragt.

Maler erinnerte sich an seine Nächte auf dem Balkon ihrer Wohnung, als es ihm so schlecht ging, als er nur noch im Sitzen atmen konnte und an Schlaf nicht zu denken war. Die Nächte, in denen die Entscheidung anstand. Er wollte zuerst keine zweite Transplantation, auch deshalb, weil er Inge und den Kindern das Ganze nicht noch einmal zumuten wollte. Das Warten auf das geeignete Herz, die Angst, die Operation, die Sorgen bei den Besuchen in der Intensivstation … Diese langen schweren Monate. Aber fast jede Nacht gab es den Moment, in dem Inge sich plötzlich zu ihm gesellte auf dem Balkon. Oft redeten sie gar nichts, saßen nur still nebeneinander. Nach einer Weile stand Inge auf, legte ihm ihre Hand auf die Schulter und ging wieder ins Bett.

»Ich weiß nicht, ob das für alle gilt«, sagte Maler, »aber für mich kann ich sagen: Ohne meine Frau und meine Familie hätte ich es nicht geschafft.«

Es folgten Fragen zur Medikamentierung, zur Reha, zum Dialog mit den Ärzten, zu seiner körperlichen Verfassung. Die letzte Frage lautete: Wie das denn jetzt in seinem Job sei als Kriminalbeamter in der Mordkommission? Da lächelte er und gab seine Standardantwort. »Ich arbeite inzwischen genauso wie die Verbrecher – in Teilzeit mit sehr flexiblen Zeiten.«

Es war jetzt kurz nach fünfzehn Uhr. Maler stand im Gang vor dem Hörsaal, wechselte noch ein paar Worte mit dem Dekan und verabschiedete sich. In diesem Moment baute sich eine Frau vor ihm auf, die er schon vorher aus den Augenwinkeln wahrgenommen hatte.

»Grüaß Gott, Herr Kommissar,« sagte sie. »Freisinger ist mein Name.«

»Grüß Gott, Frau Freisinger.« sagte Maler, »was kann ich für Sie tun?«

»Nix. Für mich können's gar nix tun, aber ich, ich wollt Ihnen was sagen. Ich bin ja von Beruf Sanitäterin …«

»Das sehe ich.«

Frau Freisinger trug eine weiß-rote Uniform, mit dem sichtbaren Roten Kreuz darauf. Die Uniform kaschierte weitgehend, wie korpulent sie war. Der runde, feuerrote Kopf ließ darauf schließen, dass da einiges kaschiert werden musste.

»In Straubing«, sagte sie, »hab heut wieder die späte Schicht wie gestern.«

Sie erzählte, dass sie gestern Abend zu einer kleinen Kirche gerufen wurden, wo ein Pfarrer lebensgefährlich verletzt in seinem Blut lag.

»Die Haushälterin hat sich gewundert, wo der bleibt und ist zur Kirche gefahren. Da hat sie ihn gefunden. Der hat schlimm ausgeschaut, der Pfarrer. Messerstiche im Gesicht und überall. Und immer wollt er noch was sagen, ich bin ganz nah an seinen Mund. War echt schlecht zum Verstehen. Der hatte ganz schlimme Schmerzen. Maler hab ich dann verstanden, Kommissar Maler. Und dann hat er noch was gesagt, da war ich erst nicht sicher, ob ich's überhaupt richtig verstanden hab.«

»Was hat er gesagt?«, fragte Maler.

»Also, der hat gesagt: Es geht um den Regler. So hat er des gesagt. Grad noch hat er's rausgebracht. Und dann war er schon bewusstlos. Ich hab erst gedacht, der meint ein Gerät. Den Polizisten, die inzwischen auch schon da waren, hab ich das auch gesagt. Das hat die aber nicht interessiert.«

Maler sah die Sanitäterin an. Er spürte, wie ihm kalt wurde.

»Wie hieß der Pfarrer?«, fragte er.

»Lichtinger – Joseph Lichtinger. Sagt Ihnen der Name was?«

»Was ist mit dem Pfarrer passiert?«

»Ich mag das nicht beurteilen, aber das war ein Angriff. Überall Wunden. Ein Finger hat ihm auch gefehlt. Jetzt liegt er im Koma in der Klinik in Straubing. Glaub nicht, dass der durchkommt.«

Maler merkte, dass er die Sanitäterin abwesend anstarrte.

»Es gibt übrigens noch einen anderen Kommissar Mahler. In Essen, der schreibt sich aber mit h«, sagte Freisinger. »Ich hab Sie heut Nacht ja gegoogelt. Die Veranstaltung hier war gleich das Erste, was gekommen ist. Und dann auch alte Schlagzeilen von Ihren Fällen. Da war's dann: der Regler. Hat doch einen Sinn ergeben, was der Pfarrer gesagt hat. Das wollt ich Ihnen sagen.«

»Danke, Frau Freisinger«, sagte Maler. Er sah der Sanitäterin nach, wie sie ihren schweren Körper durch den Gang der Uni schob.

Maler suchte die Toilette auf, spritzte sich Wasser ins Gesicht und ging langsam zum Ausgang. Wo stand noch mal sein Wagen?

Schellingstraße? Georgenstraße? Wie in Trance lief er umher. Als er ihn schließlich gefunden hatte, blieb er ein paar Momente hinter dem Steuer sitzen.

Joseph Lichtinger. Der Pfarrer.

Und Gabriel Tretjak. Der Regler. So hatte er sich selbst bezeichnet. Der Mann, der anderer Leute Leben regelte. Mit allen Mitteln.

Das war die Selbstbeschreibung seines Berufs.

Maler startete seinen Wagen und lenkte ihn durch den einsetzenden Feierabendverkehr Richtung Autobahn Lindau. Immer noch wohnten die Malers in derselben Wohnung im Stadtteil Germering. Mit dem Balkon, auf dem er so viele elende Stunden verbracht hatte. Mit dem Treppenhaus, wo es zu einem Schusswechsel gekommen war, bei dem dieser Gabriel Tretjak ihnen das Leben gerettet hatte.

Inge hatte dennoch damals gemeint, dass sie diesen Mann nie mehr in ihrem Leben haben wollte.

Maler hatte in seiner Ehe gelernt, dass es gar nichts brachte, Sachen zu verschweigen, weil man den anderen schonen wollte. Trotzdem war er sich jetzt sicher, dass er Inge nichts von dem Besuch der Sanitäterin erzählen würde, auf keinen Fall.

Stattdessen beschrieb er am Abend in der Küche bei mit Auberginen und Hackfleisch gefüllten Pfannkuchen den überfüllten Hörsaal.

»Ich bin mit einem Star verheiratet«, sagte Inge.

»Ja, das bist du«, sagte Maler.

Ihr jüngerer Sohn Max verdrehte die Augen und ging in sein Zimmer. Ihr älterer Sohn Paul war unterwegs mit seiner Freundin Paula, angeblich bei einem Vortrag, und wollte auch bei ihr übernachten.

»Waren auch Groupies da?«, fragte Inge.

»Jede Menge«, erwiderte August Maler.

DRITTER TAG

Polizeipräsidium München

Die Kreuzung Arnulfstraße Landshuter Allee war ein Gewirr von Ampeln, Abbiegespuren, Auffahrten zum mittleren Ring und Fußgängerübergängen. Wer sich an dieser Kreuzung verabredete, um ins Auto zu springen, musste auf die Minute pünktlich sein. An ein längeres Stehenbleiben war nicht zu denken. Qualle war immer pünktlich. Maler hielt an, Qualle riss die Tür auf, warf sich auf den Beifahrersitz, Maler fuhr weiter.

»Chef, ich habe eine Idee«, sagte Qualle. Das war meistens der erste Satz, den Maler von ihm jeden Morgen zu hören bekam. Maler hatte sich darauf eingestellt, dass man nicht sofort alles verstand, was er sagen wollte. Aber meistens wurde dann doch irgendwann klar, dass es nie blöd war, was Qualle sagte.

»Ich muss da rein«, sagte Qualle.

Maler schwieg.

»Ich glaube, es geht nicht anders. Ich will wissen, was das für Leute sind. Wie die ticken. Wer da mit wem fickt.«

»Hilf mir kurz«, sagte Maler, »ich war mit meinem Kopf gerade ganz woanders. Von was sprichst du?«

»Na, vom Obdachlosenasyl. Von dem Mord an dem Mann, der den Papagei im Zimmer hatte.«

»Ach ja«, sagte Maler, »klar.«

»Ich habe schon einen Weg gefunden. Ich könnte da inkognito eine Woche in dem Café unten arbeiten, so eine

Art Kantine ist das, die suchen dringend Leute. Sag ja, Chef, bitte.«

August Maler hatte gelernt, was alle Polizisten gelernt haben. Polizisten machen keine Rollenspiele. Polizisten ermitteln mit offenem Visier. Polizisten sind keine verdeckten Ermittler, und wenn sie es eines Tages werden, dann ist das eine andere Baustelle.

Maler sagte: »Okay, mach.«

»Danke, Chef.«

August Maler mochte seinen Assistenten inzwischen, er mochte dessen Energie. Wie lange arbeiteten sie jetzt zusammen? Zwei Monate? Zwei Dinge waren an Qualles erstem Arbeitstag auffallend gewesen. Die Haare, beziehungsweise was von ihnen noch übrig war, ein hoher Kamm, Farbe Lila. Mein Name ist, sagte er: Qualle.

Jeder wie er mag, dachte Maler. Und er sagte es auch, als einmal von oberer Stelle Fragen kamen. Qualle? Sein eigentlicher Name war Thomas Quadel. Quadel konnte er aber nicht leiden, daher machte er den Spitznamen zu seinem Namen. Außerdem war er sehr schlank, fast dürr. All seine Prüfungen an der Polizeischule hatte er mit der Bestnote abgeschlossen.

»Hast du eigentlich gerade ein Problem im Leben?«, fragte ihn Maler, während sie sich im Schritttempo durch den Stau zur Innenstadt quälten.

Qualle sah ihn verdutzt an.

»Wie meinst du das?«

»Na, irgendein Problem, das du gern gelöst hättest. Kannst auch eins erfinden.«

»Erfinden? Da brauch ich keins erfinden«, sagte Qualle. »Mein Problem ist meine Schwester. Sie ist ein Messi und wohnt in dem riesigen Haus meiner Mutter in Memmingen, seit die gestorben ist. Sie müllt es von oben bis unten zu. Wir könnten es verkaufen oder vermieten, aber nein, no way. Sie sagt, ich kann ja auch dort wohnen. Fuck you very much. Und weil sie arbeitslos ist, pumpt sie mich ständig an oder klaut in Supermärkten.«

Qualle machte eine Pause.

»Gutes Problem?«

Maler lächelte.

»Gutes Problem«, sagte er. »Was würdest du sagen, wenn einer käme, der das für dich regelt. Er schickt dich in Urlaub, sagen wir zwei Wochen Mallorca. Und wenn du zurückkommst, ist das Haus leer und aufgeräumt, ein Makler ist schon im Gespräch mit möglichen Käufern, deine Schwester wohnt in einer kleinen Wohnung, hat einen Job und macht eine Therapie.«

Qualle schnellte nach vorne, schlug mit der flachen Hand aufs Armaturenbrett.

»Hast du die Telefonnummer von dem Mann?«, sagte er lachend.

»Hatte ich mal«, erwiderte Maler.

Qualle sah ihn fragend an.

»Hör zu«, sagte Maler. »Du musst mir auch einen Gefallen tun. Sieh dir mal die Akte eines Mannes namens Gabriel Tretjak an. Weiß nicht, ob sie schon digitalisiert ist, sonst musst du ins Archiv. Ist umfangreich, du wirst sehen. Verschaff dir einen groben Überblick, das reicht.«

Qualle nickte. Fragte nichts nach.

Falscher Zeitpunkt, dafür hatte er ein Gespür. Gut so, dachte Maler.

Er hatte jetzt die Parkplätze vor dem Polizeipräsidium erreicht und hielt an.

»Fährst du nicht in die Tiefgarage?«, fragte Qualle.

»Nein«, sagte Maler. »Ich muss noch was erledigen, ich komme erst Mittag.«

Qualle stieg aus. Bevor er die Tür zuschlug, beugte er sich noch mal ins Wageninnere.

»Ach, Chef«, sagte er und grinste. »Bitte nicht Mallorca. Ich fahr überallhin, aber nicht nach Mallorca, sagen Sie das dem Mann.«

INTENSIVSTATION, KREISKRANKENHAUS STRAUBING

Eigentlich hätten Intensivstationen für August Maler nichts Besonderes mehr sein dürfen. Zu oft war er in einer gewesen, als Kriminalkommissar und als Patient. Er wusste genau, welches Gerät welche Bedeutung hatte, kannte die Bilder der Kontrollmonitore, das leise Seufzen der Beatmungsapparate, das gelegentliche Piepen, wenn die Flasche an einem Tropf leer war, das Klingeln, das den Blutdruckabfall eines Patienten vermeldete. Trotzdem hatte er immer das Gefühl, dass seine Seele sich auf Zehenspitzen stellte, wenn er so einen Raum betrat. Die Grenze zwischen Leben und Tod war für ihn hier körperlich spürbar. Und die professionelle Ruhe, mit der das Personal seinen Dienst tat, schien ihm immer ein Zeichen, dass es den Ärzten und Pflegern ähnlich ging.

Die Intensivstation im Kreiskrankenhaus Straubing war nicht groß, aber sehr modern. Glaswände mit Jalousien, niedrige Tresen, große Fenster, angenehm abgedunkelt durch Streifen von Milchglas.

Um das Bett von Joseph Lichtinger war ein ganzer Wald von Halterungen errichtet worden, die Medikamentenspender und Kontrollgeräte trugen. Von dem Pfarrer selbst war nicht viel zu sehen. Nur sein dunkelblonder Haarschopf und seine geschlossenen Augen, die mit einer weißen Salbe eingecremt waren. Darunter ragte schon der Tubus des Beatmungsgerätes aus seinem Gesicht. Sein Körper war abgedeckt, nur die zwei Hände lagen ruhig auf dem Laken. Die eine war verbunden. Im Handrücken der anderen steckte eine Nadel mit einem Schlauch. Und an zwei Fingern klemmten Messfühler.

Die Kollegen von der Kriminalpolizei in Straubing hatten ihm schon das Wichtigste gesagt. Maler hatte den alten Fall nur am Rand erwähnt, nur kurz über die Sanitäterin gesprochen. In Straubing gingen die Ermittlungen in eine andere Richtung. Der Pfarrer war in einen Missbrauchsfall verwickelt, als Aufklärer. Vielleicht wollte ihn jemand stoppen oder sich an ihm rächen.

So dachten die Kollegen dort gerade.

Lichtinger war offenbar grausam gefoltert worden und schließlich mit lebensgefährlichen Wunden von mehreren Stichen im Bauchraum zurückgelassen worden. Der Pfarrer habe sehr viel Blut verloren, hatte Maler erfahren, und innere Organe seien schwer verletzt worden. Die Prognose der Ärzte sei alles andere als gut.

Es geht um den Regler. Das waren seine letzten Worte gewesen. Joseph Lichtinger war Maler damals sympathisch gewesen, irgendwie ein guter Typ. Dubios eigentlich nur in seiner Beziehung zu Tretjak, die Maler nie ganz durchschaut hatte. Musste der Pfarrer jetzt den Preis für diese Beziehung zahlen? Wer hatte ihm die Rechnung aufgetischt?

Maler hatte einen sterilen Kittel an, Überschuhe und eine Haube, alles in Hellblau. Und er trug eine OP-Maske.

Es geht um den Regler.

Ja, das war damals auch so, Herr Lichtinger, nicht wahr? Maler dachte daran, dass er damals selbst in der Klinik gewesen war. Seine Fieberanfälle, als sein Körper das neue Herz abstoßen wollte und das Fieber stieg und stieg – und er doch noch den Fall lösen musste, den nur er lösen konnte.

Maler brach der Schweiß aus. Nur durch die Erinnerungen. Oder nein, da war noch etwas, schlimmer als die Erinnerungen. Gabriel Tretjak war der Mann, der Maler mehrmals an den Rand seiner Existenz gebracht hatte. Es ging um Leben und Tod. Wirklich um Leben und Tod.

Er spürte, wie sein Telefon in der Hosentasche vibrierte, das hatte es vorhin schon mal getan. Er hatte vergessen, es beim Betreten der Intensivstation auszuschalten. Aus einem merkwürdigen Reflex heraus berührte Maler die verbundene Hand des Pfarrers und sagte leise: »Alles Gute.«

Dann wandte er sich ab, warf am Ausgang die Überziehklamotten in den bereitgestellten Korb, bedankte sich beim Arzt, der unkompliziert gewesen war, und verließ das Krankenhaus. Draußen atmete er tief die frische Herbstluft ein. Tatsächlich hatte sich die Sonne den Weg durch die Wolkendecke frei gekämpft. Maler beschloss, einen Spaziergang zu machen. Aber aus diesem Vorhaben wurde nichts. Als er das Handy aus der Hosentasche holte, sah er, dass Inge schon dreimal angerufen hatte.

»Warum gehst du nicht ans Telefon?«, fragte sie, ihre Stimme klang blechern.

»Ich war in der Intensivstation«, sagte er und fügte gleich hinzu: »Nein, nein, nicht meinetwegen.«

»Hör zu«, sagte sie, und er merkte jetzt, dass sie völlig verstört war. »Paul hat heute Nacht gar nicht bei Paula übernachtet! Und deren Eltern dachten, die beiden sind bei uns. Und beide sind heute Vormittag nicht in der Schule erschienen. Die Handys sind tot. August, die sind verschwunden, einfach weg, um Gottes willen …«

»Ich komme«, sagte August Maler.

Er ging zu seinem Wagen, startete den Motor und verbat sich irgendeinen anderen Gedanken als den: Paul vierzehn, Paula auch vierzehn, erste Liebe, verrücktspielende Hormone. Da macht man so was. Durchbrennen, abhauen, Fesseln sprengen, Gefühlen folgen …

Genau das würde Inge in jeder Polizeidienststelle zu hören bekommen, wenn sie zum jetzigen Zeitpunkt eine Vermisstenanzeige aufgeben wollen würde. Das wusste sie auch.

Malers Verbot für andere Gedanken hielt bis zum mittleren Ring in München, wo er sich Richtung Autobahn Lindau einfädelte. Dann wählte er die Nummer eines Kollegen bei der Kripo, der ein Spezialist für verschwundene Menschen war. Vermisste Menschen, entführte Menschen, depressive Menschen. Er schilderte ihm die Situation und bat ihn, am Abend vorbeizukommen. Maler würde dafür sorgen, dass auch Paulas Eltern anwesend waren.

»Mach ich, August«, sagte Kollege Norbert Krug, »ist doch klar.«

Dann wählte Maler noch eine Nummer.

»Bist du schon in dieser Kantine bei den Obdachlosen?«

»Nein«, antwortete Qualle. »Aber ich wurde schon eingewiesen, heute Abend erster Einsatz, zwei Stunden.«

»Du wirst die Akte Tretjak noch nicht gelesen haben«, sagte Maler.

»Aber reingeschaut hab ich, fünf Ordner sind das, nix digital.«

»Du musst ihn finden, Qualle. Melderegister, Visaanträge, Handelsregister … einfach alles, überall. Was ich noch weiß, ist, dass er nach Hongkong gegangen ist, mit seiner Frau, Name vielleicht Carola, weiß nicht mehr genau.«

»Ist was passiert?«, fragte Qualle.

»Ich sag es dir morgen, bitte leg los.«

Gabriel Tretjak meldete sich in Malers Leben zurück. Und am selben Tag verschwand Malers Sohn.

Zufall?

Wahrscheinlich. Hoffentlich. Lieber Gott.

Aber Tretjak und Zufall?

STADTTEIL GERMERING, MÜNCHEN

Sie hatten es ein paar Mal verschoben, das erste Treffen. Es gab anscheinend auf beiden Seiten ein ähnliches Grundgefühl: Ja, unbedingt, wir Eltern müssen uns kennenlernen, bald. Ja, aber eben: bald.

Aus bald war jetzt geworden. Ein vielleicht etwas verkrampfter, jedoch freundlicher Abend war der Düsternis des Augenblicks gewichen. Die Eltern von Paula Zimmermann saßen in der kleinen Küche der Eltern von Paul Maler. Frank Zimmermann macht beruflich irgendwas mit Kunst und ist nett, hatte Paul gesagt. Und über Marie Zimmermann, dass sie irgendwas bei Facebook arbeite und auch nett sei. Das war der Informationsstand, bevor Paula und Paul gestern verschwanden.

Marie Zimmermann war eine zierliche, bunte Erscheinung. Alles, was sie auf dem Körper trug, hatte eine andere auffällige Farbe. Die Schuhe, die Hose, das T-Shirt, die Strickjacke, die Ohrringe, die Haarspange, sogar die Armbanduhr, sie war hellblau. Das Gesicht aber war sehr blass an diesem Abend, klar, es wirkte spitzig wie von einem Vogel. Dunkle Augen, groß, mit intensivem, flackerndem Blick. Inge und sie hatten sich heute Nachmittag schon getroffen, hatten die Freunde und Freundinnen der beiden angerufen, waren sogar umhergefahren, zu Cafés, zu Paulas Volleyballclub, zu einem Vinylschallplattenladen, wo sich die Clique manchmal traf – ohne Ergebnis.

Frank Zimmermann war ein großer Mann, er trug einen anthrazitfarbenen Anzug und eine schwarze Hornbrille, seine Haare waren raspelkurz geschnitten. Ausstrahlung: ruhig, besonnen. Die Rolle der Väter, so wirkte es an diesem Abend: Sie sorgten sich eher im Hintergrund, versuchten, der Sorge eine Struktur zu geben. Maler fand, dass das Zimmermann nur bedingt gelang. Sein Knie federte ununterbrochen auf und ab, so dass sogar der Tisch zitterte.

Maler hatte ein paar Brote geschmiert, die unberührt auf dem Tisch standen. Daneben zwei Flaschen Mineralwasser. Max, der Bruder von Paul, war nur kurz aufgetaucht, hatte die Zimmermanns artig begrüßt und dann gesagt: »Darf ich auf mein Zimmer gehen?«

»Ich versuche jetzt mal ein paar Sätze zu formulieren«, sagte August Maler, »was passieren wird, wenn gleich der Norbert Krug kommt. Er ist ein guter Mann, sonst hätte ich ihn nicht gebeten herzukommen.«

»Kennt er den Fall?«, fragte Marie.

»Ich habe ihm erzählt«, sagte Maler, »was ich erzählen konnte.«

»Hast du ihm erzählt, dass wir davon überzeugt sind, dass ein Verbrechen passiert ist.« Maries Stimme vibrierte.

»Ich habe ihm gesagt, dass wir das befürchten.«

»Ich befürchte es nicht, ich weiß es«, zischte Marie. »Das Letzte, was ich hier brauche, wenn wieder einer sagt, die sind doch ein Liebespaar, vielleicht machen sie sich einfach nur eine heiße Zeit.«

»Marie«, sagte Frank Zimmermann, »lass das doch. Das hat

keinen Sinn. Der Mann ist noch gar nicht da. Ist doch gut, dass er kommt.«

»Marie«, sagte Inge, »uns geht es doch allen genauso, aber es bringt überhaupt nichts, wenn wir die Nerven verlieren.«

»Ja«, sagte Marie, »entschuldigt bitte.«

»Krug wird Fragen stellen«, sagte Maler, »dafür ist er da. Und es werden möglicherweise Fragen sein, die uns weh tun oder uns ärgern. Darauf müssen wir uns einstellen.«

Es läutete an der Haustür. »Das wird er sein.« Maler stand auf.

Maler kannte Krug seit vielen Jahren. Persönlich nahegekommen waren sie sich nie. Manchmal mussten sie zusammenarbeiten, wenn aus Vermisstenfällen Mordfälle wurden. Krug war bekannt für seine Gelassenheit, seine Nervenstärke und seine völlige Humorlosigkeit. Und er war immer in Schwarz gekleidet. Schwarze Jeans, schwarzes Hemd. Auch an diesem Abend.

Er setzte sich an den Küchentisch und übernahm sofort die Gesprächsführung. Er stellte sich kurz vor und trank einen Schluck Wasser. »Paul ist vierzehn, Paula auch. Sie sind seit etwa sechs Monaten ein Paar und verbringen seither sehr viel Zeit miteinander. Und seit gestern Abend sind sie verschwunden. Ohne jeden Kontaktversuch seither. Ist das so weit richtig?«

»Ja«, sagte Maler.

»Erzählen Sie mir bitte, wie und wann Sie das Verschwinden der beiden bemerkt haben. Wer möchte anfangen?«

»Ich kann anfangen«, sagte Marie. »Ich hatte Paula gebeten, mir heute mein Kleid aus der Reinigung zu holen. Ich hätte heute Abend eine Veranstaltung gehabt, da wollte ich das Kleid anziehen. Die Reinigung liegt auf dem Schulweg, sie wollte es gleich nach der Schule abholen. Ich dachte ja, dass sie hier bei den Malers übernachtet hat. Ich hatte einen anstrengenden Tag, ein Meeting nach dem anderen, zuhause im Homeoffice. Um halb zwei wunderte ich mich, dass Paula noch nicht da war. Ich versuchte sie anzurufen, doch das Handy war ausgeschaltet. Dann habe ich Inge angerufen. Und dann die Schule.«

»Hat Paula das Kleid in der Reinigung abgeholt?«, fragte Krug.

»Nein.«

»Du hast versucht, die Handys der beiden zu orten?«, fragte Krug in Richtung Maler.

»Ja. Gleich heute Nachmittag. Kein Ergebnis. Entweder wurde ein Störprogramm installiert, oder, wahrscheinlichere Variante, die Handys sind in der Isar gelandet. Eigentlich war ich heute um siebzehn Uhr mit Paul verabredet, um ihm in so einem Spieleladen ein Videospiel zu kaufen. Er hat nächste Woche Geburtstag, das hatte er sich gewünscht.«

»Er braucht dich zum Videospiel kaufen?«, fragte Krug.

»Ja. Das Spiel ist ab achtzehn. So ein Ballerspiel. Ich hätte es kaufen müssen.«

Nicht die geringste Regung in Krugs Gesicht. Kein Zucken mit der Wimper, er fragte weiter: »Haben Sie gestern irgendwas Besonderes an den beiden bemerkt?«

»Sie meinen im Nachhinein?«, fragte Inge Maler.

Krug nickte.

»Eine Sache gab es. Paul hatte heute eine Prüfung und wollte gestern am Nachmittag mit einem Freund lernen, bei ihm zuhause. Aber er hatte seine Mappe mit dem Lernstoff vergessen. Wie konnte er ohne lernen? Ich hab mich geärgert, weil er sich bessern wollte. Weil er versprochen hatte, mehr für die Schule zu tun.« Nach einer Pause fügte Inge hinzu: »Heute ärgere ich mich, dass ich mich über so was geärgert habe.«

August Maler wartete darauf, dass Krug den Satz sagte, dass Paul vielleicht deshalb nicht gelernt hatte, weil er schon gewusst hatte, dass er die Prüfung nicht schreiben würde. Aber Krug sagte den Satz nicht. Er vermied alles, was Emotionen auslösen könnte. Er fragte stattdessen, ob sich die beiden in letzter Zeit verändert hatten, ob sie irgendwie bedrückt gewirkt hätten.

Bei den Antworten kam nicht viel heraus.

Inge sagte, Paul sei in letzter Zeit häufig genervt gewesen. »Man merkte, dass sein Leben nur um Paula kreist. Alles andere nervte ihn. Ich hatte keine Ahnung, was in seinem Kopf wirklich vorgeht.«

»Das ist doch normal, bei einem jungen Liebespaar«, meinte Frank Zimmermann.

Irgendwann setzte Marie zum Monolog an. Sie musste es tun, sonst wäre sie gestorben, auf der Stelle, dachte Maler. Warum sie davon überzeugt war, dass etwas Schreckliches passiert war. Weil Paula heute einen Vortrag hätte halten müssen, zusammen mit ihrer besten Freundin. »Sie hat sie hängenlassen. So was tut Paula nicht.« Sie sagte dann noch, dass Paula ihr Instagramkonto sehr wichtig war. Dreimal am Tag hatte sie was gepostet, mindestens. Und plötzlich gar nichts mehr: Glaubt doch kein Mensch. So ist sie nicht, so ist sie nicht, so ist sie nicht … Jeder ihrer Sätze hatte diese Botschaft. Krug notierte alles, was ihm wichtig schien auf seinem iPad.

Maler spürte, wie seine Gedanken abschweiften, als das Gespräch sich im Kreis drehte. Er ging auf die Toilette und wählte Qualles Nummer.

Sein Assistent nahm sofort ab.

»Hast du was erfahren über Tretjak?«, flüsterte Maler.

»Null«, erwiderte Qualle. »Erstaunlich. Erster Eindruck:

Der Mann ist seit vier Jahren wie gelöscht. Aber ich bin dran, hab alle Strippen gezogen.« Im Hintergrund waren die Geräusche der Kantine zu hören, wo Qualle jetzt arbeitete, um seine Ermittlungen in dem anderen Fall voranzutreiben.

»Gut«, sagte Maler und legte auf.

Er wusch sich die Hände und lauschte auf das dumpfe Gemurmel, das aus der Küche kam. Sehr viel später sollte er sich fragen, warum er Marie Zimmermann nicht ganz genau zugehört hatte. Warum ihm dieser Fehler unterlaufen war.

Als er wieder in die Küche kam, nahm ihn Krug zur Seite: »Du hast noch einen zweiten Sohn, ja?«

»Ja«, sagte Maler, »soll ich ihn holen? Er ist in seinem Zimmer.«

Aber Krug wollte lieber selbst in das Zimmer gehen und allein mit Max reden. Es waren nur ein paar Minuten, für die er in dem Zimmer verschwand, aber immerhin: ein paar Minuten.

Maler überlegte, ob er seinem Kollegen Krug von Tretjak erzählen sollte. Er entschied sich dagegen. Was sollte er auch erzählen?

Zum Schluss sagte Krug, er werde eine Vermisstenmeldung herausgeben. »Normalerweise machen wir das erst später. Aber in diesem Fall …«

Er klopfte August Maler auf die Schulter. Und er legte mehrere seiner Visitenkarten auf den Tisch, »Da ist meine Handynummer drauf, Sie können mich immer anrufen.«

Einige Stunden später, im dunklen Schlafzimmer, nach dem wievielten Versuch des Einschlafens, tastete Inge kurz nach Augusts Hand.

»Ich fände gut«, sagte sie, »wenn du mir bald verrätst, was du vor mir verheimlichst.«

VIERTER TAG

Stadtteil Germering, München

Irgendwann musste er dann doch eingeschlafen sein. Jedenfalls wachte August Maler auf, wobei Aufwachen ganz sicher das falsche Wort war, um seinen Zustand zu beschreiben. Die Angst war sofort da, bevor er noch irgendeinen Gedanken fassen konnte. Die Angst hatte sich nicht an einem bestimmten Ort festgesetzt, sie überzog alles, als hätte irgendjemand seinen gesamten Körper mit Angst eingecremt.

Inge lag nicht neben ihm. Wann war sie aufgestanden? Hatte sie überhaupt geschlafen? Draußen war es dunkel, finster dunkel, nichts kam durch das Fenster herein, was man Licht nennen könnte. Maler zog den kleinen Wecker vom Nachttisch, eigentlich sollte er die Zeit beleuchten, doch das hatte er nie wirklich gemacht. Maler hielt den Wecker nahe ans Gesicht. Nach einigen Augenblicken konnte man in der Regel wenigstens erahnen, wie spät es war.

Kurz vor sieben. Immerhin.

Inge und Max saßen in der Küche. Es sah so aus, als hätten die beiden schon einige Minuten Schweigen hinter sich. Max hatte seinen Kakao vor sich und sein Handy, Inge ihren grünen Tee und ihr Handy. Max stand auf, er musste in die Schule, der Bus kam gleich. Er schlürfte wortlos zur Tür, wollte sich gerade seinen Kopfhörer aufsetzen.

»Du hast gar nicht gefragt, ob es was Neues von Paul gibt?«, fragte Inge.

Keine Reaktion von Max. Kein Blick zu seiner Mutter.

Inge stand auf, ging ziemlich schnell auf Max zu und packte ihn an den Schultern, viel zu fest. »Weißt du was von Paul? Du musst uns das sagen. Was hast du dem Polizisten gestern Abend gesagt?«

Max entzog sich dem Griff. »Lass das, Mama.« Und nach einer kurzen Pause: »Ich weiß gar nichts.«

»Entschuldige«, sagte Inge.

Max verließ die Wohnung.

August Maler ging auf Inge zu, versuchte seine Frau in den Arm zu nehmen.

Inge drehte sich weg: »Lass, es geht nicht …«

Sie nahm wieder am Tisch Platz, Maler setzte sich daneben. Und machte weiter mit dem Versuch, sie zu beruhigen. Sie – und sich selbst.

»Vielleicht müssen wir den Gedanken zulassen, dass wir Paul im Moment völlig egal sind. Er ist in seiner Welt. Er will was erleben. Vielleicht müssen wir einfach aushalten, dass er und Paula auf irgendeinem Trip sind. Inge, wie war es denn bei dir, als du vierzehn warst? Wenn ich mir überlege, wie ich …«.

»Hör auf!«, sagte Inge, und er sah, dass ihr Tränen über die Wangen liefen. »Hör auf damit! Unser Sohn ist verschwunden. Ich werde wahnsinnig. Du bist bei der Polizei. Das muss doch einmal für etwas gut sein. Ich will, dass du etwas tust, August. Du musst etwas tun.«

POLIZEIPRÄSIDIUM, MÜNCHEN

Die Technik war ihnen auf der Polizeischule beigebracht worden. Wie man es schafft, dass man die Ereignisse aus dem Beruf nicht mit nach Hause nimmt. Maler schloss die Augen.

Einmal mehr ausatmen als einatmen. Mit jedem Atemzug geht es tiefer in die Ruhe.

»Mit jedem Atemzug verabschieden Sie sich von den Gedanken und Geschehnissen des Tages.« Er hatte die Stimme von Frau Dr. Vohburg noch im Ohr. Ihr Psychologiekurs war meistens die letzte Unterrichtsstunde des Tages gewesen. Viele hatten sich damals lustig gemacht über diesen Quatsch. Maler nicht. Maler hatte schon damals das Gefühl, du überlebst in diesem Job nur, wenn du die Geister von dir fernhalten kannst. Einmal mehr ausatmen als einatmen …

Er merkte sofort, dass es nicht funktionierte. Andersherum ging es eben nicht. Das war früher auch schon so gewesen. Das eigene Leben wegatmen, um im Job zu funktionieren? Das ging schon schief bei seinen Herzoperationen und dem ganzen Mist, der danach folgte. Wenn er jetzt die Augen schloss, hatte er nur solche Bilder vor sich: sein Sohn in irgendeinem Straßengraben liegend, verblutend, sein Sohn von einem Verbrecher gefesselt und gequält, sein Sohn in irgendeiner Drogenhölle …

Mensch, Paul, wo bist du?

Was will man da wegatmen.

Er wusste, dass Inge alle fünf Minuten Pauls Handynummer wählte, dass er es deshalb nicht auch noch tun musste. Aber er tat es trotzdem.

»Paul hier, sag was du sagen willst.« Dann der Pfeifton.

Maler verließ den Wagen und nahm den Weg zum Aufzug. Qualle war diesmal nicht an der Kreuzung zugestiegen, hatte nur getextet: »Bin schon im Büro.« Er wusste inzwischen mit Sicherheit, dass Malers Sohn vermisst wurde. Aber Maler musste keine Gefühlsausbrüche befürchten. Denn eine Eigenschaft von Qualle schätzte er besonders. Er fragte nie etwas Persönliches.

Wie geht es dir?

Aus Qualles Mund eine undenkbare Wörterkombination.

Die Sekretärin der Münchner Mordkommission war leider ein bisschen anders gestrickt. Sie sprang auf, als August Maler sein Büro betrat. »August, wie geht es dir?«

Sie fing sofort an zu weinen.

»Hast du was gehört? Der arme Bub …«

Maler nahm sie in den Arm. »Beruhige dich bitte, Elisabeth, noch ist er ja nicht tot …«

Sie löste sich von ihm und wischte sich die Tränen ab.

»Qualle sitzt schon in deinem Büro«, sagte sie.

Maler ließ seine Bürotür meistens offenstehen. Heute schloss er sie hinter sich.

»Glaubst du, die Sache mit deinem Sohn hat etwas mit Tretjak zu tun?«, war Qualles erster Satz. Er saß auf dem Stuhl vor Malers Schreibtisch, auf dem Schoß seinen Laptop. Maler zuckte die Achseln, zog seinen Mantel aus, hängte ihn an den Haken hinter der Tür und nahm hinter dem Schreibtisch Platz. Er schob einen Stapel Papierkram zur Seite, fragte sich kurz, warum er eigentlich kein Bild von Inge und den Kindern hier stehen hatte, beugte sich vor und sah Qualle an.

»Was hast du herausgefunden?«

»Ich habe den Mann noch nicht gefunden«, sagte Qualle. »Das gleichmal vorneweg. Aber ich habe vielleicht ein interessantes Detail. Ich sage zuerst, was ich weiß, dann sage ich dir, was ich nicht weiß, da kannst du mir sicher weiterhelfen. Und am Ende sage ich dir das interessante Detail. Okay?«

Maler nickte. Er griff nach dem Telefonhörer. »Elisabeth, bringst du uns bitte zwei Kaffee.«

Qualle sah ihn fragend an.

»Manchmal braucht auch ein junges Herz bisschen Doping«, sagte Maler. Er wusste nicht, wem das Herz gehört hatte, das in seiner Brust schlug, das erfuhr man nicht. Aber dass es jünger war als er, davon konnte er ausgehen.

»Die Fälle mit diesem Regler haben dich jedes Mal in eine ziemliche Hölle geführt«, sagte Qualle. »Jeden von euch beiden, wenn ich das richtig sehe. Die Morde, die Verstrickungen mit vergangenen Fällen … Chef, du hast wahnsinnig gut gearbeitet damals, meine Fresse. Und das in deinem Zustand. Alle Achtung.«

Qualle hielt seinen Blick dabei konsequent auf den Bildschirm seines Laptops gerichtet.

»Ich habe auch das Geschäftsmodell des Reglers grob verstanden. Ein Konzernchef will seinen Aufsichtsratsvorsitzenden loswerden, ein Politiker will seine frühere Drogenkarriere von der Öffentlichkeit fernhalten, ein großes Filmprojekt droht an die Wand zu fahren, weil dem Hauptdarsteller die Verhaftung wegen Steuerhinterziehung droht. Eine reiche Industrieelle will, dass ihr junger heimlicher Geliebter aus ihrem Leben verschwindet … Dreckige Sachen werden weiß gewaschen. Und Gabriel Tretjak erledigt so was alles geräuschlos, sicher und für richtig viel Geld. Stimmt das so?«

Maler ließ sich mit der Antwort etwas Zeit.

»Ja, das stimmt schon so ungefähr«, sagte er dann.

Die Tür ging auf, und Elisabeth brachte die Kaffees. Besorgter und zugleich hoffnungsvoller Blick. »Gibt's schon was Neues?«

»Nein, Elisabeth«, sagte Maler. Und als sie wieder draußen war zu Qualle: »Tu mir den Gefallen und erwähne den Namen Tretjak auch ihr gegenüber erst mal nicht.«

Qualle nickte. »Willst du zu deinem Wort ›ungefähr‹ noch was sagen?«

Maler lächelte dünn.

»Es bezog sich auf das Wort Geld«, sagte er nach kurzem Zögern. »Tretjak ist ein sehr verschlossener Mann, der sich nie in die Karten schauen lässt. Nicht nur, weil das die Bedingung seines Berufes ist. Er hatte ja eine schreckliche Kindheit mit der totkranken türkischen Mutter und dem serbischen Vater, der dann umgebracht wurde … Das weißt du alles. Aber es gab zwei, drei Momente zwischen uns, da war es fast so, als würde er sich mir öffnen, wenigstens ein kleines Stück weit.«

Maler trank von seinem Kaffee.

»Einmal war das genau hier in meinem Büro, da sagte er plötzlich: ›Wissen Sie, Herr Maler, Geld darf keine Rolle spielen bei dem, was ich tue. Ich nehme nur Aufträge an, wenn ich spüre, dass der Mensch wirklich die Veränderung in seinem Leben will und auch bereit ist, die Verantwortung für diese Veränderung zu übernehmen. Tatsächlich sind die wenigsten dazu bereit.‹ Das hat er gesagt. Die meisten glauben, alles kann so bleiben wie es ist, nur eben an einer Stelle wird etwas geregelt. Aber so ist es nicht. O-Ton Tretjak: ›Ich verändere Lebensverläufe, Schicksale. Und ich lasse mich von keiner Summe dazu überreden, das zu tun.‹ So hat er das formuliert. Und behauptet, dass er manchmal auch umsonst arbeitet.«

»Aber er ist stinkreich geworden damit.«

»Ja«, sagte Maler. »Ich glaube, noch viel reicher, als wir das überhaupt durchschauen konnten. Was er auch mal gesagt hat: ›Je mehr Geld die Leute haben, desto mehr lassen sie ihre Probleme von anderen lösen.‹«

Qualle blickte plötzlich von seinem Computer auf. »Da hat er sicher recht«, sagte er. »Sie schicken schwierige Kinder auf Internate und noch schwierigere Kinder in Entzugskliniken. Sie kümmern sich selbst um gar nichts mehr. Seelische

Krüppel sind das. Anwälte übernehmen ihre Trennungen und Ärzte die gute Figur und das glatte Gesicht …«

Maler wartete, aber Qualle hatte den Kopf mit dem lila Kamm wieder gesenkt.

»Zuletzt war Tretjak entschlossen, damit aufzuhören«, sagte Maler, »Das war der Plan als er mit seiner Frau nach Hongkong ging.«

»In Hongkong haben die zwei sich wieder abgemeldet, als die Unruhen anfingen«, warf Qualle ein. »Auch ihre Firma haben sie aufgelöst, war so eine Art Unternehmensberatung.«

Maler nickte. »Es ist vielleicht mehr ein Gefühl, was ich jetzt sage, das steht nicht in den Akten. Tretjak hat bei seiner Arbeit immer die Vergangenheit radikal abgeschnitten, als könnte man sich von ihr trennen wie von einem alten Sofa. All die Fälle, die ihm später um die Ohren flogen, hatten damit zu tun, dass sich die Vergangenheit zurückmeldete, und zwar mit brachialer Gewalt. Er hat ja wie am Fließband Feinde produziert.«

Eine Weile saßen sie schweigend so da, jeder in seine Gedanken versunken. Maler fragte sich, was Qualle für eine Kindheit gehabt hatte. Seine Reaktion vorhin war ungewöhnlich gewesen.

»Was machen deine Obdachlosen?«, fragte Maler schließlich. »Kommst du weiter?«

Qualle schüttelte den Kopf. »Unfassbar, wie reaktionär die meisten in diesem Heim sind, dabei würde man doch denken, gerade da … Na ja.« Er winkte ab. »Das Lustigste ist der Papagei.«

Dann sagte er: »Chef, was ich noch nicht begriffen habe: Tretjaks Methode. *Wie* hat der Mann gearbeitet?«

Maler zuckte die Achseln, machte eine unbestimmte Handbewegung, als würde er etwas kneten.

»Tretjak ist der Überzeugung, dass man Menschen in hohem Maß manipulieren kann«, sagte er nach einer Weile, »und dass man mit kleinen Stellschrauben große Systeme verändern kann. Dazu hat er alle Erkenntnisse gesammelt, die es gibt. Er hat das Wissen von Hirnforschern angezapft, von systemischen Familientherapeuten, Hypnose-Experten, Chaos-Mathematikern, Stressforschern, Verhaltenspsychologen, sogar Verhörexperten. Er glaubte an die Macht der Information.«

Maler hielt kurz inne.

»Ein bisschen wie du.«

»Wie ich?« Qualle blickte erstaunt auf.

»Vergiss es«, sagte Maler.

Er hatte sich erinnert, wie er Inge einmal seinen neuen Assistenten beschrieben hatte: Der interessiert sich vor allem für das Neue. Er hat was von einem hochtechnisierten Staubsauger, der aber keinen Staub, sondern Informationen aufsaugt.

»Wenn Tretjak einen Auftrag annahm, durchleuchtete er alle beteiligten Personen und suchte nach Schwachstellen, Fehltritten oder sonstigen Ansatzpunkte, um sie in seinem Sinne zu manipulieren. Dann spannte er ein Netz verschiedenster Verbindungen auf, wo am Ende nur noch er durchblickte. Und er spielte einen gegen den anderen aus. Ich habe mal zu ihm gesagt: ›Im Grunde erpressen Sie die Menschen dauernd: Wenn Sie nicht das tun, was ich will, müssen Sie die bösen Konsequenzen ertragen.‹ Das Wort Erpressung gefiel ihm nicht …«

»Die Mafia«, sagte Qualle, »mag das Wort Erpressung auch nicht so gerne.« Er tippte die ganze Zeit Notizen in seinen Laptop.

»Es gab immer eine Menge Leute, die in Tretjaks Schuld

standen«, sagte Maler, »die ihm einen Gefallen schuldeten, die er anrufen konnte, wenn er eine Information brauchte. Und mit jedem Auftrag wurde dieses Netzwerk größer. Aber es gab eben immer auch eine Menge Leute, die eine Rechnung mit dem Regler offen hatten.«

»Hatte er ein Team?«

»Nein. Er hat immer allein gearbeitet.« Maler beugte sich vor. »Jetzt erzähl mir das interessante Detail, Qualle.«

Sein Assistent tippte noch einen Satz zu Ende und klappte den Computer zu.

»Es gibt ein Kind«, sagte er. »Einen Sohn. Daniel Tretjak. Jedenfalls wurde die Geburt vermeldet. Eltern: Gabriel und Carola Tretjak. Die Daten stammen von einer privaten Geburtsklinik in Hongkong. Aber mehr gibt es nicht. Wenn er lebt, ist der Junge heute fünf Jahre alt.«

FÜNFTER TAG

Via Monte Napoleone, Mailand

Der Wagen bremste so sanft ab, dass er ohne den geringsten Ruck zum Stehen kam.

»Wir sind da, Signora«, sagte der Fahrer mit Blick in den Rückspiegel. Er hatte graue Schläfen und dunkle Augen. Catherine Bernard registrierte Lachfältchen und den Schatten eines Bartes. Das hatte sie bei italienischen Männern öfter gesehen, dass sich schon früh Haarspitzen ans Licht drängten. Testosteron, dachte sie. Sexy.

»Auf Wiedersehen«, sagte sie zu dem Bild im Spiegel, während die Wagentür von außen geöffnet wurde und die Mailänder Morgenluft hereinströmte.

Catherine Bernard liebte diese Luft. Die Steine der Häuser strahlten schon die Sonne ab, und in den Gassen des Quadrilatero della Moda hing der Duft des teuren Parfums, das vor den Schaufenstern von Prada, Gucci und Ferragamo verdunstete.

»Buon Giorno, Frau Professor«, begrüßte sie eine sehr hübsche junge Frau in einem dunkelblauen Hosenanzug. »Herzlich willkommen im Namen all meiner Kolleginnen und Kollegen des Hauses Ricardo. Wir sind froh und stolz, dass Sie heute unser Gast sind.«

Catherine Bernard setzte einen weißen Sneaker auf den unebenen Gehweg und entstieg der Limousine. Sie trug ein bordeauxrotes Kostüm, allerdings nicht von Ricardo, sondern von Chanel. Seit der Coronapandemie reichte man sich in solchen Situationen nicht mehr die Hand. Die junge Frau sagte ihren Namen und stellte sich als »Head of Communications« vor. Wahrscheinlich hatte sie einen befristeten Angestelltenvertrag in der PR-Abteilung, durfte sich aber seit ihrem letzten »Perspektivgespräch« mit diesem Titel schmücken. Anstatt einer Gehaltserhöhung natürlich, dachte Catherine Bernard. Sie folgte der Frau in das wunderschöne Foyer einer Stadtvilla. Marmorboden, Kronleuchter, weiße Wände mit zwei riesigen Fotografien des Künstlers Andreas Gursky.

Die PR-Frau redete schnell und erklärte viel. Ein paar Schlaglichter aus der Geschichte der Villa, ein paar Details aus der Geschichte der Familie Ricardo. Und auch, dass die Veranstaltung zeitlich etwas in Verzug geraten sei. »Sie wissen ja, wie das ist. Die Vorträge dauern dann doch etwas länger, und auch das Publikum hat dann noch die ein oder andere Frage.«

Catherine Bernard wurde in einen Raum mit cremefarbenen, bodenlangen Vorhängen geführt, die zugezogen waren. Rechts ein Sofa, links eine Bodenvase mit einem beeindruckenden Strauß langstieliger roter Rosen. Auf einem Glastisch stand eine Karaffe mit Wasser, ein Glas und eine Schale mit Pfirsichen und Weintrauben.

»In einer halben Stunde etwa sind Sie an der Reihe«, sagte die PR-Frau. »Wir freuen uns schon sehr auf Ihre Ausführungen. Haben Sie noch irgendeinen Wunsch? Dann würde ich Sie jetzt allein lassen. Wenn etwas ist, bitte nur hier draufdrücken, dann bin ich zur Stelle.«

Sie deponierte ein kleines schwarzes Gerät auf dem Glastisch, das aussah wie ein Computerstick.

»Danke«, sagte Catherine Bernard und nahm auf dem Sofa Platz. »Sehr freundlich von Ihnen.«

Als sie allein war, stand sie wieder auf und trat vor den

antiken Spiegel, der rechts neben der Tür angebracht war. Er war hoch und schmal und hatte einen vergoldeten Rahmen. Sie zupfte ihre langen schwarzen Haare zurecht, überprüfte den Halt des Haarteils, Make-up, Lippen und den Sitz des Rockes.

Schließlich lächelte sie sich selbst an.

Nicht schlecht für siebenundvierzig, dachte sie. Und dann dachte sie, dass sie nicht geduscht hatte, heute nach dem Aufwachen. Das tat sie nie nach solchen Nächten. Nur ihr Kleid und ihre Unterwäsche hatte sie in einen Müllsack des Hotels Príncipe di Savoia gesteckt und verschnürt.

Wieviel Sperma war wohl noch in ihr? Soweit sie das mitbekommen hatte, waren drei der Männer in ihr gekommen.

Sie griff nach der Einladungskarte, die auf einem Sideboard neben dem Spiegel aufgestellt war. »Die Familie Ricardo gibt sich die Ehre, Sie zu unserem Kongress einzuladen …«

Früher luden Firmen wie Ricardo rund um die saisonalen Modeschauen zu glamourösen Abendessen ein, dachte sie. Heute können die Geschäftsleute aber solche Reisen nicht mehr als Spesen steuerlich absetzen. Deshalb werden Workshops, Vorträge oder eben sogar sogenannte Kongresse veranstaltet, damit der Branzino in Salzkruste anschließend wieder besser mundet.

»The Future is now«, las Catherine Bernard. Was für ein bescheuerter Titel, tausendmal schon benutzt.

»Freuen Sie sich auf spannende Beiträge und Diskussionen rund um die Frage: Wie verändert sich die Rolle der Mode in der modernen Welt?

Unser Ehrengast: Prof. Dr. Dr. Catherine Bernard, Gehirnforscherin und Nobelpreisträgerin.

Thema ihres Vortrages: »Fashion und Intelligenz – gibt es eine Formel für erfolgreiche Ausstrahlung?«

Sie lächelte wieder. Eine Hunderttausend-Euro-Frage. So viel war der Vortrag der Firma Ricardo wert. Ihre Assistentin hatte einen unterhaltsamen Vortrag ausgearbeitet. Sie hatte ihn gestern im Flugzeug gelesen und holte jetzt das Manuskript aus ihrer Handtasche. Es begann mit einem Zitat der legendären Modemacherin Vivienne Westwood, dass das beste modische Accessoire ein Buch sei. Weil Dummheit durch kein Design kaschiert werden könne.

Catherine Bernard nahm sich vor, den anschließenden Lunch so früh wie möglich zu verlassen. Den morgigen Tag hatte sich freigenommen. Sie wollte früh los und die Stadt genießen. Ihr Flug zurück nach London ging erst spät abends. Sie war gern in Mailand, die Restaurants, der Dom, die Scala, der antike Flohmarkt am Fluss … Und das hässliche Industriegebiet an einer Ausfallstraße Richtung Monza, wo es einen Parkplatz gab, der den Namen eines römischen Kaisers trug: Caligula …

Es klopfte an der Tür, und gleichzeitig wurde sie schon einen Spalt geöffnet. Der Kopf der Kommunikationsabteilung erschien und sagte: »Ihr persönlicher Assistent möchte Sie kurz sprechen, Frau Professor.« Ein blonder junger Mann betrat das Zimmer und sagte »Danke«, als sich die Tür hinter ihm schloss.

Catherine Bernard sah ihn überrascht und amüsiert an.

»Schön, Sie kennenzulernen«, sagte sie. »Was kann ich für Sie tun?«

Sie machte eine Pause.

»Ich habe keinen persönlichen Assistenten. Möchten Sie sich vielleicht bewerben?«

Der junge Mann lächelte und ging auf sie zu, bis er direkt vor ihr stand. Dann beugte er sich vor, küsste sie zärtlich auf die Wange und sagte leise:

»Dies ist ein sehr wichtiger Moment in Ihrem Leben, Frau Professor.«

Er wandte sich von ihr ab und griff nach der Einladungskarte auf dem Sideboard. Aber er las nicht. Sie bemerkte, dass sein Gesicht merkwürdig starr war, wie tief in Gedanken versunken. Keine guten Gedanken, dachte sie, aber da sprach er schon weiter.

»Wo ist Gabriel Tretjak?«, fragte er. Er legte die Karte zurück und wandte sich wieder ihr zu.

Es war noch keine Minute vergangen, seit dieser Mann hier aufgetaucht war.

Catherine Bernard spürte, wie ihre anfängliche Neugier einem anderen Gefühl wich: Angst.

Tretjak?

Seit Tagen versuchte sie, ihn zu erreichen. Sie hatte alle Dringlichkeitsregister gezogen, die sie vereinbart hatten. Sogar in seinem mehrfach verschlüsselten Postfach im Darknet eine Nachricht hinterlassen. Tretjak reagierte nicht. Das passte nicht zu ihm.

Ausgerechnet jetzt war er verschwunden? Wo sich der Himmel zu verfinstern begann? Der Himmel über ihr, aber auch der Himmel über ihm. Was wollte dieser sonderbare Mann von ihm? Woher wusste er von ihrer Verbindung zu Gabriel Tretjak?

Wenn Catherine Bernard etwas gelernt hatte in ihrem Leben und ihrer Karriere, dann war es, wie man eigene Verunsicherung überspielte und durch autoritäres Verhalten die Oberhand in einer Situation gewann.

»Hören Sie«, sagte sie mit sehr fester Stimme und sah dem Mann dabei direkt in seine beinahe erschreckend blauen Augen, »ich teile Ihre Meinung nicht, dass das ein wichtiger Moment in meinem Leben ist.«

Sie nahm den Stick auf dem Glastisch in die Hand.

»Ich werde jetzt diesen Knopf betätigen. Und Sie werden sich aus meinem Leben verabschieden.«

Sie registrierte jetzt, dass er ganz in Schwarz gekleidet und sehr dünn war. Und sie sah, dass er eine Bewegung machte, die so etwas Ähnliches sein konnte wie ein Achselzucken. Er lächelte und kam wieder auf sie zu. Aber plötzlich veränderte sich sein Gesicht, die Züge verzerrten sich, die Augen wurden sehr schmal.

Die Sekunde, in der sie die Klinge des Messers sah, war dieselbe Sekunde, in der sie die Klinge an ihrer Kehle spürte.

Sein Gesicht war direkt vor ihrem, sein Atem kam stoßweise, heiß und feucht.

»Ich nehme mir jetzt eine Minute von deinem Leben, Catherine«, sagte er. »Die letzte Minute, eine wichtige also. Eine Minute ist lang, wenn man Schmerzen hat. Und ich werde dir weh tun, sehr weh tun, glaub mir.«

Er wiederholte das immer wieder, immer hasserfüllter, während er ihren Mund mit Tape zuklebte und mit dem Messer zu Werke ging.

Catherine Bernard kam die Minute nicht lang vor, auch die Schmerzen waren nicht so schlimm, wie sie hätten sein müssen. Sie nahm die Stiche wahr, als wären es nicht ihre Körperteile, die da gequält wurden, die Ohren, die Augen, die Zunge.

»Dein Gehirn produziert nur eitrigen Ausfluss, Catherine, aus deinem Mund kommt nur stinkende Pisse. Zeit für die Müllabfuhr.« Das war der letzte Satz, den sie hörte. Ihr letzter Gedanke bestand nur aus einem Wort. Und auf sonderbare Weise war ihr bewusst, dass dies ihr letzter Gedanke war. Das Wort war Französisch, es flog ihr aus den Tiefen des Universums zu, und es erschien der Nobelpreisträgerin das Sinnvollste, was sie jemals gedacht hatte.

Sacrifice. Opfer.

OSTFRIEDHOF, MÜNCHEN

»Bist du das wieder, Rainer?«, fragte August Maler und lächelte dünn. Er hatte die Frage an ein großes Eichhörnchen gerichtet, ein hellbraunes mit weißer Brust. Es hatte sich vor ihm auf den Hinterbeinen aufgerichtet und musterte ihn aus schwarzen glänzenden Augen. Immer, wenn er das Grab seines früheren Assistenten Rainer Gritz aufsuchte, tauchte so ein Eichhörnchen auf. Ja, schon klar, in diesem Friedhof wimmelte es von Eichhörnchen, und sie waren alle zutraulich, weil die Menschen ihnen nichts taten, sondern sie im Gegenteil oft fütterten. Trotzdem gefiel August Maler der Gedanke, dass sich Rainer in Gestalt eines Eichhörnchens zu ihm gesellte, wenn er hierherkam.

Der Münchner Ostfriedhof war riesig. Eine Stadt aus Gräbern, in der man sich verirren konnte. Unzählige schmale und breite Wege, geteerte Straßen, Gebäude und Plätze mit Brunnen, wo Gießkannen aufgereiht waren.

Maler kam immer wieder mal an Rainers Grab. Dann schaute er auf den schlichten Grabstein, redete laut mit einem Eichhörnchen – und führte stille innere Gespräche. Meistens tat er das, wenn er mitten in Ermittlungen steckte. Es war ein guter Ort, um seine Gedanken zu ordnen. Das war eine von Rainer Gritz' Stärken gewesen, Gedanken ordnen, Sachverhalte zusammenfassen, immer wieder, immer wieder neu.

»Stell dir vor«, sagte er jetzt. »Der Regler ist wieder da.

Vielmehr, er ist nicht wieder da. Aber es ist ein Mord geschehen, der mit ihm zu tun hat.«

Es war später Vormittag. Die Herbstsonne vergoss goldenes Licht. Pfarrer Joseph Lichtinger war in der Nacht gestorben, ohne das Bewusstsein wiedererlangt zu haben. Die Straubinger fahndeten inzwischen nach einem jungen Mann, der sich offenbar mit einem Fahrrad zur Tatzeit der kleinen Kirche genähert hatte. Dafür gab es eine Zeugin. Aber ihre Täterbeschreibung taugte nichts. Anorak, Helm, Brille …

Das Eichhörnchen war schon längst wieder weg, als Maler immer noch alle Geschehnisse der vergangenen Tage in Gedanken herunterbetete.

Es gab nichts Neues von Paul und Paula. Die Kinder waren wie vom Erdboden verschluckt. Sie hatten kein Geld eingesteckt, keine Kleidung eingepackt. Inge aß nichts, sie schlief nicht, ihre Augen waren Löcher in ihrem Gesicht, manchmal setzte sie sich ins Auto und fuhr durch die Stadt, stundenlang.

Es geht um den Regler. Außer diesem Satz, angeblich gesagt von Joseph Lichtinger, weitergegeben von einer niederbayrischen Sanitäterin, gab es immer noch keinen weiteren Hinweis auf Gabriel Tretjak. Darauf, dass es eine Verbindung von ihm zu dem Mord in der Kirche gab, geschweige denn zum Verschwinden von Malers Sohn und dessen Freundin.

Rainer Gritz hätte eine Liste gemacht, dachte Maler. Was spricht dafür, dass es trotzdem so ist?

Der wichtigste Grund: Joseph Lichtinger. Es war Rainer Gritz gewesen, der damals diesen Pfarrer rauf und runter durchleuchtet hatte. Wie oft hattest du ihn verhört, Rainer? Du bist sogar in die Berge nach Südtirol gefahren, wo Lichtinger eine Falkenzucht betrieb. Der Schatten auf seiner

Biografie war seine schicksalhafte Verbindung mit Gabriel Tretjak. Die beiden hatten sich an der Uni kennengelernt und angefreundet. Beide studierten die großen Fragen des Lebens, wenn man so wollte. Tretjak theoretische Physik, Lichtinger Philosophie. In dieser Zeit erfanden sie ein größenwahnsinniges Spiel: Man muss das Schicksal nicht akzeptieren, man kann sich mit ihm anlegen und es verändern.

Rainer Gritz hatte mit ehemaligen Kommilitonen gesprochen, die bestätigten: Die beiden fingen mit kleinen Aufgaben an. Wie kann man mit kleinen Manipulationen erreichen, dass eine Matheklausur verschoben wird? Wie kann man die Dozentin für Thermodynamik dazu bringen, mit dem Pförtner am Südeingang ein sexuelles Abenteuer anzufangen? Und sie machten immer weiter und vor nichts Halt. Es gab das Gerücht, dass der Selbstmord eines hoffnungsvollen und überaus beliebten Studenten auf die Strippenzieherei der beiden zurückzuführen war. Später verzweigten sich ihre Wege. Lichtinger sattelte auf Theologie um und legte das Schicksal jetzt in Gottes Hand. Tretjak machte aus dem Spiel Ernst, blutigen, wie sich herausstellen sollte. Sie blieben aber Freunde, bedingungslos. Es gab nur einen Menschen, hatte Rainer Gritz immer behauptet, vor dem Tretjak keine Geheimnisse hatte, und das war der Pfarrer. Wenn dieser Pfarrer ermordet worden war – was sonst könnte dahinterstecken, wenn nicht seine Verbindung mit dem Regler?

Okay. Gibt es noch einen anderen Grund, Rainer?

Ja, antwortete Maler in Gedanken sich selbst. Die Sanitäterin war eine neutrale Figur. Ihre Wiedergabe des Satzes war bestimmt richtig. Er war ihr ja zunächst völlig unsinnig erschienen. Die Frau hatte Lichtinger definitiv richtig verstanden.

Maler zupfte ein paar Eichenblätter aus der schönen Skimmie, die das Grab schmückte. Er dachte an den Morgen, als sein Assistent starb.

Rainer Gritz wurde erschossen, als er aus seiner Lieblingsbäckerei kam. Es war eine Hinrichtung. Maler und er steckten mitten in den Ermittlungen zu einer Serie von Morden, die alle etwas mit Gabriel Tretjak zu tun hatten. Rainer Gritz war erst Anfang Dreißig.

Maler hatte damals schwere Schuldgefühle gehabt. Warum musste der junge Gritz sterben, während er, der ältere und totkranke Mann, noch am Leben war?

Inzwischen waren diese Gefühle verblasst. Die Zeit entzieht den meisten Dingen ihr Gift, das hatte er mal gelesen.

Aber er vermisste Rainer Gritz.

Qualle war ein Einzelkämpfer, vorwärtsstürmend. Gritz war ein Buchhalter der Zusammenhänge gewesen, einer, der überzeugt war, dass sich die Wahrheit manchmal hinter einer unscharf formulierten Frage versteckte.

Maler sah auf die Uhr. Es war Zeit zu gehen. »Bis bald«, murmelte er vor sich hin, wandte sich vom Grab ab und machte sich auf den Weg. Eingehüllt in den Nebel der Erinnerungen an damals, an ihre Ermittlungen, ihre Sackgassen, ihre Erfolge, ihre Erlebnisse. Er war schon eine Weile unterwegs, als plötzlich in diesem Nebel etwas auftauchte, das Malers Schritte verlangsamte – bis er schließlich stehenblieb.

Ein unbeteiligter Beobachter hätte diese Gestalt vielleicht etwas merkwürdig gefunden, die da wie angewurzelt verharrte, bewegungslos, mitten auf dem Weg, minutenlang, und dann mit einer ruckartigen Bewegung das Telefon aus der Manteltasche kramte und sofort ans Ohr hielt.

»Qualle, du hast gestern gesagt, das Lustigste bei den Obdachlosen ist der Papagei. Warum ist der lustig?«

»Ja, das ist merkwürdig, dieser Papagei …«

»Halt, Qualle, stopp!«

»Chef?«

»Macht er Wauwau? Bellt dieser Papagei wie ein Hund?«

»So ist es. Woher wissen Sie das?«

»Der Ermordete, er wurde erstochen, nicht wahr? Wie hieß der Mann?«

»Röttich. Franz Röttich.«

»Ah«, sagte Maler. »Sicher?«

»Ja.«

»Ich verstehe«, sagte er und setzte seinen Gang zum Ausgang des Friedhofs wieder fort. »Dann vergessen Sie den Anruf. War nur so ein Gedanke.«

Maler wollte das Gespräch gerade beenden, als Qualle noch was sagte: »Der Papagei gehörte übrigens gar nicht dem Toten. Der hatte ihn nur in Pflege, sollte ein paar Wochen auf ihn aufpassen.«

Maler blieb wieder stehen.

»Wem gehört der Papagei?«

»Einem anderen Obdachlosen, der aber nicht hier ist.«

»Wie heißt der?«

»Stefan heißt der. So reden hier alle von ihm. Nachnamen habe ich gerade vergessen. Irgendwas Sonderbares.«

»Treysa? Stefan Treysa?«

»Ja, genau! Treysa!«

»Qualle, hör zu«, sagte Maler. »Gib sofort die Fahndung nach diesem Mann raus.«

In der Leitung war es kurz still.

»Qualle?«

»Ja, bin da. Mach ich. Wenn du das sagst. Was ist mit dem Mann?«

»Ich bin dem einige Male begegnet. Damals war er alles

andere als ein Obdachloser. Sein Papagei imitierte fortwährend Hundegebell, daran hatte ich mich gerade erinnert. Stefan Treysa war damals der Psychotherapeut von Gabriel Tretjak. Und sein Freund. Du findest ihn auch irgendwo in der Akte.«

Maler beschleunigte seine Schritte. Er hatte es jetzt eilig.

HIGHLAND HILL HOSPITAL, LONDON

Wurde man im Alter weicher? Ließ man sich eher von Gefühlen leiten anstatt vom Verstand?

Brian Tainton würde diese Fragen für sich mit einem klaren Nein beantworten. Oder vielmehr hätte er sie bis gestern so beantwortet. Und auch alle, die ihn kannten, da war er sich sicher, würden den Kopf schütteln. Der alte Tainton und weich? Manche würden vielleicht sogar hinzufügen: Schön wär's.

Er dachte an seine Tochter, die um die halbe Welt vor ihm geflohen war und jetzt in Kathmandu primitive Öfen baute. Menschen, die in ein paar tausend Metern Höhe lebten, konnten mit Hilfe dieser Öfen ihre armseligen Behausungen heizen, ohne dass sie eine Rauchvergiftung bekamen. Tainton hatte keine Ahnung, ob Svenja davon leben konnte. Er hatte schon seit sechs Jahren nichts von ihr gehört.

»Du musst tun, was du für richtig hältst«, hatte er zu ihr gesagt.

»Genau«, hatte Svenja geantwortet. »Nicht das, was du für richtig hältst.«

Das war ihr letzter Dialog gewesen. Ein Telefongespräch, das seine Tochter an dieser Stelle beendet hatte. Helen, die damals noch lebte, hatte sie noch auf Instagram und anderen sozialen Medien verfolgt. Er lehnte das ab. Wer mit ihm keinen Kontakt wünschte, mit dem wünschte er sich auch keinen. Ende Gelände. Nicht mal zur Beerdigung ihrer Mutter war Svenja erschienen. Jedenfalls hatte sie sich ihm nicht gezeigt. Jemand aus dem Ort hatte ihm berichtet, er habe sie am Tag nach Helens Beisetzung am Grab stehen gesehen, hager, mit langen Haaren und Stirnband.

Wie lange war das her? Zwei Jahre auch schon wieder. Über zwei Jahre sogar.

Und jetzt, Tainton, dachte er, und er richtete sich in seinem Bett auf. Was jetzt?

Das Zimmer war ein Krankenhauszimmer, obwohl es nicht so aussah, was ihn ein Vermögen kostete. Es war eines von vier Zimmern unterm Dach der Klinik, die hier Suiten genannt wurden. Parkettboden, Kunst an der Wand, Kinoprojektor unter der Decke, Sitzecke mit Sofa, eigenes Badezimmer, zwei große, zum Boden reichende Fenster, die den Blick über den Süden Londons freigaben.

Was jetzt? Jetzt, mit diesem hässlichen deutschen Wort im Kopf, das der Professor gestern so lange nicht hatte aussprechen wollen? Jetzt, angesichts der Gewissheit, dass er eben nicht eines Tages einfach umfallen würde, bumm, aus und vorbei, wie er sich das immer gewünscht hatte?

Wurde er jetzt weich? Rührselig? Wehleidig? Wie sonst konnte er sich erklären, dass er dem Termin zugestimmt hatte, den ihm der Professor empfohlen hatte? Der berühmte Griff nach dem Strohhalm?

Er blickte auf die Uhr. Es war gleich Mittag. Die Frau würde bald hier sein. Hoffentlich sah sie wenigstens gut aus. In dem Einbauschrank neben dem Bett hingen zwei seiner Anzüge, Hemden, Krawatten. Er beschloss, zu duschen und sich zu rasieren. Er würde ihr den Brian Tainton zeigen, der er war. Nicht den, der sich vielleicht bald nicht einmal mehr an seinen Namen würde erinnern können.

Die Person, die dann auf dem Sofa Platz genommen hatte, entsprach überhaupt nicht seinen Erwartungen. Wenn er den Professor richtig verstanden hatte, vertrat Sandra Harris ein Unternehmen, das an vorderster Front forschte, und zwar auf einem sehr komplexen Gebiet, der Verbindung von künstlicher Intelligenz mit Gehirnforschung. »Sie glauben gar nicht, Herr Tainton, was da heute schon möglich ist«, hatte der Professor gesagt. »Sie sollten sich das anhören.«

Sandra Harris sah aus wie eine nette Großmutter, die sich anschickte, ihrem Enkel aus einem Bilderbuch vorzulesen. Sie war sicher schon sechzig Jahre alt, hatte weiße Haare, trug einen schwarzen Rock, eine beige Bluse, darüber einen blauen Blazer. Um ihren Hals hing eine klassische Perlenkette. Neben sich auf dem Sofa hatte sie eine damenhafte Handtasche abgestellt. Ihr Gesicht war freundlich, ihre Augen strahlten gutherzig. Im Laufe der Unterhaltung holte sie eine Lesebrille aus ihrer Tasche und legte sie auf den Glastisch. Neben ihre Visitenkarte des Unternehmens »Theseus«.

»Und Sie selbst forschen auch auf diesem Gebiet?«, fragte Tainton.

»Oh, nein«, antwortete sie und zeigte viele kleine Lachfältchen. »Ich und Wissenschaft? Nein, davon verstehe ich nichts. Ich verstehe etwas von Menschen. Meine Familie hat schon in der dritten Generation ein Bestattungsunternehmen, wissen Sie, Herr Tainton.«

Sie machte eine Pause, um ihre Worte wirken zu lassen. Als er nichts sagte, fuhr sie fort.

»Ein führender Biologe bei Theseus verstarb an einem Herzinfarkt. Alle wichtigen Menschen des Unternehmens waren bei der Trauerfeier. Sie mochten wohl meine Art.

Jedenfalls machten sie mir ein Angebot, das ich nicht ablehnen konnte. Ich habe sogar einen Titel: Botschafterin. Es ist nie falsch, etwas Neues zu beginnen, finden Sie nicht, Herr Tainton?«

»Wer kümmert sich jetzt um das Bestattungsunternehmen?«, fragte er.

»Mein Bruder«, antwortete Sandra Harris.

Tainton lächelte. Geschickter Schachzug von diesem Unternehmen, dachte er. Diese freundliche Oma zu schicken. Von solchen Strategien verstand er etwas. Tainton Industries wäre sonst nicht ein so großer Globalplayer geworden. Es kam nicht nur darauf an, das beste Überdruckventil für Heizkessel zu erfinden und zu bauen. Es kam auch darauf an, es zu verkaufen. An möglichst viele Hersteller, die für ihre Anlagen solche Ventile benötigten – von Kapstadt bis Helsinki, von Seattle bis Singapur. Er nahm sich vor, die Geschichte mit dem Bestattungsunternehmen zu überprüfen, vermutete aber, dass sie stimmte.

»Sie können mir also gar nicht genau erklären, welche wissenschaftlichen Erkenntnisse und Methoden hinter dem Angebot Ihrer Firma stehen?«, sagte er. Er sah ihr dabei mit Absicht sehr ernst in die Augen.

»Ich kann Ihnen von der Zufriedenheit der Menschen berichten, die das Angebot angenommen haben«, entgegnete sie mit ebenfalls sehr ernstem und festem Blick.

»Möchten Sie nicht ein Back-up Ihres Gehirns haben?«, sagte sie dann. »Stand von heute zum Beispiel. Alle Informationen wären gespeichert. Jedes Erlebnis, jeder Gedanke, jede Telefonnummer, jedes Bild, jeder Geruch, alles, an was Sie sich erinnern können – und auch einiges, an was Sie sich nicht erinnern können, weil Sie es irgendwo abgelegt haben in Ihrem Gehirn, wo Sie es gerade nicht finden.«

Er stand auf und trat ans Fenster. Draußen war es grau und neblig.

»Das ist doch vor allem für Gesunde attraktiv, oder nicht?«, sagte er, ohne sich umzudrehen. »Was hat ein kranker Mann davon? Einer, dessen Gehirn dabei ist, sich aufzulösen?«

»Theseus arbeitet daran, das menschliche Gehirn mit so einem künstlichen Speicher zu verbinden«, sagte Sandra Harris. »Und die Fortschritte sind enorm. Es sieht so aus, als wäre das in wenigen Jahren möglich.«

Er hörte, wie sie hinter ihm auch vom Sofa aufstand. Sie trat neben ihn ans Fenster. »Aber das Back-up muss gemacht werden, bevor das Gehirn durch die Krankheit geschädigt wird. In Ihrem Fall: jetzt.«

Er schwieg.

»Das Ziel ist: Sie können sich in zehn Jahren mit ihren Liebsten noch genauso unterhalten wie heute«, erklärte sie weiter. »Und die mit Ihnen.«

»Meine Liebsten …«, wiederholte er und wandte sich zu Sandra Harris. »Ein Ausdruck aus Ihrer früheren Tätigkeit, nicht wahr? Ich fürchte, meine Liebsten möchten sich gar nicht mit mir unterhalten und schon gar nicht mit einem Computer.«

»Nein, nein, das sind schon Sie selbst, das ist schon Ihre Persönlichkeit«, sagte die ältere Dame. »Ihr Körper ist ja noch sehr fit, wie ich sehe. Sagt auch der Professor. Nur Ihr Gehirn ändert dann seine stoffliche Zusammensetzung, bekommt ein zweites an die Seite. Da besteht die Hülle aus Kunststoff, und die Zellen sind Schaltkreise. Aber Sie sehen nicht so aus, als würde Sie das stören.«

Das Schiff des Theseus, dachte Brian Tainton. Die alte philosophische Frage, ob ein Schiff, dessen Teile in der Werft wegen Altersschwäche fast vollständig ausgetauscht wurden, noch immer dasselbe Schiff ist.

Sandra Harris sagte: »Lassen Sie mich einen Termin für Sie machen in unserem Forschungszentrum in Peking. Sie werden hier abgeholt und sind in spätestens vier Wochen wieder hier. Dann wissen Sie mehr. Und die Wissenschaftler auch. Und dann entscheiden Sie, was geschehen soll.«

Sie setzten sich wieder an den Glastisch. Ein paar Minuten war es still im Zimmer. Brian Tainton sah die Frau ihm gegenüber die ganze Zeit an.

»Haben Sie eine Unterlage? Eine Art Broschüre?«, fragte er dann.

Die alte Dame lächelte ihr warmherzigstes Lächeln.

»Nein«, sagte sie. »das Ganze ist noch, wie soll ich sagen …«

»Nicht legal«, sagte er.

»Das ist zu hart formuliert.« Sie schüttelte den Kopf. »Die Forschung ist natürlich legal, die Anwendung liegt noch in einer, sagen wir: Grauzone.«

»Was kosten mich diese vier Wochen?«

»Nicht der Rede wert, Herr Tainton. Zweihundertfünfzigtausend Dollar.«

»Und wenn ich mich dann darauf einlasse, auf was auch immer?«

»Das werden Ihnen dann die Wissenschaftler erklären«, sagte sie. »Was haben Sie zu verlieren? Ihr Befund ist eindeutig. Und, Herr Tainton, sagen Sie mir: Was ist die Alternative? Nach Hause fahren und einen Apfelkuchen essen? Come on.«

Vielleicht wurde man nicht weicher angesichts des Endes, sondern radikaler? Abenteuerlustiger, als man es je war?

Als diese ehemalige Bestatterin gegangen war, hatte sie seine Unterschrift in ihrer Handtasche. Morgen würde er von einem Fahrer abgeholt werden und zu einem Learjet am Flughafen Stanstedt gebracht werden. Er aktivierte auf seinem iPad den Facetime-Kontakt seines Butlers. Es dauerte relativ lange, ehe er ranging, und dann noch ohne Kamera.

»Ja, Sir?«, sagte er. Und Tainton konnte hören, dass er etwas außer Atem war. Er konnte sich denken, dass sein Butler eine gute Zeit ohne den Hausherrn hatte.

»Machen Sie Ihre Kamera an, John«, sagte Tainton und wartete, bis das Bild erschien. Es zeigte John mit Schal und Mütze im Hauseingang.

»Bin etwas erkältet«, sagte er. »Komm gerade vom Doktor.«

»Vom Doktor, aha. Hören Sie John, ich muss noch verreisen, bin erst in etwa vier Wochen wieder zu Hause. Bitte sagen Sie das Herbstfest ab, mir ist diesmal nicht danach. Sorgen Sie dafür, dass die Hortensien geschnitten werden. Und vergessen Sie nicht, den Aston Martin in den Winterschlaf zu versetzen.«

Als das Gespräch zu Ende war, rief er die App der neuen KI auf, deren Dienste er abonniert hatte, und sagte: »Schreibe mir einen detaillierten Bericht über die Firma Theseus, im Stil der New York Times. Und schreibe mir ein Kurzdossier über Alzheimer. Aber nur das, was einer wissen muss, der die Krankheit hat. Und bitte so, dass ein Kind es versteht.«

Es faszinierte ihn immer noch, wie diese App auf dem Bildschirm sofort loslegte, Wort an Wort reihte, Satz an Satz. Was im Bericht über die Firma Theseus sofort erwähnt wurde, war die Chefin des Unternehmens. Es war die Nobelpreisträgerin und Gehirnforscherin Catherine Bernard.

Na dann, dachte Brian Tainton. Eine Nobelpreisträgerin und eine Bestatterin – was konnte da schon schiefgehen?

Maler wählte den Balkon. Nach dem Abendessen zog er sich einen dicken Pulli an und setzte sich auf seinen Platz, den Rücken zur Wand der Küche. Im Frühjahr hatten sie sich vier neue Gartenstühle geleistet, lindgrün bespannt. Es dauerte nicht lange, dann kam Inge mit zwei Bechern Pfefferminztee. Sie stellte sie auf den Tisch und setzte sich neben ihn.

Maler begann mit der Sanitäterin in der Uni und erzählte der Reihe nach. Von dem Angriff auf Lichtinger, von seiner Fahrt nach Straubing zur Polizei und zum Krankenbett von Lichtinger, von Qualles Recherchen über Tretjak, von seiner heutigen Erkenntnis, dass eventuell auch der Mord an dem Obdachlosen mit Tretjak zusammenhing, weil der Täter vielleicht die Person verwechselt hatte. Von seiner zunehmenden Angst, dass auch das Verschwinden von Paul in irgendeinem Zusammenhang mit den Vorgängen stand.

»Es tut mir leid, Inge«, sagte er schließlich. »Erst hab ich mir selbst eingeredet, dass das nicht sein kann, dann wollte ich dich nicht noch zusätzlich beunruhigen.«

Es wurde abends jetzt immer früher dunkel. Ihr Balkon lag an der Rückseite des Hauses mit Blick in den Wald. Inzwischen eine dunkle Wand vor einem blassgrauen Himmel. Nur der matte Lichtschein aus dem Küchenfenster beleuchtete ihre Gesichter. Inge sagte lange nichts, dann stand sie auf und ging zurück in die Wohnung. Ihre Tasse ließ sie stehen.

SECHSTER TAG

Kommissariat der Kriminalpolizei, Mailand

Die Kollegen sagten, es sei ein ziemliches Theater gewesen, den Mann hierher zu bekommen. Er wisse von nichts, er kenne Catherine Bernard erst seit gestern und nur aus den Schlagzeilen, von Nachrichten auf seinem Telefon wisse er erst recht nichts. Sein Telefon sei ihm außerdem gerade gestohlen worden.

Aber von Kommissar Emmanuele Rossi war bekannt, dass er es nicht leiden konnte, wenn unnötige Hindernisse die Ermittlungen störten. Und so saß ihm der Mann jetzt eben doch gegenüber, an diesem frühen Morgen, im Verhörraum 2, gleich hinter der Kaffeeküche. Rossi hatte das Aufzeichnungsgerät schon eingeschaltet, die Formalitäten schon hinter sich gebracht.

Der Mann hieß Ricotta, wie der Quark, er war einunddreißig Jahre alt, hatte einen schwarzen Vollbart und schwarze, kurz geschnittene Haare. Er trug ein rotes Sweatshirt mit der Aufschrift »Chicago Bulls«, und er versuchte, ein vertrauenswürdiges, offenes Gesicht zu machen. Immerhin.

Kommissar Rossi wog gut doppelt so viel, er steckte wie immer in einem dunklen Anzug, weißes Hemd, Krawatte etwas gelockert. Er stoppte das Aufnahmegerät noch einmal, stand vom Tisch auf und ging zur anderen Seite. Er setzte sich direkt vor Ricotta auf die Tischkante, beugte sich vor und brachte sein Gesicht ganz nahe an das Gesicht seines Gegenübers.

»Ich möchte etwas klarstellen, das hilft uns beiden«, sagte er und machte eine kleine Pause, um seinen Worten Nachdruck zu verleihen. »Ich interessiere mich nicht dafür, womit Sie Ihr Geld verdienen. Ich interessiere mich nicht für Drogenhandel. Ich interessiere mich nicht für Steuerhinterziehung. Ich interessiere mich nicht für Hehlerei. Und für hundert andere Straftaten interessiere ich mich auch nicht.«

Wieder machte er eine Pause und musterte Ricottas Gesicht.

»Noch nicht«, sagte er dann. »Noch interessiere ich mich nur für die Aufklärung des Mordes an der Wissenschaftlerin Catherine Bernard. Und dabei ist es sehr wichtig zu erfahren, was genau in der Nacht vor ihrem Tod passiert ist. Und zwar die Wahrheit. Ich warne Sie, Ricotta. Sie haben zwei Möglichkeiten. Entweder Sie schenken mir ganz reinen Alkohol ein, dann ist das hier schnell für Sie erledigt. Oder ich mache Ihnen bei allem, was Sie so treiben, die Hölle heiß. Und sogar bei allem, was sie nicht treiben. Ist das angekommen?«

Ricotta breitete erst die Arme aus, dann zuckte er die Achseln. »Schon gut, Mann.«

Der Kommissar nickte, kehrte an seinen Platz zurück und schaltete das Aufnahmegerät ein.

»Der erste Kontakt von Signora Bernard mit Ihnen war eine Woche, bevor sie nach Mailand kam. Dabei ging es um eine Verabredung für die Nacht vor ihrem Tod. Signora Bernards Frage per WhatsApp war: ›Können wir wieder genauso verfahren wie immer?‹ Ihre Antwort, Ricotta, war, auch per WhatsApp: ›Va bene. Geht in Ordnung. Dreiundzwanzig Uhr vor der Hotel Tiefgarage.‹ Zwei Stunden bevor Sie sich vor der Hotel Tiefgarage trafen oder treffen wollten, dann Bernards Frage: ›Tausend Euro? Wie immer?‹ Das haben Sie bestätigt. Ich frage Sie jetzt, Ricotta: Worum ging es dabei? Was haben Sie Catherine Bernard geliefert? Drogen?«

Ricotta schüttelte den Kopf. »Nein, es ging nicht um Drogen, das war nicht ihr Ding.«

»Um was ging es dann?«

»Parkplatzsex.«

»Parkplatzsex?«

»Ja. Immer wenn sie nach Mailand kam, fuhr sie in einer Nacht mit dem Auto zu einem Parkplatz an der SS66 Richtung Monza. Ein Treffpunkt für Leute, die so was mögen.«

»So was? Ich brauch es genauer.«

»Sex mit Fremden, Sex mit mehreren Fremden.«

Rossi schaltete ein iPad ein und wischte auf dem Display herum, bis er fand, was er suchte. Den Laborbericht des Abstriches aus der Vagina der Toten. Männliches Sperma, wahrscheinlich von vier verschiedenen Männern. Dieses Wissen stand nirgendwo in der Zeitung. Das sprach dafür, dass Ricotta die Wahrheit sagte.

»Was war Ihr Part dabei?«, fragte Rossi.

»Sicherheit. Das war mein Job. Die meisten Frauen, die auf solchen Plätzen auftauchen, sind nicht allein, da ist fast immer ein Mann dabei oder zwei.«

»Signora Bernard war aber allein?«

»Ja. Ich folgte ihr in meinem Wagen vom Hotel bis zu dem Parkplatz und achtete dort darauf, dass nichts passierte. Wenn sie fertig war, fuhr ich ihr wieder hinterher bis zum Hotel. Dort gab sie mir dann den Umschlag mit dem Geld.«

»Wie oft hatten Sie beide denn solche Verabredungen?«

»Das war das fünfte Mal. Fünfmal in ungefähr zwei Jahren.«

Rossi fragte noch nach genauen Uhrzeiten. Die Fahrt dauerte in der Nacht nur dreißig Minuten. Der Aufenthalt auf dem Parkplatz war circa eineinhalb Stunden.

Rossi konzentrierte sich wieder kurz auf sein iPad und

zeigte es dann Ricotta. Zu sehen war die Phantomzeichnung des jungen Mannes, der sich als persönlicher Assistent der Wissenschaftlerin ausgegeben hatte, um zu ihr zu gelangen und sie zu töten. Die Zeichnung war nach den Angaben einer Pressetante der Modefirma angefertigt.

»Haben Sie diesen Mann schon einmal gesehen? War der vielleicht auch auf dem Parkplatz? Oder jemand, der ihm ähnlich sieht?«

»Nein«, sagte Ricotta.

»Konnten Sie das denn so genau sehen? Da war es doch bestimmt dunkel, und Sie werden ja nicht direkt hinter Ihrer Klientin geparkt haben.«

»Ich weiß genau, welche Männer sich ihrem Auto näherten«, sagte Ricotta.

Der Kommissar sah ihn fragend an.

»Mann, jetzt stellen Sie sich doch nicht so doof!«, sagte Ricotta. »Ich denk, Bullen wissen ein bisschen, wie Sachen laufen?«

»Wie laufen sie denn, die Sachen?«

Ricotta schüttelte den Kopf. »Mann«, sagte er nochmal. »Die Sache ist doch am sichersten, wenn ich nicht nur aufpasse, sondern auch die richtigen Männer besorge.«

»Verstehe«, sagte Rossi. »Sie kassieren zweimal ab. Bei der Frau für die Sicherheit, bei den Männern fürs Vergnügen.«

Der Mann mit dem Chicago-Bulls-T-Shirt lehnte sich zurück und schloss kurz die Augen.

»Haben wir es dann?«, sagte er.

Rossi schob ihm noch mal das iPad über den Tisch. »Sagen Sie laut und deutlich die Namen der Männer und tippen Sie sie hier rein, inklusive Telefonnummern.«

Ricotta machte eine abwehrende Handbewegung. »Das kann ich nicht machen«, erwiderte er mit weit aufgerissenen

Augen. »Die verlassen sich da auf mich. Die haben ja auch noch ein anderes Leben.«

Rossi beugte sich vor. »Das habe ich gerade akustisch nicht verstanden. Waren das schon die Namen der Männer? Die müssen Sie noch mal wiederholen.«

POLIZEIPRÄSIDIUM, MÜNCHEN

»Wo ist Qualle?«

Es war schon elf Uhr vormittags, als Maler in sein Büro kam.

Er hatte vorher mit Krug wegen der vermissten Kinder gesprochen. Er hatte ihm auch von seiner Befürchtung erzählt, die längst einen Namen hatte: Gabriel Tretjak.

»Was genau befürchtest du?«, hatte Krug gefragt. Der Mann war wie eine Präzisionsmaschine in der Metall verarbeitenden Industrie.

»Wenn ich das wüsste«, hatte Maler geantwortet. Und er hatte daran gedacht, wie Qualle ihn gefragt hatte, ob er Tretjak damals eher als Opfer oder als Täter wahrgenommen habe. Damals eher als Opfer, hatte er geantwortet. Aber Tretjak war jemand, der handelte. Nicht umsonst war er der Regler: Etwas geschehen lassen, das konnte er nicht. Deshalb war er immer auch Täter und immer gefährlich. Für andere – und auch für sich selbst.

Maler hatte auch mit den Kollegen in Straubing telefoniert. Hatte sich nach den Ermittlungen erkundigt (nichts Neues) und ihnen gesagt, dass er von München aus noch in der Sache – »Es geht um den Regler« – recherchieren würde. Nur um auf der sicheren Seite zu sein, hatte er gesagt. Und weil das Wissen über Tretjak in München gebündelt war.

Er merkte, dass er sich etwas wohler fühlte, weil er nun alle Beteiligten in seine Gedanken und Sorgen mit einbezogen hatte.

»Wo ist Qualle?«

Elisabeth antwortete: »Er ist in der kleinen Kammer bei den Toiletten und hat ein Zoom- Meeting. Mit England.« Sie sah Maler dabei fragend an. Und er konnte sich aussuchen, ob dieser Blick sich nach Neuigkeiten über seinen Sohn erkundigte – oder nach seiner Meinung über Qualle, den sie immer noch »den neuen Kollegen« nannte. Maler wusste, dass Elisabeth mit seinem Assistenten noch fremdelte. Er ignorierte beide Möglichkeiten und bat sie, Qualle gleich zu ihm zu schicken, wenn er aus der Kammer herauskäme.

Untätig sein. Warten. Denken. Noch einmal neu denken. Alles durchgehen, ob man etwas übersehen hatte. Fragen stellen. Fragen umformulieren. Überlegen, wen man noch hinzuziehen könnte. Welche Informationen noch fehlen könnten.

Polizeiarbeit bestand viel aus einfach dasitzen. Das hatte Maler schon immer sehr eigenartig empfunden – und sehr attraktiv. Vielleicht war er gerade darin sehr begabt? Einfach dasitzen? Vielleicht war er nur darin sehr begabt?

Qualle stürzte in sein Büro. Maler merkte sofort, dass er sehr aufgeregt war. »Chef, es geht vorwärts! Ich habe Neuigkeiten!«

Maler griff zum Telefonhörer.

»Nein, bitte keinen Kaffee!«, sagte Qualle. Er schrie es fast. »Gemütlichkeit halte ich gerade nicht aus.«

Maler ließ den Hörer wieder sinken, und Qualle warf sich auf den Stuhl gegenüber des Schreibtisches.

»Also erstens: Stefan Treysa. Sie hatten recht. Von wegen Obdachloser. Der war in dem Heim wegen eines Forschungsprojektes. Undercover, wie ich … Wer ist da eigentlich wirklich ein Obdachloser, haha … Treysa wollte für sein Buch recherchieren: ›Beziehungen in beziehungslosen Strukturen‹. Ein Thriller, wenn du mich fragst, aber egal. Er hatte die Genehmigung der Heimleitung und des Verbands der Obdachlosen. Und dann plötzlich ist er abgedampft, hat dem anderen, dem Röttich Franz, seinen Papagei auf die Schulter gesetzt und eine Kiste mit seinen Habseligkeiten in die Hand gedrückt.«

Qualle holte aus seiner Umhängetasche den Laptop und ein Stück Papier, das er Maler über den Tisch hinweg zuschob. »Das habe ich im Netz gefunden. Ein Ausdruck einer Newsseite aus dem englischen Seebad Brighton. Lies mal, Chef. Das war vor vorige Woche.«

Maler nahm das Papier und las.

Auf der Uferpromenade wurde gestern Nacht ein verwirrter und orientierungsloser Mann mittleren Alters von einer Polizeistreife aufgegriffen. Er wurde in eine Klinik gebracht. Der diensthabende Arzt sprach von einem »besorgniserregenden Zustand«.

»War ein Foto dabei?«, fragte Maler.

»War nicht dabei auf dem Ausdruck«, erwiderte Qualle. »Aber ich habe mit unseren Kollegen in Brighton telefoniert und gestern mit der Ärztin gezoomt, die den Mann betreut. In einer geschlossenen Psychiatrie bei Brighton.«

»Und?«, fragte Maler. »Was hat das mit uns zu tun?«

»Die Ärztin sagte, der Mann macht sehr, sehr kleine Fortschritte, was sein Gedächtnis und Bewusstsein betrifft, doch es gibt immer noch keinerlei Anhaltspunkte, wer er ist.«

Qualle klappte seinen Laptop auf.

»Aber ich habe ein Video. Aufzeichnungen aus den ersten Gesprächen mit der Ärztin. Das musst du dir ansehen.«

Qualle drehte den Bildschirm zu Maler, stellte auf Vollbildmodus und drückte auf Play.

Maler sah einen weißen Raum, einen weißen Tisch, einen Mann in weißer Klinikkleidung. Ihm gegenüber saß eine Frau, die einen hellblauen Kittel trug. Von ihr sah man nur den Hinterkopf. Maler vermutete: Das war die Ärztin.

Das Bild war gestochen scharf, der Ton sehr gut.

»Ich nenne Sie jetzt Mister X«, sagte die Ärztin. »Sind Sie damit einverstanden?«

Der Mann nickte. »Ja.«

»Mister X, Sie wurden in Brighton aufgegriffen. Wissen Sie, wo Brighton liegt?«

»In Südengland.«

»Waren Sie schon einmal in Ihrem Leben in Brighton?«

»Nein.«

»Wissen Sie, wie Sie jetzt dahin gekommen sind?«

»Nein. Ich habe nicht die geringste Ahnung.«

So begann das Video.

Seine schwarzen dichten Haare hatten jetzt graue Strähnen. Sein früher so konzentrierter Blick flackerte umher. Er wirkte dünner als damals. Aber seine Bewegungen, seine Gesten, die Art, wie er manchmal plötzlich den Kopf hob … Keine Frage: Der Mann auf diesem Video war Gabriel Tretjak. Oder sollte man sagen: das, was von ihm übrig war? Seine Mimik war merkwürdig verlangsamt, seine Stimme klang dumpf, als wäre er betrunken. Und sein Oberkörper machte sanfte Schaukelbewegungen, vor, zurück, vor, zurück … Was war mit ihm geschehen?

Maler sah Qualle bestürzt an.

»Das ist er, nicht wahr?«, sagte Qualle.

Maler stand auf, ging zum einzigen Fenster des Raumes, sah hinaus. Dabei gab es dort nichts zu sehen. Nur einen Hinterhof, der genauso aussah wie alle Hinterhöfe der ganzen Welt.

»Ja, das ist er«, sagte Maler.

In diesem Moment stellte sich bei August Maler ein vertrautes Gefühl ein. Er hasste dieses Gefühl, aber gleichzeitig war er diesem Gefühl auch dankbar, weil es ihn oft gerettet hatte: Maler versteinerte. Jede Zelle, jedes Teilchen in seiner Blutbahn, jeder Neurotransmitter in seinem Gehirn, jedes Härchen an seinem Körper. Alles war plötzlich aus Stein. Von einer Sekunde zur anderen.

Stein ist hart. Stein ist kalt. Stein ist unverwüstlich.

Maler hörte sich selbst zu Qualle sagen: »Wir müssen die Kollegen in England kontaktieren. Vielleicht müssen wir sofort hin.«

»Chef, ich hatte schon Flüge nach England gegoogelt«, hörte Maler die Stimme seines Assistenten hinter ihm. »Aber vorhin habe ich noch mal mit der Ärztin gezoomt. Tretjak ist nicht mehr dort, er ist verschwunden. Heute Morgen war er nicht in seinem Zimmer. Sie haben überall gesucht, da ist ja eigentlich alles abgesperrt. Aber er ist weg.«

Maler drehte sich um und sah Qualle schweigend an.

Kann ein Stein schmelzen? Nein.

Kann er sich bewegen? Nein.

Kann er denken?

Vielleicht.

In sehr langen Wellen.

TEIL 2

Zwei Monate zuvor

»Where have you been, my blue-eyed son?«

(BOB DYLAN)

1

Wie an jedem der vergangenen Tage beschloss Gabriel Tretjak sofort beim Aufwachen, seine Seele gar nicht erst zu Wort kommen zu lassen. Darauf war er doch trainiert, oder nicht? Seele auf Eis. Das war ihm doch immer wieder vorgeworfen worden.

Auch du hast mir das vorgeworfen, Carola.

Sein Verstand sollte übernehmen, und er sollte nach vorne denken, nicht zurück. Was musste er tun? Das war die Gedankenrichtung. Eine Liste sollte sein Verstand anlegen, eine Liste mit einer einfachen Überschrift: Ich muss.

Er richtete sich im Bett halb auf, blinzelte in den Sonnenstrahl, der ihn geweckt hatte – und ließ sich dann wieder zurücksinken in die noch warmen Arme des Kopfkissens.

Ich muss.

Der Sonnenstrahl fiel durch ein asymmetrisches Oberlicht in der Spitze des Dachgiebels, wo sich die Holzbretter der Decke mit der weiß verputzten Mauer trafen. Der Architekt hatte Carola und ihm erklärt, dass er den Lauf der Sonne genau beobachtet und berechnet hatte. Sie würden fast die Hälfte des Jahres von der Sonne geweckt werden, hatte er gesagt. So sie sich am Himmel zeigte, was in England, auch in Südengland, natürlich niemals sicher war.

Carola.

Ihre Seite des Bettes sah aus, als wäre dort ein Reisekoffer aufgeplatzt. Ihre zurückgelassenen Kleidungsstücke lagen da, die Tretjak von dem Haken der Garderobe genommen und aufs Bett geworfen hatte, Sachen aus dem Bad, die sie nicht mitgenommen hatte, Cremes und Haarsprays und Fläschchen und Seifen. Gerahmte Fotos, auf denen sie oder sie beide zu sehen waren, die meisten aus ihrer Zeit in Hongkong, eine Duftkerze »Atlantik Breeze«. Eine Schlafbrille von einem langen Flug, die sie auch hier benutzt hatte, weil sie den sorgfältig berechneten Sonnenstrahl schon am fünften Morgen gehasst hatte.

Ich muss diesen Krempel endlich wegwerfen, dachte Tretjak. Einfach die Überdecke zusammenbinden und wie einen Sack zum Müllcontainer fahren.

Das Haus stand über den Klippen von Durdle Door in der Grafschaft Dorset. Ein altes, verfallenes Cottage bildete die Basis. In England war es eigentlich fast unmöglich, die Genehmigung zu bekommen, eine Ruine, die so nah am Meer stand, wiederaufzubauen. Eigentlich. Tretjak hatte ein paar politische Kontakte in London und in der National-Trust-Stiftung aktiviert. Carola hatte gelächelt.

Carola.

Nein, du bist die falsche Gedankenrichtung.

Carola.

Im Wohnzimmer lag immer noch ihr Brief auf dem Tisch. Jetzt seit siebzehn Tagen. Wie oft wollte er ihn noch lesen? Neben der Glastür zur Terrasse hing noch ein Blazer von ihr. Vielleicht sollte er einen Entrümpler bestellen, der alles in diesem Haus abtransportierte, was einer Frau gehören konnte.

Was bleibt von einem Menschen, wenn er fortgeht? Hautschuppen hielten sich Jahre, hatte er mal von einer Rechtsmedizinerin erfahren.

Ich muss auch eine professionelle Reinigungsfirma bestellen, damit kein Molekül von ihr hier wohnen bleibt. Tatortreinigung …

Ich muss.

Aber wofür?

Wie an jedem Morgen der letzten Tage ließ er sich wieder von dem Nebel einhüllen, in dem solche Fragen verschwanden. Dankbar, dass wenigstens Schlaftabletten ihre To-do-Liste abarbeiteten. Ich muss mal wieder duschen, war der letzte Gedanke, den er zu fassen bekam.

Als Gabriel Tretjak am Nachmittag ins Auto stieg, hatte er diese Aufgabe tatsächlich erledigt. Er hatte lange unter dem heißen Wasserstrahl gestanden und dann auch lange unter dem kalten. Das Auto war ein alter Triumph 6, er war dunkelgrün, Racing Green hieß die Farbe, und er hatte ein schwarzes Verdeck. Tretjak hatte Carola den Wagen geschenkt, als sie hier eingezogen waren, weil sie oft von diesem Oldtimer gesprochen hatte. Ihm selbst hatten Autos nie etwas bedeutet, er hatte niemals zu irgendwelchen Dingen eine Verbindung aufgebaut.

Zu Menschen auch nicht, würdest du jetzt sagen. Und du würdest es wiederholen: zu Menschen auch nicht.

Ich muss den Triumph verkaufen, dachte er, obwohl er zugab, dass ihm die staksige Schaltung, die harte Federung und das kräftige Motorengeräusch ein gutes Gefühl gaben.

So hoppelte Tretjak an diesem Nachmittag in dem kleinen Sportwagen über die schmalen, schlecht geteerten Straßen in Richtung eines ehemaligen Schlosses, wo ihn sein Sohn erwartete. Oder besser: Wo ihn zwei Stunden mit seinem Sohn erwarteten. Was Daniel erwartete, ob er überhaupt etwas erwartete, wusste niemand.

Es war einer dieser Sommertage, an dem man einen Werbefilm für die Gegend hätte drehen können. Der blaue Himmel, die grünen Wiesen, die sanften Hügel, die kleinen Ortschaften, die so aussahen, als könnten sie sich bewegen und ins Licht der Sonne hineindrehen. Tretjak fuhr mit offenem Verdeck, er trug Jeans, eine schwarze Lederjacke und einen dicken Schal. Sein Sechs-Tage-Bart war abrasiert.

»Vielleicht hätten wir eine Chance gehabt, wenn Daniel gesund geboren worden wäre, vielleicht hätte er dich mitgerissen in eine Welt der Gefühle«, hatte Carola geschrieben. »Aber so wie es jetzt ist, kann ich nicht weiterleben. Ich sehe dich in Daniel. Es tut mir sehr leid, das zu sagen, aber so ist es. Mit jedem Tag wird es deutlicher. Ich verkümmere in eurer Welt. In eurer einsamen Welt.«

Er parkte den Triumph direkt neben dem Eingang, wo das Schild angebracht war: »Castle Winwood«. Die Besucherparkplätze waren meistens leer. Von Andrang konnte man hier nicht sprechen.

Das Gebäude war aus grauem Stein gemauert, und Tretjak fand, es sah ein bisschen so aus wie ein Schloss aus einem Märchen, mit einem hohen Turm und ein paar kleineren. Bei schönem Wetter das Zuhause einer guten Fee, bei schlechtem Wetter und in der Dunkelheit der Palast einer bösen Königin.

Laut Tretjaks Recherchen war hier die beste Einrichtung für autistische Kinder untergebracht, die es weltweit gab. Er hatte sofort den Umzug von Hongkong nach Dorset organisiert. Die ersten zwei Jahre hatten Carola und er in einem gemieteten Haus in der Stadt Dorchester gewohnt. Die Besonderheit der neuen Herausforderung, die mit Daniel in ihr Leben gekommen war, hatte sie zusammengeschweißt. Und die Erkundung der neuen Heimat hatte ihnen gutgetan. Eine gute Zeit war das gewesen. Ehe sie dann in das Haus über den Klippen gezogen waren. Wo der Alltag mit einzog und alle schönen Momente abschmirgelte wie grobes Sandpapier die Unebenheiten auf einem Stück Holz. Wo der tägliche

Besuch im Castle Winwood die einzige Aufgabe war, die sie bewältigen mussten. Und der Triumph 6 ihre einzige Verbindung zur Welt.

»Verzeih mir, Gabriel.«

So endete Carolas Brief.

Hatte sie das vom ihm gelernt, in den Jahren? Wie man mit einem Menschen oder mit einer Situation Schluss machte? Schnell, präzise, ohne Raum für Diskussionen, ohne Möglichkeiten zur Umkehr. Das war Tretjaks Credo. Im Beruflichen wie im Privaten. Oder hatte sie das nur auf ihn angewendet, weil sie ihn so gut kannte und wusste, nur so würde es gehen?

Als er vor siebzehn Tagen von Castle Winwood zurückkam, war Carola verschwunden. Sie musste das gut organisiert haben, einen Fahrer, ein neues Handy, einen Ort, wo sie erst mal hinkonnte und bleiben konnte, ohne dass er sie sofort fand. Sie hatte Geld abgehoben, keine riesige Summe.

Und sonst alles zurückgelassen.

Um eine Liebe zu verwirklichen, braucht es zwei Menschen. Für eine Trennung genügt einer. Niemand hatte diese schlichte Erkenntnis so oft im Mund geführt wie er.

»Daniel hat heute die Augen wieder mal ganz fest zu, leider«, sagte BB und hob bedauernd seine riesigen Schultern. »Möchten Sie trotzdem zu ihm?« BB war ein schwarzes Gebirge von Mann, mit schneeweißen Zähnen und einem Lächeln, das Jahrhunderte alt zu sein schien, erprobt, gelassen, warm und unbeirrbar.

»Ja«, antwortete Tretjak, »wir machen, was wir in diesem Fall immer machen.«

»Sehr gut, Herr Miller.«

Es war Carolas Idee gewesen, den Namen Tretjak mit ihrem Umzug nach England zu löschen. Sie sagte, das sei bei

Tretjaks Vergangenheit sicherer – für sie beide, aber vor allem für Daniel.

»Das ist nicht so einfach«, hatte er gesagt, »da müssen alle Dokumente …«

»Zum Glück bin ich mit dem Regler verheiratet«, hatte sie ihn unterbrochen. »Wie findest du Miller? Gabriel und Carola Miller.«

BB führte Tretjak durch die Eingangshalle und eine große Flügeltür in den Garten, der hinter dem Gebäude lag. »Die Kinder sind draußen«, sagte er. BB war ein Spitzname, alle nannten ihn so. Tretjak hatte am Anfang versäumt, zu fragen, warum. Jetzt war es für diese Frage längst zu spät. Der Garten bestand aus einer großen rechteckigen Rasenfläche, die von Rhododendronbüschen begrenzt war, und einem Kiesweg davor.

Jeder Mensch hätte sofort erkannt, dass die Kinder, die hier spielten, besondere Kinder waren. Das lag an der Tatsache, dass die erwachsenen Betreuer, die auf dem Rasen zwischen den Kindern saßen, lagen oder herumliefen, weit in der Überzahl waren.

Tretjak blieb am Rand des Gartens stehen, suchte nach Daniel, entdeckte ihn aber nicht. BB folgte seinen Blicken und deutete schließlich in Richtung des Schaukelgestells, auf dem niemand schaukelte. Davor im Gras lag ein zusammengerolltes Bündel Mensch. Tretjak erkannte Daniels rote Hose und den pechschwarzen Haarschopf.

»Da ist er ja«, sagte er zu BB und überquerte die Wiese. Vor Daniel blieb erstehen. Er sagte: »Hi, Danny, ich bin's.« Daniel bewegte sich nicht. BB kam mit einer Decke und reichte sie Tretjak. Der breitete sie auf dem Boden neben dem Kind aus.

»Wenn Sie noch etwas brauchen«, sagte BB, »ich bin dort drüben.«

»Danke.«

Tretjak legte sich auf die Decke, betrachtete seinen Sohn und kopierte dessen Stellung möglichst exakt. Eine Art Embryostellung war das, seitlich liegend, die Knie bis unters Kinn gezogen, den Kopf dazwischen vergraben, die Arme fest darum geschlungen. Tretjak achtete darauf, dass er Daniel dabei nicht berührte.

»An manchen Tagen ist er verschlossen wie eine Auster«, hatte damals der Direktor von Castle Winwood erklärt, nachdem Daniel die sogenannte Orientierungszeit hinter sich hatte. Wochen, in denen er intensiv beobachtet und untersucht worden war. »Aber es wäre ganz falsch zu denken, dass Ihr Sohn in dieser Verfassung – und körperlichen Stellung – nichts wahrnimmt. Wenn Sie wollen, werden wir hier mit Ihnen ein paar Übungen machen, die Ihnen zeigen werden, was ich meine.«

Wie lange war das her? Vier Jahre. Tretjak dachte an die Übungen, die Carola und er gelernt hatten. Manche waren ohne jedes Ergebnis gewesen. Diese nicht.

Du hast gedacht, das kriege ich nie hin, nicht wahr?

Tretjak schloss die Augen.

Er verfiel schnell in einen Zustand, den er nun schon geraume Zeit kannte. Und von dem er nie geglaubt hätte, dass er ihn je kennenlernen könnte. Er atmete die Sommerluft ein, roch das Gras, die Wolle der Decke – und die Haut des Kindes neben sich. Und er konzentrierte sich darauf, ein Bein, das rechte, das oben lag, sehr, sehr langsam in Bewegung zu bringen. So langsam, dass man es beim flüchtigen Hinsehen kaum hätte wahrnehmen können. Eine Supersuperzeitlupe. Ziel war es, allmählich das Bein aus der Beuge in die Streckung zu führen. Bei dieser Aufgabe ging Tretjak jedes Zeitgefühl und überhaupt jedes Gefühl verloren. Als das Bein schließlich ausgestreckt war, waren die zwei Stunden schon fast um. Das erkannte er daran, dass er durch die Bodenvibration spürte, wie sich schwere Schritte näherten. Als er seine Augen öffnete, sah er die weißen Turnschuhe von BB. Und er sah noch etwas. Auch Daniel hatte ein Bein ganz ausgestreckt, bei ihm war es das linke. Außerdem zeigte sein Gesicht inzwischen in Tretjaks Richtung. Daniel hatte die Bewegungen seines Vaters vollkommen synchron auch ausgeführt. Und jetzt öffneten sich seine fest zusammengepressten Augenlider einen Spalt. Für ein paar Sekunden begegneten sich die Blicke von Vater und Sohn. Dann schloss der Junge seine Augen wieder.

»Wunderbar.«

Das war BBs Stimme über ihnen. »Sie können stolz sein, Herr Miller.«

Tretjak spürte einen Kloß im Hals und stand auf.

»Bis morgen«, sagte er und ging über den Rasen zurück zum Gebäude. Er schaute weder rechts noch links, nicht zu den anderen Kindern und Betreuern, und er drehte sich auch nicht um.

Draußen setzte er sich auf eine Bank bei den Parkplätzen. Castle Winwood lag auf einem Hügel. Die Sicht reichte viele Kilometer über die Landschaft bis zum Meer im Südwesten. Die Sonne stand Tretjak genau gegenüber, und ihm kam es so vor, als würde sie ihn fixieren.

Ich muss etwas Neues mit meinem Leben anfangen, dachte Tretjak.

Ich muss.

Oder war dieser Gedanke falsch? Musste er vielleicht gar nichts? Konnte er nicht einfach hier sitzen bleiben? Einfach hier sitzen bleiben, immer weiter hier sitzen bleiben …

»Das Leben wird vorwärts gelebt und rückwärts verstanden«, hatte der Philosoph Kierkegaard formuliert. Und

Tretjak hatte sich genau diese Erkenntnis immer zunutze gemacht – bei anderen Menschen. Sich selbst hatte er den Blick zurück immer verboten. Aus gutem Grund dachte er jetzt. Er musste den psychiatrischen Kliniken mit ihren vielen Patienten schließlich nicht noch einen weiteren spendieren. Vorwärts leben war für ihn immer einfach gewesen, mehr noch, es war immer die Lösung gewesen. Aber jetzt war das nicht mehr so.

Was wartete da vorne?

Abgesehen von den Stunden mit Daniel. Die zählten aber nicht. Diese Stunden waren keine normale Zeit. Sie waren Wurmlöcher und Paralleluniversen und Antimaterie und Quantensprünge und sonst auch noch alles andere, was die theoretische Physik hergab, an den Grenzen der Erkenntnis.

»Darf ich mich neben Sie setzen?«

Tretjak blickte auf eine Gestalt im Gegenlicht. Ein Mann in einem Parka, soviel ließ sich aus der Stimme und der Silhouette folgern.

»Bitte sehr«, sagte er und beschloss, nach dem Einhalten von ein paar Höflichkeitsminuten zu seinem Auto zu gehen. Man hätte hier auch mehr als nur eine Bank aufstellen können.

Der Mann bedankte sich, setzte sich, und jetzt sah Tretjak, dass er etwa Mitte dreißig war und fast keine Haare mehr auf dem Kopf hatte. Trotzdem war er der Typ eines rothaarigen Mannes. Blasse Haut, Sommersprossen, auch auf den Händen. Tretjak glaubte, ihn schon einige Male hier gesehen zu haben. Die meisten Eltern der Kinder unterhielten sich miteinander und nannten sich beim Vornamen. Das Gefühl, einer Schicksalsgemeinschaft anzugehören, tröstete sie wahrscheinlich, vermutete Tretjak.

Nicht seine Sache.

Nicht Gabriel Millers Sache.

Dieser Mann neben ihm wollte sich allerdings ebenso wenig unterhalten wie er, das war sofort zu spüren.

Tretjak beschloss, doch noch einen Moment sitzen zu bleiben. Noch ein bisschen der Sonne zuzuhören.

Vielleicht hatte sie Antworten.

Nach einer Weile stand der Mann auf, und Tretjak beobachtete, wie er langsam zu seinem Auto ganz am Ende des Parkplatzes ging, einem gepflegten, aber betagten Honda. Er entriegelte die Türen, stieg jedoch nicht ein, sondern verharrte daneben, als überlege er. Dann ging er ein paar Schritte weiter in die Wiese hinein und zündete sich eine Zigarette an. Er stand mit dem Rücken zu Tretjak, rauchte, und es sah so aus, als würde er über die Landschaft blicken. Ein Vogel zwitscherte eine seltsame, kurze Melodie und wiederholte sie.

Tretjak hörte, wie hinter ihm im Gebäude die Glasschiebetüren des Eingangs aufglitten, und er sah BB über den Parkplatz zu dem Mann gehen. Als er ihn erreicht hatte, stellte er sich neben ihn und legte ihm seinen starken Arm um die Schultern. Er sagte auch etwas, aber die beiden standen zu weit von Tretjak entfernt, als dass er es hätte verstehen können. Schließlich beobachtete Tretjak, wie der Mann sich umdrehte und der viel größere BB ihn in die Arme schloss und an seine Brust drückte. Aus der Ferne wirkte es so, als würde der Mann weinen. Ein paar Minuten lang standen die beiden Männer so da, in der Nachmittagssonne, ehe sie sich voneinander lösten.

Tretjak fing den Betreuer vor dem Eingang des Gebäudes ab.

»Was ist mit dem Mann?«, fragte er.

BB sah ihn verzweifelt an und schüttelte den Kopf.

»Diese Welt ist manchmal einfach das Letzte, Herr Miller«, sagte er. »Und die Menschen … Lieber Gott, was hast du für Scheusale erfunden …«

Wenig später klopfte Tretjak an die Scheibe des Hondas. Der Mann, der hinterm Steuer saß, blickte überrascht auf und machte ein Zeichen, dass er die Tür öffnen würde.

»Der Fensterheber ist kaputt«, sagte er zur Erklärung und drehte sich auf dem Sitz zu Tretjak. »Wie kann ich Ihnen helfen?«

»Sehen Sie dieses große schöne Haus dort drüben am Hang?« Tretjak deutete mit ausgestrecktem Arm und Zeigefinger in die Landschaft vor ihnen. »Das ist das Pub ›The Red Lion‹. Waren Sie schon mal dort?«

»Nein«, sagte der Mann.

»Ich auch nicht,« sagte Tretjak. »BB sagt, Sie heißen William, ich bin Gabriel. Was halten Sie davon, wenn wir beide im Red Lion ein Bier trinken? Und Sie erzählen mir von Ihren Problemen.«

»Jetzt?«, fragte der Mann etwas verstört.

»Ja. Jetzt.«

»Warum?«

»BB sagt, es eilt.«

Tretjak ging auf die andere Seite des Autos öffnete die Tür und setzte sich auf den Beifahrersitz.

»Kommen Sie, nehmen Sie mich mit. Vielleicht kann ich etwas für Sie tun.«

2

Tante Assunta sah auf die Uhr und wunderte sich, dass es im Schlafzimmer ihrer Villa in München-Grünwald stockfinster war. Halb elf? War die Rollo-Anlage nicht angesprungen? Eigentlich sollten um diese Jahreszeit schon morgens um sieben die Rollos vor allen Fenstern und Türen hochgefahren sein.

Sie knipste das Licht an, schlüpfte in ihren japanischen Seidenkimono. Tatsächlich: der Flur, das Bad, die Treppe nach unten – alles dunkel. Sie öffnete den Steuerungskasten hinter der Garderobe neben dem Eingang, um die Rollos manuell hochzufahren. Aber das Display war schwarz und blieb es auch, als sie darauf herumdrückte und wischte. Diese digitale Welt mit ihren Programmen, die angeblich alles leichter machten, konnte einen in den Wahnsinn treiben, dachte sie. Bis da jetzt wieder jemand kam und der Fehler gefunden war … Herrje, sollte sie bis dahin im Dunkeln sitzen? Und wie bitte schön sollte sie nach draußen gelangen?

Tante Assunta ging in die Küche, machte Licht und schaltete die Kaffeemaschine ein. Dann erst sah sie die Flasche Rotwein auf dem Arbeitsblock stehen und das dunkelrote Kuvert.

Was hatte das zu bedeuten? War jemand hier gewesen? Heute Nacht? Oder gestern?

»Major Tom?«, rief sie laut.

Stille. Sie überlegte, ob sie noch mal in der Küche gewesen war, nachdem sie gegen Mitternacht nach Hause gekommen war.

Sie griff nach dem Kuvert. Teures, dickes Papier unbeschriftet, nicht zugeklebt. Sie öffnete den Umschlag und entnahm ihm einen gefalteten Bogen Papier, auch rot. Der Text war nicht mit Hand geschrieben, wie man hätte vermuten können, sondern mit Computer. Sie zog sich einen der Barhocker heran, lehnte sich dagegen und las:

Tante,
oder besser: liebe Tante?
Von mir aus.
Liebe Tante,

wenn du das liest, ist der Tod ganz nah bei dir. Zeitlich und räumlich. Daran ist nichts zu ändern. Du solltest die letzten Augenblicke genießen. Füttere dein Gehirn noch mit ein paar Impulsen, aus denen letzte Erinnerungen werden. Es kann sehr schön sein, loszulassen. Erleichternd, befreiend. Ich weiß, wovon ich rede.
Lass los, dein Leben. Denk daran, was du alles nicht mehr erleben musst. Die Klimakatastrophe zum Beispiel. Und du musst auch nicht erleben, wie sich das viele Geld, das du in mich investiert hast, buchstäblich pulverisiert.
Schenk dir einen Chateau Monrose ein. Die Flasche steht vor dir. Sagtest du nicht, das ist der beste Wein auf der ganzen Welt? Oder bezog sich das auf den Jahrgang? Ich verstehe davon nichts, will nichts davon verstehen.
Was hast du mir nicht alles in den Mund gestopft, damit ich lerne, was Geschmack ist!
Egal. Easy, Tante. Easy. Ich bin nicht nachtragend. Ich möchte, dass du befreit und glücklich stirbst.
Erinnerst du dich, als du mich das letzte Mal ins Tantris eingeladen hast? Immer wenn es etwas zu feiern oder zu besprechen gab, musste ich mit dir in dieser orangeroten Hölle speisen.

Ich hatte die Aufnahmeprüfung an der Musikhochschule bestanden, mit großem Lob für meine besondere Begabung, ganz nach deinem Gusto.
Bei jedem Gang hast du den Chefkoch antanzen lassen, damit er mir erklärt, was da auf meinem Teller ist und warum es den Preis wert ist. Weißt du, was ich nach dieser abendfüllenden Lektion getan habe?
Gekotzt habe ich. Ich habe mir zu Hause den Finger in den Hals gesteckt, und ich habe auch noch den letzten Geleewürfel der Wild Consommé rausgewürgt. Und dann habe ich mir ein Taxi bestellt, bin zur Tankstelle in der Grünwalderstraße gefahren und habe eine Dose Hundefutter und eine Tube Senf gekauft. Der Fahrer hat nicht schlecht geschaut, als ich das auf seinem Rücksitz gefressen habe. Alles weg, all you can eat, drei Minuten höchstens.
Was meinst du, hätte ich das posten sollen? Hättest du das geliked? Du warst doch immer hinterher, dass ich mein schönes Leben herzeige.
Das Leben, das du mir ermöglicht hast.

Jetzt noch ein paar Infos: Die Alarmanlage ist abgeklemmt, die Telefonleitung ist tot, dein Handy liegt im Pool. Und alle Türen des Hauses sind verschlossen, die Einbruchsicherung an den Fenstern ist aktiviert.
Erinnerst du dich, wie diese Sicherung mal aus Versehen losging? Du saßt mit Freunden im Garten, und plötzlich gingen alle Rollos runter. Ihr kamt nicht mehr ins Haus. Ich war im Haus, habe am Flügel gesessen und gespielt und so getan, als würde ich euer Rufen nicht hören. Herrlich, was habt ihr geklopft und geschrien, immer höher die Stimmen …
Auch jetzt bin ich hier im Haus und passe auf, dass du keine Dummheiten machst.

Du hast noch zwei Stunden. Ich bin gespannt, was du damit anfängst.

Major Tom

PS: Alle deine Tabletten habe ich im Klo runtergespült. Hast du nicht eine Zeit lang Achtsamkeits-Bücher gelesen und allen davon erzählt?
Lebe im Hier und Jetzt? Bitte sehr.

Sie blieb einen Moment wie erstarrt stehen und las die Zeilen nochmal. Dann lief sie los, zuerst zur Eingangstür, dann zur Terrassentür, dann zum Telefon, dann zu der Tür, die zur Garage führte. Alles war abgesperrt. Sie schrie ein paarmal: »Hallo? Lass den Unsinn!« Sie lief nach oben und öffnete alle Zimmer. »Hey, hey, hey!« Ihre Stimme verhallte in dem leeren Haus. Schließlich wurde sie still, ging nach unten, setzte sich im Wohnzimmer auf das Sofa und überlegte, was sie tun konnte. Sie spürte ihren Herzschlag.

Ganz ruhig, dachte sie. Es ist ein normaler Vormittag, ich sitze in einem Haus inmitten vieler anderer Häuser, in einer Stadt mit sehr vielen anderen Menschen. Es wird schon eine Lösung geben.

In diesem Moment hörte sie ein Knacken, und dann ertönten sehr laute Gitarrenakkorde, so laut, dass sie weh taten. Überall im Haus waren Hifi-Lautsprecher eingebaut, die Anlage war offenbar voll aufgedreht.

Sie kannte diese Akkorde. Sie kannte sie ganz genau. Und jetzt kam die Stimme dazu. David Bowie.

»Ground control to Major Tom
Ground control to Major Tom
Look your Soyuz Hatch and put your helmet on

Ground control to Major Tom …
May God's love be with you …«

Sie sprang auf und rannte in die Küche, sie nahm die Rotweinflasche und rannte zurück ins Wohnzimmer.

»Ja, ja, ja«, schrie sie gegen die Musik an, »es kommt auf den Jahrgang an! Und das ist der Falsche!«

Sie schleuderte die Flasche gegen das Sicherheitsglas der Terrassentür, das nur ein wenig vibrierte. Die Flasche zerbarst in tausend Stücke, der Rotwein lief an der Scheibe herunter.

»Ground control to Major Tom …«, tönte es aus den Lautsprechern.

»Ja, ja, ja!«, schrie sie. »Komm doch her! Komm doch!«

Dann ließ sie sich wieder auf das Sofa fallen und hielt sich die Ohren zu.

»Ground control to Major Tom
The time is near, there's not too long …«

3

Diesmal waren Daniels Augen offen. Tretjak saß mit ihm am Bettrand in seinem Zimmer und blätterte in Bilderbüchern. Meistens war es nicht zu erkennen, ob Daniel verarbeitete, was er sah, ob er überhaupt die Bilder in sich hineinließ. Aber ein Buch hatte es ihm besonders angetan. Es zeigte Fotografien von riesigen Rutschbahnen, die ins Wasser führten, jede anders, eine höher oder gewundener als die andere. Immer wieder griff er nach diesem Buch, und er wollte auch nicht, dass man zu schnell weiterblätterte. Sein unbeteiligt wirkender Blick ruhte minutenlang auf jeder Seite.

Tretjak hielt Abstand zu ihm. Daniel mochte es nicht, berührt zu werden, manchmal schrie er dann sogar und schlug um sich. Nur wenn er schlief, den tiefen Schlaf der Medikamente, konnte Tretjak ihn umarmen und an sich drücken.

Als die zwei Sunden verstrichen waren, wartete William schon an der Bank am Parkplatz. Diesmal war er in Begleitung seiner Frau, einer freundlichen Person in einem quietschgelben Pullover.

»Wir nehmen Ihr Angebot gerne an, Herr Miller,« sagte er, und seine Frau überreichte Tretjak eine große runde Schachtel.

»William sagt, ich mache den besten Erdbeerkuchen auf der ganzen Insel«, meinte sie. »Auf die Creme kommt es an, wissen Sie«, sie kniff verschwörerisch ein Auge zu, »auf die Creme zwischen dem Boden und den Früchten.«

Tretjak dachte an das Gespräch im »Red Lion«. Eigentlich

eine romantische Geschichte, die William dort aufgetischt hatte: Zwei unzertrennliche Schulfreunde gründen mit achtzehn eine Firma. Der eine, William, eher der Träumer, der Weltfremde, der sich in Computerspielen und Fantasiewelten verlieren kann – der andere eher der Machertyp, ein guter Verkäufer und Geschäftsmann. William schrieb schon in der Schule Computerprogramme, die Musik komponierten. »Das Wort komponieren ist nicht ganz richtig«, hatte er Tretjak erklärt. »Meine Programme zerlegen weltberühmte Melodien und kombinieren die Teile und Töne neu miteinander, immer wieder.« Für die so entstandene Musik musste man keine Rechte bezahlen – und genau das wurde überall gebraucht. In Telefonwarteschleifen, Fahrstühlen, als Jingles für Podcasts oder Fernsehsendungen. William hatte dafür offenbar ein besonderes Talent, seine Musik war emotionaler als andere solche Konserven. Die Firma war schnell erfolgreich. Jetzt hatte sein Kompagnon sie verkauft, für zwanzig Millionen Pfund – ohne William zu beteiligen. Der Träumer hatte all die Jahre keine Verträge, der Träumer hatte nicht einmal ein regelmäßiges Gehalt. Sein Freund und Partner hatte Williams Miete überwiesen, auch andere Fixkosten. Und wenn er Geld brauchte, hatte er ihm immer Geld gegeben.

»Es war immer mehr als genug«, sagte William, »das Teuerste war unsere Tochter hier im Castle, auch das hat er überwiesen. Ich habe mich nie um etwas gekümmert.«

Aber jetzt war Schluss. William hatte keinen Job, er konnte die Miete nicht mehr bezahlen, seine Tochter musste Castle Winwood Ende des Monats verlassen. Und sein Partner stellte es so dar, als hätte er William die ganzen Jahre über nur mitgeschleppt in der Firma.

»Herr Miller, vor Ihnen sitzt ein Idiot«, hatte William gesagt.

Sie saßen in der Ecke am Fenster, hatten beide kein Bier bestellt, sondern Tee. Um diese Uhrzeit am Nachmittag waren sie die einzigen Gäste. Das Red Lion war einer der Pubs, in denen man sich beim Eintreten um Jahrzehnte zurückbeamte. Die große Glocke über der Bar für die Ansage »Last Orders!«, die Jukebox in der Ecke, der dunkle Holztresen, an dem schon Winston Churchill einmal ein Guinness getrunken hatte, wie eine Fotografie zeigte, die zwischen den Single Malt Whiskys im Regal stand.

Tretjak hatte den Barmann um ein Blatt Papier gebeten und einen Stift. Während William berichtete, hatte er alle Informationen notiert, auch noch zwei weitere Blätter vollgeschrieben. Am Ende lagen drei Grafiken auf dem Tisch, die Williams Problem darstellten und ein bisschen so aussahen wie U-Bahn-Fahrpläne. Linien verbanden Namen und Punkte. Es gab Listen und Adressen. Pfeile stellten Bezüge her, Kreise markierten wichtige Felder. Die Immobiliengesellschaft, die William die Wohnung gekündigt hatte, war darauf ebenso zu finden wie Unternehmen, die Williams Musik gekauft hatten, alle Informationen über den Partner, über die Tochter, Kontostände, Verpflichtungen aller Art.

»Wenn Sie könnten, wie Sie wollten, wo würden Sie dann gerne Urlaub machen, William?« hatte Tretjak ihn schließlich gefragt.

»In Thailand«, hatte er sofort geantwortet. »Davon haben meine Frau und ich immer schon geträumt.«

Tretjak legte die beschriebenen Blätter aufeinander, faltete den Stapel sorgfältig und steckte ihn in die Innentasche seiner Lederjacke.

Dann beugte er sich etwas nach vorne über den Tisch.

»Also, William, hier kommt mein Vorschlag«, sagte er. »Sie müssen nicht gleich antworten, Sie können ihn sich in Ruhe überlegen: Sie fahren mit Ihrer Frau nach Thailand und bleiben dort vier Wochen. Ich buche die Flüge. Sie lassen alles hier zurück, Ihre Sorgen, Ihre Gedanken, sogar Ihr Handy. Sie bleiben so lange, bis ich Sie zurückrufe.«

Tretjak machte eine Pause. Williams Gesicht mit den Sommersprossen und den rötlichen Augenbrauen zeigte eine Mischung aus Konzentration, Misstrauen und Erstaunen.

»Wenn Sie zurückkommen«, fuhr Tretjak fort, »haben Sie die Hälfte des Kaufpreises Ihrer Firma auf Ihrem Konto, außerdem einen neuen Job. In ihrer Wohnung steht ein Blumenstrauß des Vermieters, der sich freut, dass Sie nicht ausziehen. Und Ihre Tochter bleibt selbstverständlich hier. Bei BB und den anderen. Diesen Teil habe ich übrigens schon geregelt, Ihr Einverständnis vorausgesetzt.«

William sagte lange nichts. Man konnte sehen, was in ihm vorging. Er wollte sich nicht schon wieder zum Idioten machen. Schließlich sagte er: »Wer sind Sie, Herr Miller?«

»Ich bin ein Mann, der so was kann.«

»Und was kostet mich das Ganze?«

»Keinen Cent«, hatte Tretjak geantwortet. »Es ist mir ein Vergnügen.«

Jetzt, als sie auf dem Parkplatz vor Castle Winwood standen, räusperte sich Williams Frau.

»Wir wollen aber nicht nach Thailand. Das scheint uns nicht angemessen, verstehen Sie, Herr Miller?«, sagte sie. »Wir würden gerne meine Schwester in Belgien besuchen. Das wäre wunderbar.«

Tretjak lächelte.

»Dann tun sie das«, sagte er.

Sie besprachen noch ein paar Dinge, dann ging Tretjak zu seinem Triumph, die Erdbeertorte vor sich hertragend. Er spürte die ungläubigen Blicke im Rücken.

Vorwärts leben, dachte er, als er den Karton auf dem Beifahrersitz abstellte und den Motor startete. Auf der Fahrt führte er ein kurzes Telefongespräch.

»Was für eine Überraschung«, sagte der andere Teilnehmer. »Lange her, Gabriel.«

»Euer Ehren«, sagte Tretjak nur, »ich bräuchte dich für die nächsten vier Wochen.«

»Wie intensiv?«

»Nicht besonders intensiv. Keine größere Sache, denke ich.«

»Dirty oder clean?«

»Das weiß ich noch nicht. Kann gut sein, dass es dirty wird.«

»Okay. Ich bin dabei.«

»Gut. Ich schicke dir Informationen und Überlegungen. Wie früher per Post. Dasselbe Postfach?«

»Ja.«

Tretjak legte auf, hielt an, stieg aus und klappte das Verdeck zu. Es hatte plötzlich angefangen zu regnen, und er wurde ziemlich nass, weil die Verdeckkonstruktion des Triumphs mehr als umständlich war.

4

Catherine Bernard war überrascht, dass Tretjaks Haus genauso aussah, wie man es ihr beschrieben hatte. Das verhielt sich nicht oft so, weil sie einen speziellen Blick auf die Welt hatte, das hatte sie im Laufe ihres Lebens begreifen müssen. Meistens sah für sie alles ganz anders aus als für andere Menschen.

Sie war nervös, als sie sich dem Haus näherte. Sie parkte ihren Mietwagen direkt neben dem kleinen grünen Sportwagen und stieg aus. Sie war mit dem Zug von Waterloo Station in London bis Dorchester gefahren. Vorsichtshalber hatte sie den Wagen bis morgen gebucht und auch gleich ein Hotelzimmer. Für den Fall, dass die Begegnung mit Gabriel Tretjak gut verlief. Ob das so sei, könne bei dem Mann niemand vorhersagen, hatte man ihr versichert.

Es war später Nachmittag, das Wetter war schön, aber die Luft war frisch. Offenbar hatte es hier kürzlich einen leichten Kälteeinbruch gegeben und heftig geregnet. Catherine Bernard interessierte sich nicht für das Wetter, das war schon als Kind so gewesen, ihr war jedes Wetter recht, ihre Laune hing nicht vom Sonnenstand ab.

Die Eingangstür des Hauses war aus grauem, gebürstetem Metall, hatte nur einen schweren Griff aus Chrom.

Catherine Bernard betätigte die Klingel, die daneben in die Mauer eingelassen war, und trat ein paar Schritte zurück.

Sie hatte sich am Morgen für einen dunkelbraunen Hosenanzug entschieden. Schwarzes T-Shirt, die Silberkette mit den schweren Gliedern, basta. Keine Accessoires, nicht mal eine Handtasche. Bei einer Begegnung mit einem fremden Menschen fühlte sie sich immer am sichersten, wenn sie nichts, gar nichts dabei hatte.

Sie hätte nicht mehr sagen können, wie das Wetter war, als sie in Stockholm den Nobelpreis entgegennahm. Aber sie wusste genau, was sie anhatte. Und dass sie mit vollkommen leeren Händen angetreten war. Sogar ihr Telefon hatte sie im Hotel gelassen.

»Ja, bitte?« Er stand in der Tür, und auch er wirkte so, wie er ihr beschrieben worden war: sehr gutaussehend, kühl, durchaus interessiert, aber im Kern unbeteiligt, distanziert. Schwarze Haare, schwarze Augen, Jeans, weißes Hemd.

»Sie sind Gabriel Miller?«, sagte sie, wissend, dass es von Vorteil war, eine gut gekleidete, attraktive Frau zu sein, die das sagte – und nicht ein unrasierter, gestresster Paketbote. »Mein Name ist Catherine Bernard.«

»Womit kann ich Ihnen dienen?«, fragte Gabriel Tretjak und musterte sie.

»Dienen?« Sie lächelte über die Formulierung. »Das wäre schön.«

Er lächelte zurück, sagte aber nichts.

»Ich komme mit einer Empfehlung«, sagte sie. »Aber mit einer Empfehlung für Herrn Tretjak, nicht für Herrn Miller.«

Er verzog keine Miene und sagte in neutralem Tonfall: »Ich weiß nicht, was Sie meinen. Wovon reden Sie?«

»Meine Empfehlung kommt von einem Geistlichen, einem Pfarrer. Joseph Lichtinger ist sein Name.«

Tretjaks Augen wurden kurz schmal. Wachsame Augen waren das.

»Wenn das so ist, muss ich Sie bitten zu gehen. Ich kann nichts für Sie tun.«

»Aber Sie kennen Pfarrer Lichtinger?«

»Glauben Sie mir, Frau Bernard, es ist sinnlos, wenn wir uns unterhalten«, sagte er.

Ihre Blicke begegneten sich. Eine ganze Weile standen sie so da, vor der offenen Tür, beschienen von der Augustsonne. Catherine Bernard spürte, dass hinter Tretjaks abweisendem Blick noch etwas anderes war. Ein Funke von Irritation? Oder Neugier?

»Habe ich einen Fehler gemacht?«, fragte sie schließlich.

»Ja«, antwortete Tretjak.

»Sagen Sie mir, welchen?«

»Nein«, erwiderte er. »Woher wissen Sie, wer ich bin? Von Lichtinger wissen Sie es nicht.«

Der Tipp, sich auf diesen Pfarrer zu beziehen, war nicht gut gewesen, soviel stand fest. Das wunderte sie sehr. Wie konnte Carola dieser Fehler passieren?

»Was halten Sie davon, wenn Sie mich in Ihr schönes Haus bitten und mir einen Drink anbieten?«, sagte sie. »Oder wenigstens einen Kaffee?«

Er schien kurz zu überlegen, dann trat er zur Seite und forderte sie mit einer Handbewegung auf, einzutreten. »Gleich rechts ins Wohnzimmer bitte«, sagte er.

Sie blieb am Eingang des Wohnzimmers stehen und ließ ihren Blick demonstrativ umherwandern. Ein paar nicht gespülte Gläser standen an merkwürdigen Plätzen, das Obst in einer Schale auf dem Tisch machte keinen guten Eindruck, über die Sitzmöbel hatten sich unterschiedliche Klamotten verstreut.

Seine Klamotten. Jeans, ein Sweatshirt, eine Lederjacke, ein paar abgestreifte Socken … Auf dem Sofa lag eine angebrochene Tüte Kartoffelchips, ein Buch, die Fernbedienung des Fernsehers.

»Wo ist Ihre Frau?«, fragte sie.

»Nicht da«, antwortete Tretjak.

»Wie lange?«

»Wonach sieht es denn aus?«

Er räumte das Sofa frei und brachte die Gegenstände vom Tisch in die angrenzende offene Küche, auch zwei handbeschriebene Blätter Papier.

»Bitte sehr.«

Sie nahm auf dem Sofa Platz, er im Sessel gegenüber. Und er wiederholte seine Frage:

»Woher wissen Sie, wer ich bin?«

»Bitte, Herr Tretjak, ich mache Ihnen einen Vorschlag. Sie hören mir in Ruhe zu. Und am Ende sage ich Ihnen, wer Sie mir empfohlen hat.«

Er schwieg, lehnte sich aber zurück und hob leicht die Augenbrauen.

»Ich habe gestern einen großen Strauß roter Gladiolen in mein Büro geliefert bekommen«, begann sie.

Sie wusste, dass es jetzt darauf ankam, sein Interesse zu wecken. Wenn man als Frau in der Forschung arbeitete, musste man Weltmeisterin auf diesem Gebiet sein: Interesse wecken. Staatliche Forschungsgelder locker machen, Unternehmen überreden, dass sie Studien finanzieren, Assistenten genehmigt bekommen, Kongresse organisieren … Nie war etwas ein Selbstläufer – wie bei Männern.

»Ein Verehrer?«, fragte Tretjak.

Sie ließ sich Zeit mit der Antwort.

»Ich habe chinesische Geschäftspartner«, sagte sie dann und sah ihm dabei in die Augen. Die sich jetzt wieder für eine Sekunde verengten.

»Soweit ich weiß, gibt es in China sehr verlässliche und honorige Geschäftspartner«, sagte Tretjak.

»Und wenn meine Geschäftspartner Verbindung zur chinesischen Mafia haben?«

»Dann, Frau Bernard, bedeuten rote Gladiolen, dass Sie dem Tod geweiht sind«, erklärte Tretjak. Er erhob sich aus dem Sessel.

»Was trinken Sie?«

5

Sie blieben oben auf den Klippen stehen und schauten hinab auf die Bucht. Eine atemberaubende Szenerie entfaltete sich vor ihnen in der Abendsonne. Lulworth Cove sah aus wie ein riesiges kreisrundes Becken, tiefblaues Wasser, von hellem Sand und weißen Felsen eingefasst.

Tretjak hatte seinen dunkelblauen Anorak übergezogen, und Catherine Bernard steckte in Carolas gewachster Regenjacke. Tretjak erinnerte sich gut an den Laden in Dorchester, wo Carola mit skeptischem Blick vor dem Spiegel gestanden hatte. »Macht die meine Beine nicht noch kürzer als sie sind?« Nein, nein, hatte er abgewiegelt. Er hatte Hunger und wollte ins Restaurant. Carola hatte die Jacke dann gekauft, aber fast nie getragen.

Tretjak hatte den Spaziergang vorgeschlagen, hatte auch ein Paar Turnschuhe von Carola hervorgekramt, die Catherine Bernard leidlich passten.

»Dort unten ist das Lulworth Cove Inn«, sagte Tretjak, »das weißblaue Haus am Rand der Bucht, sehen Sie? Dort könnten wir ein passables Roastbeef mit Bratkartoffeln essen oder Fish and Chips. Was meinen Sie?«

»Das machen wir«, sagte sie und ging voraus auf dem Weg, der in engen und steilen Windungen hinunter zum Strand führte. Sie war eine sehr attraktive Frau, keine Frage. Dunkle Haare, dunkle, leicht mandelförmige Augen, die unruhig und intelligent blitzten, ein ebenmäßiges Gesicht mit makelloser Haut. Und sie hatte eine warme, angenehme Stimme.

Tretjak hatte dieser Stimme jetzt lange zugehört. Was sie erzählt hatte, fügte sich auf fast unheimliche Art in die Landschaft, durch die sie liefen, diese Selbstverständlichkeit der Natur, ihre zwingende Gesetzmäßigkeit, ihre Schönheit, der es vollkommen egal war, ob jemand sie wahrnahm.

Sie hatte vom menschlichen Gehirn geredet, vom sogenannten Konnektom, womit die Gesamtheit aller Nervenverbindungen gemeint war, also der Schlüssel zur Erinnerung. Jeder Geruch fand sich dort, jedes Bild, jeder Ton. Großmutters Rinderbraten, das erste Schulzeugnis, das Zelt an der Atlantikküste, die Lilien am Grab des Vaters … Sie sprach über die Möglichkeit, die Daten unseres Gehirns eines Tages auslesen zu können. Mit bewussten Gedanken gelänge das schon zum Teil, und das sei ihr Forschungsgebiet. Für eine bestimmte Erkenntnis, welche Daten welchen chemischen Substanzen in unserem Gehirn entsprachen, hatte sie den Nobelpreis in Medizin erhalten.

Sie sprach von Transhumanisten, die fest an die Verschmelzung des menschlichen Organismus mit Maschinen glaubten. In deren Fantasien eines Tages Tausende von Nanorobotern durch unsere Blutbahnen zirkulierten und nach dem Rechten sahen. Sie redete von verrückten Schlagzeilen, die mit ihrer Erkenntnis verbunden waren: die wirkliche Hoffnung für Alzheimer- und Parkinsonkranke. Der Schlüssel zum Verständnis der Gehirne von Autisten. Bei diesem Satz hatte ihn Catherine Bernard nachdrücklich angesehen. Sie hatte erzählt, dass sie sich nach dem Nobelpreis kaum hatte retten können von Offerten aus der Pharmaindustrie.

»Ich bin eine Naturwissenschaftlerin«, hatte sie gesagt. »Und plötzlich redeten die Leute von Millionen, ja Milliarden von Dollars, über die ich verfügen sollte. So jedenfalls klang es immer im ersten Moment.« Sie war stehengeblieben und hatte die Arme ausgebreitet. »Und jetzt? Ich hätte mir nie träumen lassen, dass mich meine Forschung so tief in die Scheiße führt.«

War es Zufall, dass Tretjak nun schon zum zweiten Mal in kürzester Zeit einem ihm fremden Menschen zuhörte, der in Not geraten war? Oder war das ein Zeichen? Sollte er seine alte Melodie wieder aufnehmen?

Die Rückkehr des Reglers?

Während er Carolas schwarzer Regenjacke folgte, die an den Schultern einer anderen Frau hing, dachte er an einen Freund, der auch Therapeut war. Er wusste genau, was dieser Freund zu ihm gesagt hätte: »Das ist kein Zeichen, Gabriel, nur eines, das *du* sehen willst. Du suchst wieder nach der Fluchtmöglichkeit. Anderer Leute Angelegenheiten sind dein Ticket zur Flucht. Damit musst du aufhören. Du musst dich deiner eigenen Situation stellen, nicht derer anderer Leute …«

Wie oft hatte er das von ihm gehört, und er war schließlich dazu bereit gewesen. Er hatte eine Achterbahnfahrt der Gefühle durchlaufen bei der Beschäftigung mit seiner Geschichte. Sein Konnektom hatte ihm schwer zu schaffen gemacht. Aber er hatte in dieser Zeit auch gegen Verbrecher um sein Leben kämpfen müssen, mit seinen Methoden, den Methoden des Reglers. Am Ende war er nur noch müde gewesen. Und Carola hatte dieser Müdigkeit ein Zuhause gegeben.

Aber jetzt?

Catherine Bernard bestellte Fish and Chips und einen doppelten Wodka, Tretjak einen Ploughmans Lunch und Whisky. Das Lulworth Cove Inn war brechend voll, aber er hatte vorher angerufen. Man konnte eigentlich nicht reservieren, aber er kannte die Wirtin. Verena hatte seinen Lieblingstisch im Erker vorne links freigehalten.

»Ich fasse mal zusammen, was ich verstanden habe«, sagte Tretjak. »Sie sind Mitinhaberin einer Firma, die sich mit der Schnittstelle von Gehirnforschung und künstlicher Intelligenz beschäftigt. Theseus heißt die Firma. Sie sind Minderheitengesellschafter. Die beiden großen Gesellschafter sind: ein chinesisches Pharmaunternehmen, das auf den Gebieten Alzheimer und Parkinson forscht. Und ein amerikanischer IT-Konzern aus dem Silicon Valley, der sich mit selbstlernenden Systemen und jeder Form von KI beschäftigt. Beide haben riesige Summen investiert und wollen das auch weiterhin tun, weil sie das ganz große Geld wittern. Die Grundlage für diese Hoffnung ist Ihre Forschung, sind Ihre Erkenntnisse. Richtig?«

»Ja.«

»Und jetzt drücken die Chinesen auf die Tube bei der Forschung. Motto: Bei uns sind die Bestimmungen nicht so streng, wir müssen zügig weiterkommen. Wir brauchen viel mehr Tierversuche und bald auch Studien mit Menschen.«

»Genau so ist es«, sagte Catherine Bernard und hob ihr Glas.

»Zwischenfrage«, sagte Tretjak und hob seines gleichfalls. »Kann Ihre Firma nicht nur Erinnerungen bewahren, sondern sie auch löschen? Stellen Sie sich einen Mann vor, der vergessen möchte. Große Teile seiner Kindheit. Vielleicht auch seine Ehe.«

»So einen Mann kann ich mir nicht vorstellen«, Catherine Bernard lächelte und hob nochmal ihr Glas.

»Okay, weiter«, sagte Tretjak. »Die Amerikaner machen auch Druck, aber einen anderen. Die wollen an die Kohle. Motto: Können wir nicht auch schon die Hoffnung zu Geld machen? In Amerika bezahlen schließlich reiche Leute jetzt schon viel Geld dafür, dass man sie nach ihrem Tod einfriert – in der Hoffnung, eines Tages wieder aufgeweckt zu werden.«

»Ja, richtig. Es gibt in den USA jetzt schon ein Start-up, das Gehirne für zehntausend Dollar bei minus hundertfünfunddreißig Grad einfriert, damit man sie später wieder aktivieren kann. Angeblich.«

»Und Sie wollen das alles nicht, Frau Professor?«

Tretjak spürte jetzt die Wärme des Malt-Whiskys. Und bestellte noch einen.

»Man muss sehr vorsichtig sein«, sagte sie. »Die Gefahr, dass man statt Segen Elend in die Welt bringt, ist groß, egal, ob man die Forschung in verbotene Gebiete führt oder mit einer Hoffnung unlautere Geschäfte macht. Meine Forschungsergebnisse sind theoretischer Natur. Aber sie eröffnen die Möglichkeit, Gehirnzellen auf gezielte Art durch elektromagnetische Impulse zu verändern. Das ist nur eine Möglichkeit, verstehen Sie? Wir wissen noch viel zu wenig. Aber mich fasziniert der Gedanke schon, dass wir auf diese Weise eines Tages Gehirnzellen vielleicht immun machen können gegen Alzheimer.«

Er beobachtete sie, wie sie ihre Fish and Chips aß. Man konnte viel über Menschen lernen, wenn man sie beim Essen beobachtete. Catherine Bernards Auftreten war lässig, selbstbewusst, sexy. Oder sollte so sein. Die Art, wie sie aß, war anders. Ordentlich und pedantisch. Kleinlich könnte man fast sagen. Da wurde nichts verschwendet, nichts vergessen, nichts dem Zufall überlassen oder gar einer Lust.

»Warum, glauben Sie, hat man Ihnen die Gladiolen geschickt?«, fragte Tretjak.

»Ich habe heimlich eine Studie in Auftrag gegeben. Fünf meiner wissenschaftlichen Assistenten haben sich da reingehängt. Ich wollte die medizinischen Risiken untersuchen. Was kann passieren, wenn wir in die Gehirnfunktionen eingreifen? Es wurden Tierversuche gemacht und Computermodellierungen. Auch die soziale Akzeptanz wurde untersucht: Gibt es überhaupt eine Bereitschaft für die Ziele von Theseus? Meine Leute haben mir letzte Woche die Ergebnisse präsentiert.«

»Und?«

»So viel kann ich sagen: Meinen Investoren werden diese Ergebnisse gar nicht gefallen.«

»Weil die Hoffnung stirbt?«

»Nein. Die Hoffnung bleibt. Aber die Ergebnisse treten vehement auf die Bremse, was jede Art von Anwendung betrifft.«

Ein kleines Mädchen trat an den Tisch und reichte Catherine Bernard eine Blume. Sie sah etwas strapaziert aus und verwelkt. Die Mutter war schon aufgesprungen am Nebentisch, um sich zu entschuldigen, aber Catherine sagte: »O wie schön! Ist die für mich? Hast du die Blume für mich gepflückt?«

Das Mädchen nickte stumm.

»Vielen, vielen Dank«, sagte Catherine.

Sie nahm die Blume und steckte sie in ihr Wasserglas.

Als Mädchen und Mutter wieder am Nebentisch Platz genommen hatten, beugte sich Catherine über den Tisch.

»Bei den Gladiolen war noch eine kleine Grußkarte dabei. Sie war die sorgfältig gefaltete Kopie eines Teiles des Forschungsberichtes meiner Studenten. Keine Ahnung, wie die darangekommen sind.«

Sie schwiegen ein paar Minuten. Hörten die Gespräche an den Tischen, das Gelächter, das Geräusch der Wellen. Das Meer war schließlich nur wenige Meter entfernt.

»Ich übernehme keinerlei Aufträge mehr«, sagte Tretjak dann. »Das wissen Sie.«

»Was war mein Fehler, als ich den Pfarrer erwähnte?«, fragte sie.

»Wenn Lichtinger eine Empfehlung ausgesprochen hätte, hätten Sie eine bestimmte Formulierung verwenden müssen, die wir für so einen Fall vereinbart haben.«

»Und meine Formulierung war falsch.«

»Allerdings«, sagte er. »Wer hat mich empfohlen, Catherine?«

»Können Sie sich das nicht denken?«

Er sah sie an und zuckte die Achseln.

»Carola?«

Sie nickte. »Wir kennen uns seit der Uni, waren auch mal richtig gut befreundet.«

»Haben Sie jetzt mit ihr gesprochen?«

»Nein, ich kann sie nicht erreichen. Carolas Empfehlung, mich an Sie zu wenden, wenn ich in Schwierigkeiten geraten sollte, ist bestimmt schon eineinhalb Jahre alt.«

Für den Fußweg zurück zu Catherine Bernards Leihwagen benötigten sie ihre Handytaschenlampen. Als sie vor Tretjaks Haus angekommen waren, starrten beide eine Weile auf die Eingangstür vor ihnen. Dann fragte er:

»Was möchten Sie von mir?«

»Ich möchte, dass Sie mir helfen«, sagte sie. »Dass Sie mir helfen, meinen Ruf als Wissenschaftlerin nicht zu verlieren.«

»Welchen Preis sind Sie denn bereit dafür zu bezahlen?«

»Das müssen Sie mir sagen, was Sie kosten.«

»Ich rede nicht von Geld«, sagte Tretjak.

»Sondern?«

»Ich fange mal mit dem höchsten Preis an, Ihrem Leben.«

Sie drehte sich zu ihm, ihre fragenden Augen glänzten im Dunklen.

»Wenn Sie ermordet werden«, sagte er, »weil Sie sich der Macht der Konzerne entgegenstellten und der Wissenschaft treu blieben, dann wären Sie eine Heldin, Ihr Ruf als Wissenschaftlerin auf ewig zementiert. Ziel erreicht, Mission accomplished.«

»Geht es auch billiger?«, fragte sie. Sie lächelte ein bisschen, aber ihre Stimme klang belegt.

»Ich muss darüber nachdenken«, erwiderte Tretjak, als er ausstieg.

»Denken Sie nicht zu lange. Bitte. Sie müssen mich beschützen, Gabriel.«

6

»Wie heißt du eigentlich wirklich?«, fragte die Nutte. »Ich meine, Major Tom ist doch kein richtiger Name.«

Er sah sie an. In ihren Augen spiegelte sich eine Straßenlaterne. Sie standen vor einer langen Reihe von Garagentoren. Alle Tore waren aus Blech, grau angestrichen, und alle sie hatten Nummern, mit weißer Farbe aufgesprüht. Seine Nummer war die 153.

Er entschied sich, nicht zu antworten, bückte sich stattdessen zu dem Schloss des Tores und steckte den Schlüssel hinein. Das Schloss klemmte ein bisschen, aber wie immer spürte er nach vorsichtigem Hin- und Herbewegen des Schlüssels, wie es sich dann doch drehte. Er schob das Tor nach oben.

»Komm schon«, sagte er und zog sie in das Innere der Garage. »Es muss ja niemand sehen, wie schön es hier ist.«

Er zog das Tor wieder zu und verriegelte es. Einen Moment blieb er im Stockfinstern stehen und sog die Luft ein. Nichts auf der ganzen Welt roch so gut wie diese Ölfarben. Er hatte schon unzählige Tuben nachgekauft. Immer bevor er die Garage verließ, pinselte er eine ganze Leinwand damit aus. Natürlich nur mit primitiven Streifen und Flächen, er konnte nicht malen. Aber so war sichergestellt, dass er jedes Mal von dem Duft empfangen wurde, mit dem Yo ihre Bilder gemalt hatte.

Er ignorierte den großen Industrielichtschalter, der rechts an der Mauer angebracht war und die schrecklichen Neonröhren an der Decke zum Summen hätte bringen können.

Er tastete mit dem Fuß nach dem Schalter der Stehlampe, die auch schon in Yos Zimmer ihr warmes Licht ausgestrahlt hatte.

»Hey, bist du heute schlecht drauf oder was? Soll ich wieder gehen?« Die Nutte hatte ihre Arme vor der Brust verschränkt und funkelte ihn herausfordernd an.

Das willst du nicht kennenlernen, wie das ist, wenn ich schlecht drauf bin, dachte er.

»Nein, nein«, sagte er. »Hab grade keine leichte Zeit. Zieh dich um, heute die weiße Hose da vorne auf dem Bügel und das weiße Hemd mit den aufgestickten Rosen.«

Sie sollte nicht so viele Fragen stellen, fand er. War ja nicht das erste Mal, dass sie hier waren, und sie bekam genug Asche dafür. Außerdem mochte er ihre Stimme nicht. Die Stimme zerstörte die Illusion. Sie klang überhaupt nicht nach Yos Stimme. So was von überhaupt nicht. Er ging zum Bett, legte sich darauf und sah zu, wie sie sich auszog.

Das Innere der Garage war eine ziemlich genaue Nachbildung von Yos Zimmer im Heim. Viele Sachen waren sogar original, darauf war er stolz. Hinten rechts das Bett zum Beispiel, daneben das Nachtschränkchen mit der weißen Lampe. In der Schublade waren ihre Tampons, ihr Lippenpflegestift und ihre Baldriantropfen. Manchmal hatte sie nicht einschlafen können. Das hatte sich jetzt erledigt. Jetzt konnte sie nicht aufwachen.

Auf der anderen Seite der Wand das Bücherregal mit Yos Büchern. Manche hatte er aus ihrem Zimmer noch mitgehen lassen, andere hatte er nachgekauft. Daneben der kleine Schreibtisch mit dem Laptop und das große Gestell auf Rollen für ihre Kleider. »Warum soll man die wegsperren? Ich will sie sehen!«, hatte sie gesagt.

In der Mitte des Zimmers stand die Staffelei mit der Leinwand. Davor ein Hocker, drum herum die Utensilien. Der Holzkasten mit den Farben, die Gläser mit den Pinseln, die Lappen, die Flaschen mit Verdünnungsmitteln, die Bleistifte. Auf einer alten Holzkiste standen ihre Teekanne und ihre Tasse.

»Hi, Major Tom.«

Sie hatte endlich die weißen Sachen an und die blonden Haare genau richtig zu einem Knoten am Hinterkopf gebunden.

»Hallo, Yo«, sagte er. »Leg dich zu mir.«

Er rückte auf die Seite, und sie legte sich neben ihn. Ihr Parfum war wunderbar und der Duft ihres Waschmittels für ihre Kleidung auch. Alles richtig.

»Willst du mir etwas erzählen, Major Tom?«, fragte sie.

Oh, ich hätte einiges zu erzählen, dachte er.

»Ich weiß nicht«, sagte er. »Vielleicht hören wir lieber Musik.«

»Ja«, sagte sie. »Musik hören ist schön.«

Er tastete nach seinem iPhone, aber dann starrte er noch ein bisschen zu lang an die Decke, wo hässliche Kabel und Rohre zu sehen waren. Und plötzlich hörte er von draußen laute Geräusche durch die Blechtür. Offenbar unmittelbar davor rief jemand: »Mann, das kann doch nicht so schwer sein!« Jemand anderes lachte. Ein Motor heulte auf, Autotüren schlugen zu.

Es war zwei Uhr früh. Warum schliefen diese Idioten nicht? Wie sollte man in so einer Scheißatmo eine Fantasie aufbauen?

Er spürte, wie ihm die Tränen kamen.

Ich verrate dich nicht, Yo. Ich lass dich nicht allein, nie. Ich werde die Decke verkleiden und die Tür isolieren. Hörst du mich, Yo?

Er spürte, wie er anfing zu zittern.

»Was ist denn? Wolltest du nicht Musik hören?«

Die unangenehme Stimme.

Die Stimme dieser Nutte, die mit dir nichts gemeinsam hat, Yo.

»Du musst jetzt gehen«, sagte er leise. Jedes Wort war eine Anstrengung.

Sie richtete sich im Bett auf.

»Was? Wieso denn? Hab ich was falsch gemacht?«

»Zieh die Sachen wieder aus und geh.«

»Und mein Geld?«

»Geld wofür?«

Jetzt sah er, dass sich ihr Blick änderte. Er sah, dass sie Angst hatte. Gut so, dachte er. Gut so.

»Wusstest du, dass man dein Gehirn ganz leicht zum Schmelzen bringen kann wie ein Marshmallow in der Mikrowelle?«, sagte er, während sie sich hastig umzog. Ihre kleinen Titten federten ängstlich. »Nur ein kleiner Impuls, und schon wird's heiß in deiner Birne.«

»Lass mich raus«, sagte sie. Ihre Stimme klang nun deutlich höher.

Siehst du, Yo, ich geb mir Mühe. Ich tu alles. Ich verrate uns nicht.

Er erhob sich aus dem Bett und ging zu ihr. Sie machte einen Schritt zur Seite. Ihre Augen waren weit. Sie erschrak, als seine Hand nach vorne schnellte und den Haarknoten am Hinterkopf zu fassen bekam. Er löste den Knoten.

»Der bleibt hier«, sagte er.

Dann bückte er sich zu dem Zäpfchen im Türschloss, das man nach oben schieben musste, und zog das Tor auf. Draußen war alles still, die Leute von vorhin waren weg.

Sie huschte an ihm vorbei und ging schnell an den Garagen

entlang Richtung Hauptstraße. Nach ein paar Sekunden begann sie zu rennen. Ihr Hintern hüpfte ängstlich. Wie konnte ihn jemals irgendetwas von ihr an Yo erinnert haben?

Er zog das Tor wieder zu. Legte sich aufs Bett. Schloss die Augen.

Er dachte an Yos Küsse in ihrer letzten gemeinsamen Nacht. An den Geschmack ihrer Lippen, den Geruch der Ölfarben ihrer Bilder und den Klang der Musik, die sie hörten. Re:member hieß das Stück. Von Olafur Arnalds.

Für dich, Yo, nur für dich, würde ich auch noch einmal Klavier spielen, dachte er.

7

Es dauerte eine Weile, bis Gabriel Tretjak begriff, dass der Mann, den er dort sitzen sah, er selbst war. Er wollte diesen Mann beruhigen, trösten, aber er konnte nicht sprechen, kein Ton kam aus seinem Mund. Stattdessen hörte er eine andere Stimme, eine männliche, aber er konnte nicht sehen, wer da sprach.

»Wurde Ihnen schon einmal das Herz gebrochen?«, fragte diese Stimme.

Der Mann, der er selbst war, sah zuerst erschrocken aus, dann nickte er und begann zu weinen.

»Von wem wurde Ihnen das Herz gebrochen?«

»Von … von … von meiner Mutter.«

»Das war, als Sie noch ziemlich klein waren?«

»Ja.«

»Und jetzt? Wie fühlen Sie sich jetzt?«

Der Mann hob abwehrend die Hände, und seine Gesichtszüge sahen gequält aus, als würden ihm gleich große Schmerzen zugefügt werden.

»Bricht Carola Ihnen gerade das Herz?«

Der Mann, der er selbst war, verfiel in ein Wimmern, das sich immer mehr steigerte, immer lauter wurde, bis es nur noch ein einziger Schrei war. Dieser Schrei riss Gabriel Tretjak aus dem Traum.

Sein Herz schlug wie ein Hammer, sein Gesicht war nass, sein ganzer Körper zitterte. Es war stockfinster um ihn herum, mitten in der Nacht. Unter der Decke streckte er seine

Hand aus auf die andere Seites des Bettes, aber sie fand nicht, was sie suchte.

Haben Hände ein Gedächtnis?

Hat die Haut ein Gedächtnis?

Erinnert sich Carolas Haut an meine Hand? Sehnt sie sich nach meiner Hand?

Er schlief nicht mehr, das war klar. Aber war er wach?

Plötzlich waren seine Gedanken sehr scharf, so scharf, dass sie in seinem Kopf klirrten. Sie durchschnitten die Dunkelheit wie Klingen.

Du bist allein in einem Haus im Nirgendwo, sagten die Gedanken. Niemand auf dieser Welt sehnt sich nach deiner Berührung. Nicht einmal dein Sohn. Er liegt in demselben Nirgendwo in einem anderen dunklen Zimmer. Und weiß vielleicht nicht mal, dass er einen Vater hat.

Aber wenigstens schlief er, dachte Tretjak. Slenyko hieß das Medikament, das ihn zur Ruhe brachte. Rohypnol übernahm diese Aufgabe beim Vater. Zwei betäubte Seelen, die Nacht für Nacht durchs Universum glitten, ohne sich in die Quere zu kommen.

Vielleicht sollte man dieser traurigen Reise ein Ende setzen?

Habe ich gestern Abend keine Tabletten genommen?, dachte Tretjak. Wieso schlafe ich nicht?

Weil diese Catherine Bernard von Carola gesprochen hatte? Weil sie Carolas Regenmantel und Carolas Schuhe anhatte? Weil er mit ihr nach Lulworth Cove marschiert war wie so oft mit Carola?

Er tastete nach der Nachttischlampe, stand auf, zog sich an. Dann ging er durch das dunkle Haus zum Ausgang und entriegelte die Tür. Draußen wölbte sich ein schwarzer Sternenhimmel über die Küste. Tretjak blickte nach oben und fand schnell das Sternbild Lyra mit dem hellen Fixstern Wega. In diesem Sternbild hatte er früher mit seinem Teleskop den Ringnebel M57 beobachtet. Der Überrest einer Supernova, der Staub eines verglühten Sterns. Der Ringnebel war zweitausenddreihundert Lichtjahre entfernt und mit dem bloßen Auge nicht zu erkennen, aber Tretjak hatte sein Bild gespeichert.

Als Carola mit Daniel schwanger war, hatte er sich oft vorgestellt, wie er ihm eines Tages den Sternenhimmel zeigen würde, das Ballett des Weltalls.

Früher als Junge war der Sternenhimmel sein Zufluchtsort gewesen. Seine Mutter war an einem Hirntumor erkrankt, und der Tumor hatte ihre Persönlichkeit auf schreckliche Weise verändert. Das kleine Teleskop, das er zu Weihnachten geschenkt bekam, war seine Möglichkeit, nachts der Wohnung zu entfliehen, den Schreien seiner Mutter. Immer rief sie nach ihm, wenn sie besonders schlimme Schmerzen hatte, und immer beschimpfte sie ihn, wenn er ihr nicht helfen konnte. Nur wenn er durchs Fernrohr schaute, hatte er noch einen Platz gesehen, wo er hingehörte, wo er sich aufgehoben fühlte.

Jetzt schien ihm das Weltall kalt und abweisend. Er war inzwischen oben auf den Klippen. Unter ihm stand ein gewaltiges Tor aus Stein im Meer, und dahinter lauerte die riesige schwarze Masse Wasser.

Was glaubt der Mensch eigentlich, wer er ist?

Und was glaubt du, wer du bist?

Tretjak hatte das Gefühl, diese Fragen wurden ihm zugeflüstert, von dem Millionen Jahre alten, blassen Sternenlicht, das von den Felsen und vom Ozean in seine Augen zurückgeworfen wurde.

Er holte sein Handy aus der Hosentasche.

»Carola, ich bin's, Gabriel«, sagte er zu den herumschwirrenden Elektronen der Mailbox. »Ich wollte nur … Ich will … Ich …«

Er unterbrach die Verbindung, steckte das Telefon wieder in die Hosentasche.

Dann ging er zurück zum Haus.

8

Hat sich, bitte schön, jemand mal die Frage gestellt, wie man das gleichzeitig hinkriegen soll: ein erstklassiger Referent zu sein vom CEO eines Weltunternehmens – und ein erstklassiger Junkie?

Vielleicht sollte ich mal einen Ratgeber schreiben, dachte Jeff Waterman, als er sein Fixerbesteck in die kleine Ledertasche packte, in seinem Aktenkoffer verstaute und die Toilette des Duck & Waffle verließ. Die ewige Fliegerei rund um den Globus, die Grenzübergänge, das Beschaffen von Stoff in fremden Städten, Dubai, Sao Paolo, Singapur, die unregelmäßigen Arbeitszeiten … ständig muss man bereit sein, immer ist man unter Beobachtung … Und, hey, das ist ja wohl klar, immer, immer, immer: tadelloser Eindruck. Gepflegt, topfit, blitzgescheit. Da legt man sich so einiges an Knowhow zu, da lernt man Tricks, da wird eine Klapperschlange blass.

Das Duck & Waffle lag im vierzigsten Stockwerk eines Büroturms in London. Das höchstgelegene Restaurant der Stadt, o ja, das musste es schon sein, wenn man extra aus Los Angeles eingeflogen war. Die Herrschaften wollten schließlich was sehen. Jeff Waterman hatte noch eine halbe Stunde Zeit, um in dem gemieteten privaten Dining-Room alles zu checken. Die Laptop Connection des CEO zum Bildschirm, das Softdrink Setting, die kleine Karte mit Tee- und Kaffeespezialitäten. Sein eigener Platz war nicht am Tisch, sondern an einem kleinen Pult im Hintergrund, bisschen versetzt zum CEO, so dass sie Blickkontakt hatten. Seine Hauptaufgabe heute: das Protokoll der Sitzung verfassen. Es sollte ein internes Protokoll werden, ein sogenanntes Subsheet. Das bedeutete: heikles Thema. Darf den Kreis der Anwesenden nicht verlassen.

Ein Subsheet wurde nicht per mail verschickt, sondern am Ende des Meetings jedem als Ausdruck übergeben, ein persönliches Exemplar, auf jeder Seite mit einer Nummer versehen, die dem Text hinterlegt war. Wenn irgendwo mal eine Kopie auftauchte, konnte man anhand dieser Nummer zurückverfolgen, wessen Exemplar da kopiert worden war. Bisschen old school diese Methode, fand Jeff Waterman, garantierte natürlich keine Sicherheit, setzte aber wenigstens ein Zeichen. Wie auch das Ablegen aller Telefone in einer bereitgestellten Box.

Die Tagesordnung auf den Bildschirm war heute außerordentlich sparsam:

Begrüßung
Weiteres Vorgehen bei Theseus
Dinner

Inklusive ihm selbst würden nachher nur sieben Personen im Raum sein. Waterman legte für jede ein Kürzel fest, um das Protokoll zu vereinfachen.

Außerdem legte er auf seinem Rechner einen neuen Ordner an, in den er heimlich die wichtigsten Teile des Protokolls sofort beim Schreiben kopieren würde.

Denn zum ersten Mal hatte Jeff Waterman bei diesem Meeting einen eigenen Tagesordnungspunkt. Der war noch heikler als der offizielle. Vorhin war er deswegen noch nervös gewesen, aber der Cocktail, den er gespritzt hatte, tat inzwischen seine Wirkung. Er fühlte sich jetzt ausgesprochen gut.

Seine Zeit im Büro des CEO lief in vier Monaten ab. Normalerweise war klar, dass ein persönlicher Referent einen Platz im Unternehmen bekam, auch durchaus einen aussichtsreichen für seine künftige Karriere. Vergangene Woche aber hatte er die vertrauliche Information bekommen, dass der CEO für die Stelle, auf die sich Waterman schon beworben hatte, jemand anderen vorgesehen hatte. Und Waterman das Unternehmen würde verlassen müssen. Das war ein Schock gewesen. Aber bitte, wenn das so war, dann musste man sich um andere Einnahmequellen kümmern, richtig? When the going gets tough, the tough get going. Sagte man das nicht so?

An diesem Nachmittag in London hörte Jeff Waterman besonders aufmerksam zu, was bei dem Meeting besprochen wurde. Und am Ende hatte er folgende Passage des Protokolls in den Ordner kopiert, dem er den unverdächtigen Namen »Krankenversicherung« gegeben hatte.

CEO: Es gibt keinen Zweifel mehr daran, was Catherine Bernard vorhat. Mir wurden Unterlagen zugespielt, die unseren Verdacht eindeutig bestätigen.

TS: Sollen wir uns aus Theseus zurückziehen?

CEO: Das ist eine Option. Aber eher eine theoretische. Es würde zu viel Aufsehen erregen, wenn wir unsere Anteile jetzt verkaufen würden. Wir würden viel Geld verlieren.

AM: Außerdem sollten wir in der gegenwärtigen politischen Situation vermeiden, das Scheinwerferlicht auf unsere Kooperation mit einem chinesischen Unternehmen zu lenken.

TS: Das ist völlig richtig.

FF: Aber könnte es nicht auch andersherum sein? Dass uns diese Kooperation ohnehin untersagt wird? Was dann?

CEO: Ich war letzte Woche in Washington. Man denkt

nicht daran, derartige Kooperationen ins Visier zu nehmen. Bisher waren meine Informationen immer verlässlich.

FF: Was machen wir dann jetzt mit der wild gewordenen Nobelpreisträgerin?

CEO: Wir müssen sie zur Vernunft bringen.

MO: Geht das mit Geld?

CEO: Vielleicht. Aber wir sollten diesen Weg auf keinen Fall gehen. Wenn herauskommt, dass wir versucht haben, die Wissenschaftlerin für unsere Zwecke zu kaufen, würde uns das auf eine Weise beschädigen, dass wir uns davon kaum erholen würden.

TS: Und was sollen wir tun? Wir müssen doch unterbinden, was sie vorhat.

CEO: Ich zeige Ihnen zwei Ansätze, die in dieser Angelegenheit zielführend sein könnten. Der erste Ansatz ist ein – sagen wir ungewöhnliches – Hobby von Catherine Bernard.

An dieser Stelle hatte Jeff Waterman die Fotos in das Protokoll kopiert, die im Meeting auf dem großen Bildschirm erschienen waren. Es handelte sich um Schwarzweißbilder, alle waren in der Nacht aufgenommen worden, teilweise in Night-Vision-Technik. Sie zeigten ein Auto mit offenen Türen und mehrere Menschen bei sexuellen Aktivitäten. Im Mittelpunkt war eine Frau, die anderen Personen waren alle Männer, soweit man das erkennen konnte.

KU: Das ist Catherine Bernard?

CEO: Aufgenommen im Bois de Boulogne in Paris, in der Nacht vor ihrem Auftritt beim Medizinkongress zum Thema »Global Health«. Es gibt noch andere Bilder aus anderen Städten.

TS: Wer hätte das gedacht.

CEO: Der zweite Ansatz ist dieser Mann.

Jeff Waterman fügte hier ein paar der Fotos ein, die im

Meeting gezeigt worden waren: Catherine Bernard bei einem Spaziergang an einer Küste, begleitet von einem Mann. Und: die beiden in einem englischen Pub am Fenster sitzend, redend, essend.

FF: Ein Liebhaber? Ein Freund?

CEO: Nein, nein. Dieser Mann ist angeblich ein Gabriel Miller, wohnhaft in Dorset, direkt am Meer. Aber das stimmt nicht. In Wirklichkeit ist dieser Mann ein gewisser Gabriel Tretjak. Das weiß ich, weil ich mal das zweifelhafte Vergnügen hatte, durch seine Aktivitäten in Schwierigkeiten zu geraten. Catherine Bernard hat ihn angeheuert und bringt ihn gegen uns in Stellung, jede Wette. Er soll das, was sie vorhat, realisieren und verhindern, dass wir dazwischenfunken. Tretjak war früher einschlägig bekannt als »der Regler«. Eine Art Anwalt und halbkrimineller Erlediger, wenn man so will. Skrupellos der Mann, arbeitet mit allen Mitteln. Sie erhalten in diesem Moment ein Dossier über ihn. Ich empfehle, es zu lesen.

TS: Was kann uns dieser Mann nützen?

CEO: Er arbeitet normalerweise lange im Verborgenen. Er weiß nicht, dass wir wissen, dass er im Spiel ist. Wir können ihm falsche Informationen zuspielen, die uns nutzen. Und wir können unsere chinesischen Freunde gegen ihn aufbringen.

FF: Wollen wir die denn überhaupt informieren über Catherine Bernards Absichten und Machenschaften?

CEO: Das habe ich schon getan. Aber über einen Informanten, der mit uns nicht in Verbindung gebracht wird. Die Chinesen denken zum jetzigen Zeitpunkt, sie haben die Informationen exklusiv.

TS: Werden Sie ähnlich denken wie wir? Oder sich auf Bernards Seite schlagen?

CEO: Mit Sicherheit lässt sich das nicht sagen. Meine starke

Vermutung: Sie werden beides tun. Die offizielle Seite wird Bernard immer unterstützen. Die inoffizielle wird gegen sie vorgehen. Wir können hoffen: massiv.

TS: Wie sind Sie an das Material gekommen? Haben Sie Bernard beobachten lassen?

CEO: Jeden Schritt, Frau Kollegin. Vom ersten Tag unserer Zusammenarbeit an.

TS: Und wenn *das* eines Tages herauskommt.

CEO: Wäre nicht angenehm. Aber man wird Verständnis haben dafür, dass ein seriöses Unternehmen sicher sein will über die einwandfreien Absichten einer Person, auf die es sich verlassen muss. Umso mehr, wenn sich ein Verdacht dann auch noch bestätigt.

Das gemeinsame Diner über den Dächern Londons bestand aus mehreren kleineren Gängen, darunter Black-Angus-Tartar und gegrillter Octopus. Den Abschluss machte eine Zitronen-Meringue mit Vanillesahne. Die Stimmung unter den Vorstandsmitgliedern war gut. Alle hatten das Gefühl, der CEO habe die Lage im Griff. Man redete jetzt über den Klimawandel, die Frage, wie man die Wachstumsgesellschaft umbauen könnte, auch über die weltpolitischen Spannungen. Aber mit der Heiterkeit von Menschen, die sich irgendwie in Sicherheit wussten und, während sie redeten, den aufsteigenden Perlen im Champagnerglas zusahen. Jeff Waterman hatte bei solchen Gelegenheiten keine Aufgaben und stellte seine Ohren auf Durchzug. Auch an diesem Abend tat er das, aber diesmal gab er seinen Gedanken eine neue Richtung. Und sie eilten, seine Gedanken …

Für wen waren die Informationen in seinem Computer Geld wert?

Catherine Bernard? Eher nicht. Warum sollte sie Geld bezahlen für Informationen, die sie selbst betreffen, die sie also ohnehin wusste? Höchstens für die Tatsache, dass die Gesellschafter ihrer Firma diese Informationen jetzt hatten, aber dieser Weg war nicht vielversprechend.

Die Chinesen? Hatten die Informationen schon. Könnten aber daran interessiert sein, in unmittelbarer Nähe des CEO eine dauerhafte Informationsquelle zu haben. Leider würde die aber in vier Monaten versiegen. Außerdem: Wie sollte er Kontakt aufnehmen? Mit wem dort? Er hatte die Kontaktdaten der wichtigsten Männer, aber wer verkörperte die honorige Seite, wer die geheime, dunkle? Und er hatte keine Ahnung über die Gepflogenheiten, wie man eine so heikle Sache ansprach.

Nein. Nach einigen Überlegungen und nachdem er später in seinem Hotelzimmer noch das Dossier über den Regler Tretjak gelesen hatte, schien ihm dieser Mann die vielversprechendste Person für sein Vorhaben. Alles, was heute besprochen worden war, war für Tretjak interessant. Und eine Informationsquelle im Zentrum des Unternehmens, dem er schaden wollte, mit Sicherheit auch.

In dem Dossier waren sogar zwei Telefonnummern aufgeführt. Die eine war offensichtlich alt und existierte nicht mehr. Bei der anderen meldete sich die Mailbox einer Frau. Tretjaks Frau Carola.

Waterman hinterließ eine Nachricht: »Ich weiß, dass sich Ihr Mann gerade mit Catherine Bernard beschäftigt. Ich habe in dieser Sache sehr wertvolle Informationen für ihn. Wie kann ich ihn kontaktieren? Nachrichten bitte über die App SECRET an die Nummer, die Ihnen angesagt wird, wenn Sie das Codewort ›Catherine‹ eingeben.«

Es war eine milde Sommernacht in London. Jeff Waterman war jetzt in Feierlaune und machte sich auf den Weg zu einem Club mit dem vielversprechenden Namen »Sophias

Bedroom«. Man hatte ihn wissen lassen, dass es dort hervorragendes Crystal gab.

Der Club war in einer früheren öffentlichen Tiefgarage untergebracht, auf der untersten Ebene, P minus 7. Die Fahrstuhlführerin war zugleich die Frau an der Tür. Sie steckte in einem phosphoreszierenden Badeanzug. Ihr Alter war schwer zu schätzen, aber es sah so aus, als hätte sie jeden einzelnen Tag in ihrem Leben darauf verwendet, die Muskelgebirge auszubilden, die jede überflüssige Frage oder Bemerkung schon im Ansatz unter sich begruben.

Es war ein Uhr einundzwanzig, als auf der SECRET-App ein Nachrichteneingang vermeldet wurde. Aber da war Jeff Waterman schon in ganz anderen Sphären.

9

Tretjak durchsuchte das Apartment nicht besonders gründlich. Er wollte sich nur einen Eindruck verschaffen, zu welchem Zweck es gemietet war. William hatte gesagt, sein Partner würde dort Geschäftsleute treffen, Besprechungen abhalten, Verträge unterschreiben. Ihr Office sei dazu zu schrabbelig und zu Hause, wo Kinder und Hund herumhüpften, ginge das auch nicht. So habe sein Partner es ihm erklärt.

Nach Geschäften sah es hier aber nicht aus, jedenfalls nicht nach Geschäften, in denen es um Musik ging. Diese Ein-Zimmer-Wohnung war für die Nächte eingerichtet, nicht für die Tage. Im Zentrum stand ein Doppelbett, der Kühlschrank beherbergte Champagner, Weißwein und Wodka. Im Bad stapelten sich flauschige Handtücher und zwei flauschige Bademäntel, am Wannenrand standen drei Duftkerzen. In dem Schränkchen hinterm Spiegel fand Tretjak nur Aspirin und mehrere, noch verpackte Zahnbürsten.

Die Wohnung befand sich in der Highstreet in Dorchester, in einem dreistöckigen Gebäude mit historischer Fassade, aber völlig neuem Kern, der acht Wohnungen enthielt. Moderne Sicherheitsschlösser, eine zusätzliche Zahlenkombination für die Eingangstür an der Straße. Neben der dritten Klingel an dem Messingboard stand der Firmenname »Serious Music«.

Tretjak griff zum Telefon.

»Wie bist du an den Schlüssel und die Zahlenkombination gekommen?«, fragte er statt einer Begrüßung.

»Hallo, Gabriel«, sagte der Mann am anderen Ende der Verbindung. »Erzählen wir uns jetzt Geschichten aus unserem Leben, oder wollen wir in der Sache vorwärtskommen? Was sagst du zu dieser Wohnung?«

»Der Typ leistet sich hier ab und zu ein Abenteuer oder eine Nacht mit einem Escort-Mädchen, vielleicht auch mal eine kleinere Affäre. Und seine Frau hat davon keine Ahnung. Aber mehr ist das hier nicht. So ist es noch nicht brauchbar, Euer Ehren.«

»Genau«, sagte der andere. »So noch nicht. Hast du den Laptop gesehen auf der Kommode?«

»Ja.«

»Hör zu, Gabriel. Der Typ hat ziemlich viel Geld, nicht erst seit dem Verkauf der Firma. Jetzt macht er gerade mit seiner Frau eine sechswöchige Asienreise. Die Kinder sind bei einer Tante. Mein Vorschlag: Ich inszeniere was in dieser Wohnung. Minderjährige, die in der Badewanne liegen und sich auf dem Bett tummeln, so was in der Art. Die Fotos werden so aussehen, als hätte er sie aufgenommen. Ein paar von den sexy Anziehsachen lasse ich im Kleiderschrank hängen, wir kontaminieren die Wohnung mit Haaren, Fingerabdrücken und Spermaflecken. Zusätzlich spiele ich auf den Computer übles Kinderporno-Zeug.«

Gabriel Tretjak sah sich um, und er stellte sich vor, wie sich die Wohnung innerhalb von ein, zwei Stunden verändern würde. Dann dachte er an den verzweifelten William, der an BBs Brust geweint hatte.

»Hört sich gut an«, sagte er. »Leg los.«

»Okay. In ein paar Tagen hast du dann das komplette Material. Dann kannst du mit dem Typen in aller Ruhe reden. Ich schick dir noch seinen Reiseplan, damit du weißt, wo er gerade ist, da in Asien.«

»Wie sieht es mit einem Job für William aus?«

»Gut.« Der Mann, den Tretjak nur »Euer Ehren« nannte, lachte kurz.

»Warum lachst du?«

»Das war die leichteste Sache der Welt, aber das erfährst du, wenn wir die Sache abschließen.«

Tretjak beendete das Gespräch und verließ die Wohnung.

Es war später Vormittag. Auf der anderen Straßenseite befand sich ein Deli mit einer roten Markise. Eine Frau in einer ebenso roten Schürze räumte gerade einen Tisch ab und wischte ihn sauber. Tretjak beschloss, dort ein spätes Frühstück einzunehmen.

Aber ein Telefonat musste er vorher noch führen.

Es klingelte lange, ohne dass sie abnahm. Wahrscheinlich musste sie erst ein Meeting verlassen. Er wartete, bis die Mailbox ansprang, legte auf und wartete weiter. Ein Lieferwagen fuhr vorbei, ein Moped. Es dauerte keine Minute, dann klingelte sein Handy, und ihr Name erschien auf seinem Display.

»Haben Sie nachgedacht, Gabriel?«, fragte Catherine Bernard.

»Ja, das habe ich«, sagte Tretjak. »Meine Antwort ist Nein. Ich werde Ihren Auftrag nicht annehmen, Catherine.«

Es war still in der Leitung. Das hatte er nicht anders erwartet.

»Aber ich bin in Gefahr«, sagte Catherine, »ich bin verzweifelt. Was soll ich denn tun? Sie sind für mich die Chance, aus dem Schlamassel herauszukommen. Sie können mich doch jetzt damit nicht alleinlassen. Soll ich zu Ihnen kommen? Dann, dann … dann können wir das noch mal besprechen.«

»Welchen Teil des Wortes Nein verstehen Sie nicht, Catherine?«, sagte Tretjak.

Wieder war es still am anderen Ende.

»Sie sind ein Scheusal«, sagte Catherine dann leise.

Er erwiderte nichts darauf.

»Ich verstehe Sie nicht.«

Er sagte nichts.

»Bitte, Gabriel.«

Er beobachtete, wie eine ältere Dame vergeblich einen Foxterrier dazu bringen wollte, weiterzugehen.

Schließlich fragte Catherine Bernard: »Haben Sie dann wenigstens noch einen Rat für mich?«

»Gehen Sie mit den Gladiolen zur Polizei«, antwortete er. »Und gleichzeitig mit Ihrer Studie an die Öffentlichkeit. Zwingen Sie Ihre Gesellschafter hinter sich.«

»Jetzt klingen Sie wie so ein Scheiß-PR-Berater.«

»Leben Sie wohl, Catherine. Wenn Sie Carola sehen, grüßen Sie sie von mir.«

Tretjak steckte sein Telefon ein und überquerte die Highstreet in Richtung der roten Markise.

10

Die Frau an der Kasse nahm seine Kreditkarte und hielt sie an den Chipleser. Sie registrierte seinen Namen und blickte kurz amüsiert auf. Diesen Effekt kannte er schon. Gutes Personal war geschult darauf, die Namen der Kunden zu lesen und anschließend auszusprechen: Auf Wiedersehn, Herr Sowieso, beehren Sie uns bald wieder … Bei ihm zögerten sie oft damit.

»Ist etwas?«, fragte er.

»Nein, nein, alles bestens! Ihre Pin bitte.«

Sie war sehr hübsch, hatte herzförmige Lippen. Kurz war er versucht zu sagen: Vergiss, was auf der Karte steht, mein Name ist Tom, Major Tom.

Aber dann würde sie etwas fragen, und dann würden sie reden, und dann würden sie lachen. Und dann würde sie sich in ihn verlieben, wie sich alle immer gleich in ihn verliebten.

Und dann? Bowie im Himmel! Das war das Letzte, was er brauchen konnte.

Ich verrate dich nicht, Yo. Ich verrate unsere Liebe nicht. Das Buch kaufe ich für dich.

Es war ein dunkelblaues, in Leinen gebundenes Buch. Die Seiten hatten einen Goldrand. Das Papier war nicht strahlend weiß, sondern etwas dunkler. Wie frisch geschlagenes Holz, dachte er. Es war dick und roch fantastisch.

Du riechst auch fantastisch, Yo.

Die Seiten des Buches waren noch leer, unberührt, er musste erst noch etwas hineinschreiben.

Unsere Geschichte werde ich in diesem Buch erzählen. Und dann werde ich sie dir vorlesen, Yo. Ich weiß, du wirst sie gern hören. Es wird alles verändern, wenn du sie noch einmal hörst. Ich werde dafür die besten Worte der Welt suchen – und finden.

Er hatte auch einen Füller gekauft, nein, nicht bei dem herzförmigen Mund, die hatte so was nicht: Mont Blanc, Blue Hour – blauer Lack mit reflektierenden Kristallen, Platinbeschläge, die Feder aus weißem Gold. Man hatte ihm gesagt, das Design repräsentiere den Übergang vom Tag zur Nacht. Für die Farbe der Tinte hatte er Royal Blue ausgesucht.

Alles Blau. Deine Lieblingsfarbe. Weißt du noch, wie wir in Nizza im Museum für moderne Kunst die blauen Bilder von Yves Klein gesehen haben? Diese riesigen Flächen des allerschönsten Blaus, das es gibt? Wie wir die zwei kleinen Kinder beobachtet haben, die vor den Gemälden stehen geblieben waren, während ihre Eltern schon weitergegangen waren? Hinter kleinen vorgehaltenen Händen haben sie ehrfürchtig geflüstert: »Alles Blau!« Das hätte Yves Klein gefallen.

Ich habe dir erklärt, dass er sein Leben lang mit dem Pinsel nach dem richtigen Blau gesucht hat. Du hast gesagt: »Das verstehe ich.«

Ich weiß noch, dass ich dich in diesem Moment angesehen habe, deine leuchtenden Augen, und dass ich vor Liebe beinahe ohnmächtig geworden wäre. Ich werde dir die Welt zu Füßen legen, Yo, habe ich gedacht, so kitschiges Zeug, ich werde dich glücklich machen …

Und dann habe ich gesagt: »Willst du Pommes essen am Strand?«

Und du hast mich angesehen, als sähest du mich zum ersten Mal, und hast genickt.

»Ja, Pommes.«

Ich werde unsere Geschichte aufschreiben. Den Titel weiß ich schon, den klaue ich dem Füller: Blaue Stunde.

Und dann werde ich sie dir vorlesen. Ich werde dich nicht bedrängen. Wie all die anderen.

Er ging die Straße entlang zu seinem Fahrrad, das Buch und den Füller in seiner Umhängetasche. Das Schloss, mit dem er das Fahrrad an einem Laternenpfahl gesichert hatte, war aus einem besonderen Material, niemand konnte das durchsägen. Er faltete das Schloss wie einen Meterstab zusammen und steckte es in den Rahmen. Der Akku des Rades hatte noch viel Saft, aber er hatte jetzt Lust, selbst seinen Saft loszuwerden und richtig zu schwitzen.

Während er so durch die Stadt flog und alle Störenfriede auf Straßen, Radwegen und Fußwegen mit seiner lauten Klingel zur Seite scheuchte, dachte er daran, dass er morgen früh wieder topfit in seiner anderen Welt antreten musste.

Das glaubst du nicht, Yo, was die mir da gerade beibringen. Aber es gefällt mir. When the going gets tough, the tough get going. Wie sollte man das eigentlich übersetzen? Nur die Harten kommen in den Garten. Vielleicht so?

Am Himmel hingen jetzt schwarze, schwere Wolken, und sie bewegten sich unruhig hin und her. Ein massives Sommergewitter braute sich da zusammen. Aber das kümmerte den Mann auf dem schnellen Fahrrad gar nicht. Seine Umhängetasche war wasserdicht.

11

Als Gabriel Tretjak das letzte Mal in diesem Restaurant gegessen hatte, saß er mit Carola vor einer Wand, auf der hunderttausende Ameisen ihren Dienst taten.

Das »Japanese Restaurant Issen« befand sich in einem Kunstmuseum auf der japanischen Insel Naoshima. Die wenigen Tische standen inmitten spektakulärer moderner Kunst. Das Werk »The Ants« nahm die ganze Breite und Höhe einer Wand ein. Es zeigte die 193 Mitgliedstaaten der Vereinten Nationen. Jeder Staat war durch eine durchsichtige Box dargestellt, in der bunter Sand so aufgeschichtet war, dass er das Bild der Nationalflagge formte. Was der Betrachter des großen farbenfrohen Mosaiks zunächst nicht bemerkte: Die Boxen waren durch dünne Plexiglasröhren miteinander verbunden. In dem ganzen System liefen Ameisen auf und ab, von links nach rechts, hoch und runter. Sie transportierten dabei die Sandkörner zwischen den Nationen hin und her und waren somit dabei, die Flaggenmotive langsam, aber beharrlich zu verändern. Die ganze Wand war auf beinahe unheimliche Art in Bewegung. Carola und er waren damals mit einem Mitarbeiter aus dem Büro des berühmten japanischen Architekten Tadao Ando zum Diner verabredet, um den Umbau des Cottage in England zu besprechen.

Tretjak hätte sich jetzt auch einen anderen Ort aussuchen können, um dem ehemaligen Partner von William die Asienreise gründlich zu verderben. Zwei Tage später wäre der Mann in Tokio gewesen.

Warum war Tretjak nach Naoshima gekommen, wo Carola und er so glückliche Tage verbracht hatten? Wo sie sich so nahegekommen waren wie vielleicht niemals vorher? Sie hatten ihren kleinen Daniel in einer Einrichtung in Hongkong zurückgelassen, hatten auf der Insel lange Spaziergänge gemacht, am Strand, in den Hügeln, in den Ortschaften. Überall traf man hier auf Kunst, auf Plastiken unter Felsen, auf im Wald aufgestellte Skulpturen, auf Lichtinstallationen zwischen den Gebäuden. Sie hatten geredet über das Leben, das vor ihnen lag. Über England, über Daniel. Nachts hatten sie sich eine Flasche Sake mit aufs Zimmer genommen, in dieses Zimmer hoch auf einem Felsen mit einer gewölbten Glasscheibe, durch die man das Meer und die Sterne hatte sehen können.

Wollte er sich mit diesen Erinnerungen quälen? Oder bestrafen? Wofür? Oder hatte er auf eine lächerlich esoterische Art gehofft, Carola hier vielleicht zu begegnen? Dass sie diesen Ort vielleicht auch aufsuchen würde? Dass es ein Zeichen gewesen war, dass der Name Naoshima auf dem Reiseplan des Mannes aufgetaucht war, den Tretjak jetzt beobachtete?

Der Mann saß mit seiner Frau an einem Tisch neben einer Skulptur, die aus drei hohen Metallstelen bestand. Sie hatten viele kleine Schüsseln vor sich und tranken französischen Weißwein. Die beiden machten keinen unsympathischen Eindruck, ein Paar Mitte dreißig am Abend eines aufregenden Ferientages, die Gesichter gerötet vom Wein, die Gedanken träge, aber unbeschwert. Der Mann erinnerte Tretjak ein wenig an den Schauspieler Tom Cruise, ein zu dicker, nicht gut angezogener und zu laut sprechender Tom Cruise.

Tretjak war gegen Mittag in Kyoto gelandet, mit den schnellen japanischen Zügen zur Küste im Süden gefahren und schließlich mit einem privat gebuchten Schnellboot über die Seto-See zur Insel gelangt. Morgen um dreizehn Uhr wartete dasselbe Boot wieder auf ihn für den Rückweg. Er hatte also genügend Zeit, um die Angelegenheit zu regeln. Heute würde er ohnehin nur zehn Minuten brauchen.

Die zehn Minuten, in denen der Mann allein am Tisch saß.

Tretjak sah auf die Uhr. Es war jetzt kurz nach zehn. Um Punkt zweiundzwanzig Uhr dreißig würde der Kellner die Frau bitten, ihn nach hinten zu begleiten – für eine kleine Überraschung. Und zehn Minuten später würde sie mit freudigen Augen und einem Paket teurer Beautyprodukte in einem von einem Künstler gestalteten Karton zu ihrem Mann zurückkehren.

Tretjak wusste, dass man nicht viele Worte brauchte, wenn man starke Argumente hatte.

»Mein Name ist Gabriel Miller«, würde er sagen, nachdem er zum Tisch des Mannes gegangen war und kurz den Platz der Ehefrau eingenommen hatte. »Ich wohne im House Oval, oben auf dem Berg. Sie sollten mich dort morgen früh um zehn Uhr aufsuchen. Sie können die kleine Kabinenbahn benutzen. Den Grund für diese Verabredung finden Sie auf diesem Stick. Er enthält Fotos aus Ihrer Wohnung in Dorchester. Mein Rat: Lassen Sie die Bilder nicht Ihre Frau sehen und kommen Sie morgen früh allein. Seien Sie bitte pünktlich, weil ich abreisen muss. Sollten Sie nicht erscheinen, werden diese und andere Bilder der Polizei übergeben und veröffentlicht.«

Tretjak würde diese Sätze ohne Pause in ein ziemlich verblüfftes Gesicht hinein abschießen. Und wenn der Mann dann Luft holte, um etwas zu sagen, würde Tretjak einen Finger auf seine Lippen legen. »Nein, nicht jetzt. Ihre Frau wird gleich zurück sein. Wir regeln alles morgen. Ich wünsche Ihnen einen schönen Abend.«

Dann würde er das Restaurant verlassen und sich draußen beim Kellner für die freundliche und zuverlässige Kooperation bedanken.

In seinem Hotelzimmer lagen alle vorbereiteten Unterlagen. Die Vereinbarung zur Abtretung der Hälfte des Kaufpreises von »Serious Music« an seinen ehemaligen Kompagnon. Die Anerkennung einer zusätzlichen Entschädigungszahlung in Höhe von fünfhunderttausend Pfund an eben diesen Kompagnon für die vergangenen vier Monate, in denen William keine Einkünfte gehabt hatte. Und schließlich die Honoraranweisung an ihn, Tretjak, formal Gabriel Miller, in Höhe von hunderttausend Pfund. Tretjak wusste, dass er mit allen Unterschriften in das Boot steigen würde.

Seine Argumente waren zu gut. Außer diesen Fotos gab es noch eidesstattliche Erklärungen von dreien der Mädchen.

Er blickte wieder auf die Uhr. Viertel nach zehn. Das Paar beugte sich gerade noch einmal gut gelaunt über die Speisekarte. Vermutlich überlegten sie, welches Dessert sie sich bestellen sollten.

Tretjak hatte noch eine Viertelstunde Zeit, um an etwas anderes zu denken. Aber sein Verstand machte keine Angebote. Er konnte sich nicht von Carola lösen, den Bildern aus ihrer Zeit damals auf dieser Insel.

Sie hatte sich in dem Museumsshop einen Anzug aus Papier gekauft, er hatte sogar die Farbe von Packpapier. Sie hatte ihn bei ihrem Abendessen hier getragen. Anfänglich erschrak sie immer, wenn sie sich bewegte, weil der Anzug Geräusche machte und sie Angst hatte, er sei irgendwo gerissen. Sie hatten viel gelacht.

Er überlegte, ob er eine Nachricht an Carola schicken sollte. Er nahm sein Telefon und tippte: »Wo bist du? Ich: Naoshima. Weißt du noch?«

Je länger er den Satz auf dem Display betrachtete, desto kleiner wurde sein Mut.

Er sah jetzt, wie der Kellner an den Tisch des Paares trat und der Frau seine Botschaft überbrachte. Tretjak drückte in seinem Telefon schnell auf »senden«.

Dann stand er von seinem Tisch auf.

Let's go to work, dachte er.

12

Natürlich wurde er gefragt, ob er bei der Beerdigung etwas auf dem Flügel spielen würde. Ja, ja, so hatten sie sich das gedacht, die Gemeinderäte, der Pfarrer, die Heimleitung: Der junge Mann, den Tante Assunta aus dunkler Nacht in den hellen Tag geholt hatte, der ihr alles verdankt, was er ist und was er sein wird, dieser junge Mann beugt sich über die Tasten, kämpft mit seiner Trauer – und beginnt dann zu spielen. Und mit den Tönen erhebt sich Assuntas Geist über die Trauernden und berührt ein letztes Mal ihre Herzen …

Oh, das hätte dir gefallen, Tante, diese verlogene Scheiße, stimmt doch, oder? In deinen besten Momenten hast du mir bei solchen Gelegenheiten kaum merklich zugezwinkert. Weil du wusstest, dass ich weiß, was für eine Komödie du da spielst.

Er hatte es abgelehnt, Klavier zu spielen. Natürlich mit dem größten Bedauern, leider, leider nicht möglich, schlimme Sehnenscheidenentzündung, verstehen Sie? Und das konnte jetzt auch jeder sehen, der ihn da sitzen sah in der Kirche, in der zweiten Reihe, rechts außen. Sein rechtes Handgelenk war geschient, der ganze Unterarm verbunden, er hatte sogar den Ärmel des Anzugjacketts hochkrempeln müssen.

Der Sarg war ganz vorne aufgestellt, direkt vor dem Altar. Ein heller Sarg, geschmückt mit weißen Rosen. Bei den Ansprachen schloss er manchmal die Augen. Was sie nicht alles sagten: Die Frau, die denen half, die sich selbst nicht helfen konnten. Die Frau, die zeigte, dass Geld Gutes tun kann. Die

Frau, die soziale Verantwortung nicht nur als Worthülse verstand … Blablabla.

Ground Control to Major Tom.

Jetzt liegst du in dem kalten Sarg, Tante, und ich habe dich da hineingebracht. Bist du ein bisschen stolz auf mich? Auf deinen Major Tom?

Du bist mein Major Tom, hast du gesagt. Aber Bowie hat nicht jeden Tag sieben Stunden Klavier geübt. Dein Gehör ist weiter als deine Finger, hast du gesagt, immer, immer wieder. Deine Finger müssen aufholen. Geh zurück zum Flügel. Du hast nur diese eine Chance im Leben. Geh zurück zum Flügel.

Ich will nicht.

Du weißt noch gar nicht, was du willst. Hast du gesagt.

Jetzt weißt du nichts mehr, Tante Assunta, du bist tot und kalt. Und niemand hat Fragen gestellt, niemand hat deinen Tod untersucht. Wie findest du das?

Denk nach, bevor du etwas tust. Deine Worte. Tausendmal gehört. Habe ich gemacht, du Miststück.

Während der Reden und Gesänge ließ er den Vormittag noch einmal im Geiste ablaufen. Er genoss jedes Detail. Die letzten Stunden der armen, armen Tante Assunta. Und er beschloss, auch diesen Vormittag in dem Buch für Yo genau zu beschreiben.

Tante Assunta war schließlich die Erste, die die Rechnung bekommen hatte für das, was sie seiner großen Liebe angetan hatte. Und die anderen würden folgen, alle. Seine Recherchen kamen gut voran. Er war jung, er hatte Zeit. Und Yo auch. Wenn sie von etwas mehr als genug hatte, dann war es Zeit.

13

Der Morgen war ungemütlich und regnerisch. Der kleine Triumph schaukelte über die nasse Straße, und durchs Verdeck pfiff der Wind, als Gabriel Tretjak ihn etwas zu schnell zum Castle Winwood steuerte. Er war früh aufgestanden und beunruhigt, weil der Betreuer seines Sohnes gesagt hatte, er müsse mit ihm ein ernstes Gespräch führen.

Nun saßen sie in Daniels Zimmer, Nummer 21, Tretjak auf dem Bettrand, BB gegenüber auf einem orangefarbenen Sitzsack, der unter seinem Gewicht die Form eines Fladenbrotes eingenommen hatte. Daniel war unten im Frühstücksraum bei den anderen Kindern. BBs Gesicht zeigte zwei entgegengesetzte Gefühle. Die untere Hälfte mit dem Mund lächelte und strahlte Zuversicht aus. Aber in der oberen Hälfte um die dunklen Augen war Sorge zu erkennen, tiefe Sorge.

»Um was geht es, BB?«, fragte Tretjak. »Sprechen Sie es klar aus. Nehmen Sie bitte keine Rücksicht.«

»Nein, das werde ich nicht«, sagte er.

Der große Mann konzentrierte sich einen kurzen Moment, dann begann er zu sprechen, ruhig und langsam. Er machte kleinere Pausen, in denen sein Blick sich überzeugte, dass seine Sätze bei Tretjak angekommen waren.

»Bis heute weiß man nicht, was genau im Gehirn eines Autisten passiert«, sagte er, »was genau die Ursache dieser Krankheit ist, nein, sagen wir lieber: Störung. Im Laufe der Zeit haben Ärzte und Wissenschaftler immer mehr Kategorisierungen vorgenommen, Sie wissen das, Herr Miller:

frühkindlicher Autismus, Asperger-Syndrom, atypischer Autismus … LFA-, IFA-, HFA-Autismus … und und und. Ziemlich erfolglos, wenn Sie mich fragen, und inzwischen sehen das auch manche Wissenschaftler der National Autismus Society so. In meinem täglichen Umgang mit den Kindern helfen mir solche Abgrenzungen jedenfalls gar nicht weiter.«

Er hielt inne.

»Ich weiß, dass Sie und Ihre Frau sich sehr gut informiert haben, das ist vorbildlich. Sie wissen natürlich, wer den Begriff Autismus erfunden hat. Es war ein Schweizer Psychiater, Eugen Bleuler.« Er machte bei der Aussprache des Namens eine hilflose Handbewegung. »Keine Ahnung, wie man das auf deutsch richtig sagt.« Er lächelte. »Warum ich über den Mann rede: Seine ursprüngliche Definition von Autismus, damit kann ich etwas anfangen: eine Zurückgezogenheit in eine innere Gedankenwelt. Diese Beschreibung gibt meiner Arbeit jeden Tag die Aufgabe vor. Ich will hineingelangen in diese Gedankenwelt, und wenn es geht, dort ein paar Türen öffnen zur Wirklichkeit.«

»Das ist sehr überzeugend«, sagte Tretjak.

»Ich möchte Ihnen dazu ein Beispiel aus Amerika erzählen, ein dokumentierter Fall. Zwei autistische Jungs in einer Einrichtung verbrachten die meiste Zeit zusammen, man konnte sie kaum trennen. Beide sprachen nicht, sondern murmelten nur ständig Zahlen vor sich hin. Die Therapeuten versuchten, sie von den Zahlen zu Wörtern zu bringen. Vergebens, die beiden waren nicht erreichbar, mit keiner Methode. Bis ein Therapeut den beiden schließlich einmal länger zuhörte und feststellte: Die Zahlen, die sie sich zuwarfen, waren allesamt Primzahlen. Es war nicht zu durchschauen, nach welchem System sie das taten, aber jetzt hatte man einen Schlüssel gefunden, ihre Aufmerksamkeit zu bekommen. Man musste nur eine Primzahl sagen – und sie reagierten augenblicklich.«

BB sah Tretjak lange an.

»Warum erzählen Sie mir das alles, BB?«, fragte Tretjak.

»Weil Daniel eine Entwicklung nimmt, die mir nicht gefällt, Herr Miller. Der Junge zieht sich immer weiter in seine innere Gedankenwelt zurück. Es gelingt immer weniger, ihn dort zu erreichen, geschweige denn, ihn wenigstens vorübergehend mit der Wirklichkeit zu verbinden.«

»Mit dem, was wir mit Wirklichkeit meinen, was wir als Wirklichkeit definieren.«

»Sie haben recht. Sagen wir es anders: Es gelingt immer weniger, Daniel mit Menschen zu verbinden. Wir sind dabei, Daniel zu verlieren. Das tut mir weh. Und Ihnen auch.«

Es entstand eine lange stille Pause. Von fern wehten diffuse Klänge von Stimmen aus dem Garten durch das gekippte Fenster. Tretjak hatte das Gefühl, dass alle Wörter, die gesagt worden waren, und alle, die noch gesagt werden könnten, gerade das Zimmer 21 verlassen hatten. Vielleicht gehörten sie auch gar nicht hier her, dachte er. Vielleicht war das ein Raum ohne Wörter. Daniels Raum.

Schließlich stand er auf und trat ans Fenster. Seine Schritte knarrten auf dem Holzboden. Das Fenster ging nach vorne raus, man sah nicht den Garten, sondern den Parkplatz und die weite Landschaft.

»Kann es sein, dass es daran liegt, dass Daniels Mutter schon länger nicht mehr hier war?«, fragte er.

»Wenn ich eines vom Leben mit Autisten begriffen habe«, antwortete BB im Rücken von Tretjak, »dann die Tatsache, dass Dinge, die in unserer Welt einen Zusammenhang haben, in deren Welt nur äußerst selten eine Entsprechung haben.

Nein, ich glaube nicht, dass Daniels Entwicklung hierin eine Ursache hat.«

Tretjak drehte sich wieder vom Fenster weg, sah, dass Daniels Betreuer auch aufgestanden war.

»Was können wir tun, BB?«

»Wir werden die Medikamente umstellen, das habe ich mit den Ärzten schon besprochen. Ich mache mir da nicht allzu große Hoffnungen, aber es hat schon Fälle gegeben, da war eine geänderte Medikamentierung hilfreich. Wenn Sie einverstanden sind, können wir damit sofort beginnen.«

»Natürlich«, sagte Tretjak.

»Außerdem sollten wir Daniel noch neurologisch untersuchen lassen. Nicht, dass da etwas übersehen wird, was vielleicht eine erkennbare körperliche Ursache hat.«

Tretjak spürte, dass das noch nicht alles war, was BB sagen wollte. Er sah ihn stumm an.

»Es gibt einen Spezialisten, der auch für die National Autistic Society arbeitet«, begann BB. »Ich habe alles von ihm gelesen und viel von ihm gehört. Dem würde ich Daniel gerne mal vorstellen. Aber das wünschen sich fast alle Eltern autistischer Kinder in England, und es ist fast unmöglich, einen Termin bei ihm zu bekommen.«

Er zuckte ratlos mit den Achseln.

»Vielleicht haben Sie eine Idee, wie uns das gelingen könnte. Der Mann heißt Baker, Professor Dr. Cecil Baker.«

14

»Natürlich kann ich Ihnen einen Termin bei Cecil verschaffen, Gabriel,« sagte Catherine Bernard. »Cecil Baker ist ein schrulliger Typ. Er wird Ihnen gefallen. Und er ist ein herausragender Wissenschaftler.«

»Aber?«

»Nichts aber.«

»Was Sie sagten, klang nach einem Aber«, sagte Tretjak. Er saß in seinem Wohnzimmer, in dem Sessel gegenüber dem Sofa und hatte drahtlose Kopfhörer in den Ohren.

»Cecil Baker denkt klassisch«, sagte Bernard.

»Wie meinen Sie das?«

»Er denkt im Rahmen der Erkenntnisse, die wir haben. Nicht darüber hinaus. So meine ich das.«

»Und was wollen Sie mir damit wirklich sagen?«

»Ich könnte Sie auch mit einem anderen Mann zusammenbringen«, sagte sie. »Einem Mann, der ganz neue Wege geht. Er ist der Leiter unserer Forschungseinrichtung in Brighton.«

Tretjak war froh gewesen, dass Catherine Bernard dieses Telefonat gleich in einem sehr freundschaftlichen und neutralen Ton begonnen hatte, ohne ein einziges Wort über ihr letztes Gespräch und seine Absage zu verlieren. Sie überließ es ihm, darauf zurückzukommen.

»Der Mann heißt Mao Tse-tung. Nein, lachen Sie jetzt nicht, das hasst er«, sagte sie. »Alle nennen ihn nur Tse. Tse ist genial. Und von *einem* Gedanken ist er geradezu besessen: Er will verstehen, was in Autisten vor sich geht – und Brücken bauen in ihre Welt.«

»Aber er ist nicht der, der Ihnen die Gladiolen geschickt hat«, erwiderte Tretjak.

»Nein«, sagte sie ruhig. »Er ist ein Gehirnforscher. Und zwar ein exzellenter. Ich erkenne das, glauben Sie mir. Sie sollten sich mit ihm unterhalten.«

»Wäre es nicht sinnvoll, er würde Daniel sehen und untersuchen? Nicht nur mit mir reden?«

»Natürlich.«

»Und wie könnte das gehen?«

Es entstand eine Pause.

»Sind Sie noch da, Catherine?«, fragte Tretjak.

»Ja, ja. Ich überlege ... Am besten fahren Sie nach Brighton, dort haben wir diagnostische Möglichkeiten. Und Sie bringen Daniel mit.«

»Und welchen Preis muss ich dafür bezahlen?«

»Ach, Gabriel«, sagte sie nach einer Weile. »Sie immer mit Ihrem Preis, der zu bezahlen ist. Ich mache einen Termin mit Cecil Baker und frage Tse, wann er Daniel untersuchen kann. Das kostet gar nichts.«

Sie machte wieder eine Pause. Diesmal nur eine kleine.

»Ich helfe Ihnen, und Sie helfen mir. Das ist der älteste Tausch der Menschheit.«

15

Tretjaks Mann in London, den er nur »Euer Ehren« nannte, war ein kleiner Mann, fast so klein wie ein ehemaliger Jockey und auch so drahtig. Er zeichnete sich dadurch aus, dass er sich der Welt in sehr unterschiedlichen Versionen präsentierte. Manche kannten ihn nur als Büroleiter eines Labour-Abgeordneten im Unterhaus, ein geschäftiger Jurist im Anzug, ständig am Telefon. Andere erlebten ihn als Gastronom, wobei Tretjak bei diesem Wort innerlich schmunzelte, denn es waren zwei Nachtclubs, die dem Mann gehörten, und zwar solche von der üblen Sorte. Dort war er für alle Nonino, also der Großvater. Das klang nett, war aber nicht nett gemeint. Wenn Nonino etwas anordnete, dann spurten seine Leute, und man sah ihnen an, dass sie sich äußerst ungern seinen Unmut zuzogen.

In familiären Zusammenhängen, bei Elternabenden, Geburtstagsfeiern und Sonntagsausflügen, zeigte er eine derart verlässliche Bürgerlichkeit, dass ihn viele als Langweiler bezeichnen würden. Einer, dem es wichtig war, dass abends die Haustür abgeschlossen war und die Fahrräder der Kinder im Schuppen versorgt waren.

Tretjak wusste nicht, ob Euer Ehren sein Jurastudium wirklich je abgeschlossen hatte, aber er wusste, dass er ursprünglich aus Italien stammte, aus der Stadt Tropea in Kalabrien. Dort hatte Nonino möglicherweise noch andere Bedeutungen als Großvater, denn der Mann war erst Mitte vierzig.

Er hatte blaue Augen, die er wie Werkzeuge benutzte. Sie konnten sehr beruhigend wirken oder eindringlich prüfend, sie konnten gefährlich blitzen wie Waffen. Und sie konnten so viel Charme versprühen, dass auch eine Betonsäule dahinschmelzen würde – wenn er es darauf anlegen würde.

Sie saßen in einem kleinen italienischen Restaurant im Stadtteil Soho, es war eher eine Bar mit vier Tischen im hinteren Teil.

Euer Ehren war gerade dabei, Tretjak zu erklären, was sie gleich essen würden: den seltenen großen Bärenkrebs, den die Italiener Batti-Batti nannten, was so viel bedeutete wie »Schlag zu!«. Das Tier hatte nämlich keine Scheren, es verteidigte sich, indem es den ganzen Körper als Knüppel benutzte und zuschlug. Euer Ehren erzählte, dass er einen Benachrichtigungsalarm eingerichtet hatte: Er wurde sofort verständigt, wenn irgendwo auf Londons Fischmärkten ein Batti-Batti auftauchte. Heute war das der Fall gewesen, sagte er, und nun kamen schon die Teller mit den dampfenden Linguine und dem Krebsfleisch.

»Welchen Job hast du für William gefunden?«, fragte Tretjak, als er die ersten Nudeln auf die Gabel wickelte.

»Denselben Job, den er vorher hatte«, war die Antwort. »Ein Freund von mir ist Headhunter. Er hat nur zwanzig Minuten gebraucht, um die neuen Eigentümer von ›Serious Music‹ zu überzeugen, dass es dieser William ist, der den Erfolg ausmacht. Nun ist er wieder eingestellt. Jetzt mit richtigem Anstellungsvertrag und Gehalt und Bonus und so weiter.«

Er reichte Tretjak eine kleine Schale mit frischen kleingehackten Chilis.

»Wir müssen uns noch über mein Honorar unterhalten.«

»Müssen wir nicht«, sagte Tretjak.

»Warum nicht?«

»Das habe ich schon ausgehandelt.« Tretjak lächelte. »Du kriegst hunderttausend Pfund. Da ist auch ein Vorschuss enthalten. Falls ich dich mal wieder brauche.«

Euer Ehren hob sein Weinglas.

»Es ist mir eine Freude für Sie zu arbeiten, Herr Tretjak.«

Tretjak dachte daran, ihn zu korrigieren. Auf jeder Kreditkarte, im Pass, bei der Bank und überall stand schließlich inzwischen nicht mehr Tretjak, sondern Miller. Aber er ließ es dann.

»Köstlich, dieser Krebs«, sagte er stattdessen.

Sie tranken noch Kaffee, dann Grappa. Dann noch einen Grappa.

Zu viel Grappa.

Und als er im Hotelzimmer war, schenkte er sich trotzdem noch einen Whisky ein. Er wohnte wie immer in London in dem kleinen Hotel »Number 16« in Kensington. Der Portier kannte ihn und hatte eine Flasche japanischen Whisky auf sein Zimmer gebracht.

Tretjak dachte an den großen starken BB, der ein so einfaches Leben führte und glücklich war. Oder war es anmaßend, das zu vermuten? Was wusste er schon davon, was BB glücklich machte. Einmal hatte er ihn gefragt, wie er zu seinem Beruf gekommen war.

»Ich war noch ein Schüler an der Highschool«, hatte BB geantwortet. »Da habe ich mal eine Szene im Garten eines Cafés beobachtet. Ein Junge mit Down-Syndrom, vielleicht sieben Jahre alt, spielte dort zwischen den Leuten und entdeckte auf dem Boden einen toten Frosch. Seine Eltern waren ins Gespräch vertieft und beachteten ihn nicht. Der Junge hob den Frosch auf, ging zu einem anderen Tisch und verstaute den Frosch in einer Damenhandtasche, die über einer Stuhllehne hing. Die Besitzerin hatte nichts bemerkt.

Der Junge war sichtlich stolz darauf, was er bewerkstelligt hatte, und freute sich. Immer wieder blickte er mit leuchtenden Augen zu der fremden Frau und der Handtasche. Und ich habe mir immer vorgestellt, wie die Frau irgendwann den verfaulten Frosch in ihrer Handtasche findet, wie sie erschrickt, sich wahrscheinlich bis heute fragt, wie zum Teufel der da hineingekommen ist. Und keine Ahnung davon hat, dass es ein Geschenk war.« BB hatte gelacht und die Arme ausgebreitet. »Tja, so war das, eine sonderbare Begebenheit, nicht wahr? Aber ich habe damals sofort gedacht, ich möchte mit solchen Kindern arbeiten. Ich habe es nie bereut.«

Die Weichen des Lebens. War er, Tretjak, jetzt vielleicht an einer angelangt? War es dem Alkohol geschuldet, dass er solche Gedanken hatte? Oder den Augen seines Sohnes, die sich manchmal für ihn öffneten?

Er schenkte sich noch einen Whisky ein. BB wusste, was er tat, und es erfüllte ihn. Vielleicht, weil es die Welt um ein Sandkörnchen besser machte. Möglicherweise konnte die Welt ja gerade auch einen Regler brauchen? Einen, der wusste, wie man Dinge veränderte? Der keine Lust mehr hatte, reichen Leuten die Kohlen aus dem Feuer zu holen. Der neue Aufträge wollte, ganz neue.

Hörst du mich, Carola? Können wir nicht noch mal miteinander reden? Neu anfangen? Zusammen mit deiner Freundin? Sie wirkte sehr sympathisch. Und die Wissenschaft ist doch auch eine Hoffnung.

Morgen rufe ich Catherine Bernard an, dachte Tretjak. Vielleicht kann ich bei ihrer Firma einsteigen …

Der wievielte Whisky war das jetzt?

Er trank noch einen.

Und nahm zwei Rohypnol.

Und in seinem Traum sagte Carola dann zu ihm: Jemand

muss dich vor dir selbst beschützen. Er wollte ihr im Traum antworten. Nein, nein, wollte er sagen. Ich muss doch euch beschützen …

Aber er konnte nicht sprechen.

So sehr er sich auch anstrengte, kein Wort verließ seine Lippen.

16

Jeff Waterman nahm seine Umgebung anders wahr als andere Menschen. Er beobachtete alles sehr genau, weil er sicher sein wollte, dass er selbst nicht beobachtet wurde.

Die Leute, die sagten, es gäbe bei einer Drogenkarriere nur eine Richtung, nämlich die nach unten, sahen die Angelegenheit zu einseitig. Das lag an ihren Berufen. Sie waren Polizisten, die Junkies in ihren schrecklichen Fixerabsteigen hochnahmen, Sanitäter, die Drogentote aus Bahnhofstoiletten abtransportierten, Streetworker, die vierzehnjährige heroinsüchtige Mädchen vom Straßenstrich wegbringen wollten, oder Therapeuten, die in Entzugskliniken soziale Wracks schon zum dritten Mal durch ihren Turkey begleiteten.

Jeff Waterman dachte nicht daran, diese Leiter hinabzusteigen. Warum sollte er auch? Er richtete seinen Blick nach oben. Und die Drogen würden ihm helfen, dorthin zu kommen. Weil er wacher war als andere, schneller dachte als andere, weil er länger durchhielt – und weil ihm der eigene Gefühlskram nicht im Weg stand. Nur vorsichtig musste man sein, beim Kaufen und beim Konsumieren. Und diskret musste man sein. Waterman war sich sicher, dass niemand in seinem Umfeld auch nur im Traum daran dachte, er könnte ein Junkie sein. Und das würde auch so bleiben.

Die Frau, mit der er verabredet war, trug einen hellen Trenchcoat und hatte die braunen Haare zu einem Pferdeschwanz gebunden. Er beobachtete sie schon eine geraume Weile von draußen durch die Glasscheibe. Das war Carola

Tretjak, keine Frage. In dem Dossier über ihn waren auch zwei Fotos von ihr gewesen. Sie hatte den großen Burger King am Leicester Square als Treffpunkt vorgeschlagen. Gute Idee, hatte er gedacht, unauffälliger geht's nicht, dort konnte man alles besprechen, ohne dass es irgendwen interessierte.

Es war Abend, bald zehn Uhr. Das Lokal war hell erleuchtet, ein auffälliges halbrundes Gebäude. Carola Tretjak saß wie verabredet im ersten Stock am Fenster, einen Pappbecher vor sich. Sie hatte schon mehrmals auf die Uhr geblickt, es war schon zehn Minuten über der ausgemachten Zeit.

Das war Jeff Waterman klar, aber er würde diesen Burger King nicht betreten. Er hatte auf dem Weg hierher bemerkt, dass er verfolgt wurde. Extra war er in der U-Bahn zweimal umgestiegen, sinnloserweise. Und der Mann, der jetzt auf der anderen Straßenseite in ein beleuchtetes Schaufenster starrte, war jedes Mal mit umgestiegen, sinnloserweise.

Keine Frage: Dieses Treffen mit Carola Tretjak war eine Falle. Aber eine Falle für wen? Für ihn? Für sie? Für beide? Und wer steckte dahinter? In jedem Fall war es ratsam, nicht in die Nähe von Carola Tretjak zu kommen.

Nein, nein, Leute. Wer auch immer sich hier etwas ausgerechnet hatte: Jeff Waterman würde einen Strich durch diese Rechnung machen. Er hatte inzwischen einen Buchladen betreten, der noch geöffnet war, und sah zu, wie Carola Tretjak schließlich von ihrem Platz aufstand, das Tablett wegstellte, die Treppe nach unten nahm und durch den Ausgang die Straße betrat. Was er dabei auch sah: Eine andere Person stand auch auf und folgte ihr durch das Lokal nach draußen. Carola Tretjak nahm jetzt ihr Telefon ans Ohr und telefonierte. Und die andere Person war unmittelbar hinter ihr ebenfalls stehengeblieben. Er konnte nicht erkennen, ob das ein Mann oder eine Frau war.

Im selben Moment bemerkte Jeff Waterman, dass sich nun sein eigener Verfolger in Bewegung gesetzt hatte, und zwar in Richtung des Buchladens. Da wusste er, dass es jetzt Zeit war, sich in Luft aufzulösen.

Der Laden hatte an beiden Seiten des Gebäudes Ausgänge. Es dauerte nur ein paar Sekunden, bis Waterman auf der anderen Seite in ein Taxi sprang.

Nein, nein Leute, dachte er.

Aber was er auch dachte: Sein Protokoll der Vorstandssitzung war offenbar einiges wert.

17

Als Tretjak mittags erwachte, brauchte er sich nicht daran zu erinnern, dass er Catherine Bernard anrufen wollte. Sie hatte schon vergeblich versucht, ihn zu erreichen. Sieben Anrufe in Abwesenheit, sagte sein Telefon. Und als er die Treppe herunterkam, um in dem hübschen Frühstücksraum noch einen Kaffee abzustauben, saß Catherine Bernard in dem Sessel gegenüber der Rezeption. Sie sah blass aus, ihr Gesicht zeigte sofort, dass etwas passiert war.

»Wo können wir reden, Gabriel?«

Tretjak leitete die Frage mit einem Blick zum Portier weiter, der sie gehört hatte. Er ging ihnen voraus durch eine Tür auf der »Privat« stand, dann öffnete er eine weitere Tür, die in eine Art Kaminzimmer führte.

»Wenn Sie etwas benötigen, ziehen Sie an dieser Klingel«, sagte der Portier und deutete auf eine goldfarbene Kordel, die neben der Tür von der Decke hing. In dem Raum gab es eine Sitzgruppe, die mit dickem rotem Stoff bezogen war, an den Wänden standen Bücherregale.

»Ich habe mehrere schlechte Nachrichten«, sagte Catherine Bernard, während sie sich setzte. Sie beugte sich vor, stützte ihren Kopf in beide Hände und massierte ihre Schläfen.

»Was ist passiert?«, fragte Tretjak.

Sie holte aus ihrer Handtasche eine Ausgabe der Times heraus und legte sie auf den Couchtisch. Die Zeitung war so gefaltet, dass lokale Meldungen aus London oben lagen.

»Ich habe Ihnen erzählt, dass ich eine Studie in Auftrag

gegeben habe, die die Risiken der Theseus-Projekte evaluierte. Das ist die wissenschaftliche Leiterin der Studie. *War* die wissenschaftliche Leiterin.«

Tretjak las die Meldung, auf die sie deutete. Im U-Bahnhof Paddington war gestern eine Frau vor den einfahrenden Zug gestürzt und sofort tot. Die Ursache für den Sturz sei unklar, die Polizei wertete noch die Bilder der Überwachungskameras aus.

Über Suizid-Absichten der Frau sei nichts bekannt. Es handelte sich um eine einunddreißigjährige Wissenschaftlerin des neurologischen Institutes der Universität.

»Sie glauben nicht an einen Unfall?«

Bernard ging gar nicht erst auf seine Frage ein, sondern fuhr fort: »Gestern Abend, um einundzwanzig Uhr dreiundzwanzig bekam ich einen Anruf von Carola. Ich war noch in einem Meeting, mein Handy lag auf meinem Schreibtisch. Das hat sie mir auf die Mailbox gesprochen …«

Sie wischte kurz auf dem Display ihres Telefons herum, dann legte sie es auf den Tisch. Gabriel Tretjak spürte, wie er versteifte, als er Carolas Stimme hörte. Ihre Stimme klang nervös.

»Catherine, ich bin's Carola. Ich habe eine merkwürdige Nachricht erhalten, die Gabriel betrifft, und ich habe mich mit dem Mann verabredet, der sie mir geschickt hat. Das war vielleicht ein Fehler … Der Mann kam aber nicht. Irgendetwas stimmt hier nicht. Kannst du mich anrufen, bitte?«

»Keine weiteren Nachrichten«, sagte die Mailbox noch, ehe Bernard sie ausschaltete.

»Ich habe zurückgerufen, keine halbe Stunde später. Aber da war die Leitung schon tot, es kam auch keinerlei automatische Ansage mehr.«

Ein, zwei Minuten lang war es sehr still im Zimmer. Dann stand Tretjak auf und zog an der goldenen Kordel. Als der Portier erschien, sagte er: »Ich brauche zwei in Wasser aufgelöste Aspirin bitte. Außerdem einen Stapel weißes Papier und einen Stift. Und bitte bestellen Sie eine Kanne Kaffee für uns und zwei große Flaschen Wasser.« Nachdem der Portier sie allein gelassen hatte, setzte Tretjak sich wieder und musterte die Frau, die ihm gegenübersaß, lange und genau.

»So, Madame Bernard«, sagte er schließlich, »jetzt gehen wir an die Arbeit. Sie werden mir jetzt die Wahrheit erzählen – über sich, über diese Firma Theseus, über Carola. Und zwar alles. Was läuft da wirklich ab? Womit haben irgendwelche Leute Sie in der Hand? Welche Rolle spielt Carola? Und kommen Sie mir bloß nicht mit diesem Märchen von den Freundinnen aus der Studentenzeit.«

Er sah, dass ihre Augen groß wurden, dass sie überrascht war, dass sie nicht wusste, was sie sagen sollte. Dass sie Angst hatte.

»Was ich meine, Frau Nobelpreisträgerin«, fuhr Tretjak fort. »Sie werden sich jetzt vor mir ausziehen, bis Sie ganz nackt sind. So ähnlich wie Sie es gelegentlich auf Parkplätzen tun.«

Er machte eine Pause. Sie starrte ihn an.

»Mit wem glauben Sie denn, haben Sie es hier zu tun?«, fragte er. »Sie wollten mich doch anheuern, oder? Hat Ihnen Carola nicht beschrieben, wie ich arbeite? Über die Leute, die mich anheuern wollen, weiß ich schnell sehr viel. Manchmal mehr als sie selbst über sich wissen.«

Tretjak griff nach seinem Telefon. Als die Verbindung zustande gekommen war, sagte er: »Du musst jetzt ein Handy hacken, ja, jetzt sofort. Ich habe es in meiner Hand.« Er nahm Catherine Bernards Telefon vom Tisch.

»Du musst den Anruf zur letzten Nachricht auf der Mailbox zurückverfolgen, das ist das Wichtigste.«

Er hörte zu.

»Ja, ist mit einem WLAN verbunden … Ja, Highspeed-Netz … Okay, Bluetooth einschalten, neben mein Handy legen …«

Er befolgte schweigend noch ein paar Anweisungen. Dann legte er auf.

Der Portier brachte das Aspirin und die Schreibutensilien.

»Getränke kommen gleich«, sagte der Mann.

Tretjak trank das Aspirin und sagte zu Catherine Bernard: »Eigentlich wollte ich Sie heute anrufen und fragen, ob ich mich an Theseus beteiligen kann.«

Sie sah ihn verständnislos an.

»Soll ich? Was meinen Sie?«

Er wartete keine Antwort ab, sondern legte seine Armbanduhr auf den Tisch neben den Stapel Papier.

»Zwei Stunden maximal, dann müssen wir hier durch sein«, sagte er. »Keine Ausflüchte oder Umwege. Wenn Sie mit irgendetwas hinterm Berg halten, mit der kleinsten Kleinigkeit – dann werden Sie das bereuen, Catherine. Wie Sie nie etwas in Ihrem Leben bereut haben.«

Er nahm die Kappe von dem Stift ab.

»Verstehen Sie, was ich sage?«

18

»Was können wir tun, damit seine Haare so richtig leuchten, noch mehr als sonst?«, hatte Tante Assunta gefragt. Er erinnerte sich genau an diesen Moment. Sie war hinter ihm gestanden, den Blick in den großen Spiegel davor gerichtet, die Hände in seinen langen Haaren. Diese Hände hatten oft in seine Haare gegriffen, einfach so im Vorbeigehen oder wenn er Klavier spielte. Es war kein zärtlicher Griff gewesen, sondern ein prüfender. Materialprüfung.

»Wann sollen sie denn leuchten? Und wie lange?«, hatte der Friseur mit dem italienischen Vornamen gefragt.

»Heute Abend, nur heute Abend. Auf der Bühne, im Scheinwerferlicht«, hatte Tante Assunta geantwortet.

Und dann waren sie fast zwei Stunden mit ihm beschäftigt gewesen, der Friseur und seine Azubis. Waschen, schneiden, färben, trocknen, stylen. Und am Schluss hatten sie noch Silberpartikel in seine Haare gestreut, aus einer Art Puderdose, die Assunta dann in ihrer Handtasche verstaute. Für die Auffrischung kurz vor dem Auftritt.

Für Tante Assunta war sein Haarschnitt immer sehr wichtig gewesen. »Wer lange Haare trägt, muss darauf achten, dass sie richtig gut geschnitten sind«, hatte sie gesagt. Und ihn einmal im Monat zu ihrem Friseur geschleift. Beim Bezahlen vereinbarte sie gleich den nächsten Termin. Wer das so machte, bekam fünfzehn Prozent Rabatt, das wurde in einem roten Bonusheft vermerkt. Auf die Vorderseite des Heftes hatte sie mit ihrer steilen Handschrift seinen Namen geschrieben. Nicht seinen echten natürlich, sondern »Major Tom«. Gerüchten zufolge war Assuntas Familie Hunderte von Millionen Euro schwer. Daran hatte er immer denken müssen, wenn sie den Eintrag in diesem Bonusheft abstempeln ließ.

Es war ihr großes Benefizkonzert im Münchener Herkulessaal in der Residenz, für das seine Haare damals leuchten sollten. Weltberühmte Künstler traten auf. Major Tom mittendrin. Der Wunderknabe. Er spielte die Beethoven-Sonate Nummer 26 in Es-Dur, »Les Adieus«.

Kann man sich in einen einzelnen Ton verlieben? Ja. Er liebte den Halbton zwischen D und E, die schwarze Taste, die in manchen Tonarten Dis hieß, in anderen Es. Er hörte ihn in jedem Stück heraus, in dem er auftauchte, in einem Beatles-Song oder einem Mississippi-Blues.

Das war die Zeit, als er noch gern Klavier spielte, als der Himmel über seiner Welt noch aus weißen und schwarzen Tasten bestand. Er war dreizehn Jahre alt – und als er sich vom Flügel erhob und verbeugte, war der Applaus wie eine große Welle des Meeres gewesen, die ihn verschluckte und herumwirbelte und schließlich sanft auf dem warmen Sand ablegte.

Tante Assuntas Wangen glühten in der ersten Reihe. Er war ihr damals dankbar gewesen. Ja, so konnte man das schon sagen. Dankbar wie ein Straßenhund, den jemand plötzlich fütterte, jeden Tag wieder. Eine vorsichtige Dankbarkeit war das gewesen.

Er hatte nicht gewusst, dass er das absolute Gehör hatte, er hatte nicht gewusst, dass seine Art, die Tasten anzuschlagen, eine so besondere war, dass sie ihm eine Welt eröffnen konnte, die er sonst niemals hätte betreten dürfen. Assunta hatte das erkannt.

Aber das Leben war mehr als schwarze und weiße Tasten. Als er dabei war, das zu begreifen, das zu erfühlen, verwandelte Assunta die Tasten in Gitterstäbe eines Gefängnisses.

Ich werde nie mehr spielen, Tante Assunta. Von mir aus: liebe Tante Assunta.

Geh deiner Wege, Halbton Dis, ich werde dir nicht folgen.

Die Welt wartet nicht auf noch einen Pianisten. Aber sie wartet auf Gerechtigkeit.

Er dachte an sein Erbe. Assunta hatte ihm viel Geld hinterlassen. Das hatte sie in den Momenten vor ihrem Tod nicht mehr ändern können.

Danke, liebe Tante, dachte er.

Siehst du: Ich bin jetzt wieder beim Friseur, bei deinem Friseur. Sie schauen alle bestürzt meinen Kopf an. Was ist passiert?, fragen ihre Blicke.

Er war vorher bei einem anderen Friseur gewesen: *It's only hair – jeder Schnitt 10 Euro.*

»Abrasieren«, hatte er gesagt. »Nur einen Streifen in der Mitte lassen.« Die hatten ihn nicht komisch angeschaut. Die hatten einfach getan, was er sagte. Es hatte nach Haaren gerochen dort und nach einem halb aufgegessenen Teller Gyros, der auf der Ablage stand. Und so war er dann in Assuntas edlem Laden aufgeschlagen, mit einer aus der Mitte des Schädels herabhängenden Fahne blonder Haare.

»Ich möchte, dass ihr mir einen Kamm baut. So einen Hahnenkamm«, sagte er. »Ganz fest soll er sein, alles muss er aushalten. Und leuchten soll er. Lila soll er leuchten. Aber nicht nur für einen Abend.«

Zum ersten Mal fragte er sich, wo der angenehme Lavendelduft in diesem Salon herkam. Dann entdeckte er den elektrischen Zerstäuber in der Ecke. Er setzte sich in den Friseurstuhl, genoss den Duft und schloss die Augen. Er würde sie erst wieder öffnen, wenn sie mit seinem Kopf fertig waren.

TEIL 3
Heute

*»Auch das lauteste Getöse darf uns nicht hindern,
den einen leisen Ton zu hören, auf den es ankommt.«*

(WERNER HEISENBERG)

SIEBTER TAG

Stadtteil Germering, München

Bitte.

Bitte.

Inge Maler hatte sich dieses Wort abgewöhnt. Für immer, dachte sie. Bitte, bitte: Und der Blick in den Himmel hinauf, wohin genau auch immer. Sie war gerade achtzehn geworden, zwei Tage zuvor hatten sie beide zusammen noch Inges Geburtstag gefeiert, Mario und sie. Sie hatten die Nacht draußen verbracht, nur sie beide, unter dem frühlingshaften Nachthimmel. Schlafsack, eine Flasche Wein. Sie hatten geredet und geredet. Und sie hatten sich geküsst. Geredet, geküsst, geredet. Die ganze Nacht.

Es war so unglaublich schön gewesen. Nicht nur in der Erinnerung.

Zwei Tage später kam die Nachricht. Marios Mutter rief sie an. Mario war unter der Dusche zusammengebrochen. Wurde bewusstlos in die Klinik eingeliefert. »Inge«, schrie Marios Mutter, »habt ihr irgendwelche Drogen genommen? Sag es! Das müssen die in der Klinik wissen.«

Sie hatten keine Drogen eingenommen. Mario hatte einen Herzfehler, der nie entdeckt worden war. Der plötzlich alles kaputt machte. Vier Tage kämpften die Ärzte im Krankenhaus um sein Leben.

Bitte.

Bitte.

Und der Blick nach oben, wahnsinnig vor Angst.

Dann starb Mario. Und Inge hatte genug vom Bitte. Sie hatte genug von allem. Jetzt nahm sie Drogen, alles, was sie kriegen konnte. Jetzt zerritzte sie ihre Arme. Sie versaute sich ihren Abiturschnitt, kam aber seltsamerweise noch gerade so durch. Einen Tag nach der Abiturfeier ging sie zum ersten Mal auf den Strich. Das Stehen auf der Straße, halb nackt, die widerlichen Männer, die mit ihren Autos anhielten: All das schien das perfekte Setting zu sein für ihren grenzenlosen Hass auf die Welt.

Ein paar Wochen dauerte diese Zeit, in der Inge am Abgrund stand. Dann wurde sie verhaftet, bei einer Razzia am Straßenstrich. Und in dem Polizeitransporter, in dem sie mit den anderen Nutten saß, lernte sie einen jungen Polizeibeamten kennen. Ein bisschen schüchtern war er zwischen all den Frauen, und freundlich war er. Und August Maler hieß er.

Lange her. So viele Jahre. Eine große Liebesgeschichte wurde daraus. Paul und Max kamen dazu. Eine Familie. Aber ihr Absturz hatte sich tief in Inges Seele gebrannt. Sie hatte ein großes Verständnis für andere, die stürzten, und sie war auch ein bisschen stolz, sich da rausgezogen zu haben. War ein bisschen stolz darauf, eine Art Zaubertrank getrunken zu haben: Ich halte viel aus, mehr als andere. Tief drinnen ist da etwas, was mich wieder hochzieht.

Dachte sie.

Was für ein Irrtum! Was für eine dämliche Selbstgefälligkeit! Seit Paul verschwunden war, war nichts vom Zaubertrank zu merken. Gar nichts. Nichts war da tief drinnen, was Halt gab. Nichts war da, außer flüssig gewordene Panik.

Und wieder dieses hilflose Wort. Bitte. Bitte.

Seit Tagen immer noch keine Nachricht von Paul. Keine Nachricht von Paula. Zwei Stunden Schlaf waren es diese

Nacht. Eingebettet zwischen wirren Gedanken: Was kann man tun, was kann ich tun? Und diese schreckliche Hilflosigkeit war wieder da, wie damals, als sie stundenlang vor dem Bett ihres Freundes saß, auf der Intensivstation. Diese Hilflosigkeit, die nichts anderes als dieses eine Wort hervorbrachte: Bitte.

Es war noch ziemlich früh, als Inge ihre Sporttasche zusammenpackte. Normalerweise ging sie dreimal die Woche joggen, ihre Lieblingsroute führte von Kloster Schäftlarn, einem kleinen Ort zwanzig Kilometer von Germering entfernt, die Isar entlang. Sie mochte es, in eine Richtung loszulaufen und zu wissen, die Strecke muss ich auch wieder zurück. Nach vorne laufen und dann wieder zurück, das beruhigte sie. Normalerweise.

Sie stieg in den Wagen und fuhr zur Isar. Sie musste was machen. Irgendwas musste sie machen. Im Radio sagte der Moderator gerade: »Was für ein wunderbarer Tag!« Inge schaute aus dem Fenster und sah: Tatsächlich, die Sonne schien.

Als August seine Herzoperationen hatte, konnte sie sich vorstellen, auch wenn es noch so schmerzhaft war, wie das Leben ohne ihn aussehen würde. Sie wollte sich diese quälende Zukunft vorstellen, damit sie nicht passiert. Bei Paul funktionierte diese Methode nicht. Wenn sie anfing, in diese Richtung zu denken, platzte ihr Kopf, und sie musste sofort damit aufhören.

An der Isar angekommen, parkte sie das Auto und lief los. Sie hatte es wirklich geschafft, das Handy auszuschalten. Eine halbe Stunde nicht drauf zu starren. Nur auf ihren Körper zu achten. Auf den Fluss, auf die Luft. Apropos: Es fing an zu regnen. Von wegen schöner Tag.

Als sie wieder am Auto war, trank sie im Regen ihre mitgebrachte Apfelschorle. Und für einen winzigen Moment fühlte es sich gut an. Sie setzte sich in den Wagen und schaltete das Handy wieder ein. Eine Nachricht ploppte auf. Unbekannte Nummer.

»Mama, ich bin's, Paul. Kennzeichen: Du Eisen, ich Löwe. Mir geht es gut, wirklich. Du darfst Dad nichts sagen von dieser Nachricht. Auf keinen Fall, sonst sind wir alle tot. Komm bitte heute um vierzehn Uhr in den Tierpark, zu den Giraffen, da erfährst du mehr.«

Paul. Er lebte. Alles in ihr wollte das glauben. Drei Gedankenblitze schossen Inge Maler durch den Kopf. Paul war einmal von einem Videospiel besessen, in dem Prinz Eisenherz und König Richard Löwenherz vorkamen. Damals hatte er sie gefragt: Mama, hättest du lieber ein Herz aus Eisen oder das Herz eines Löwen?

Zweiter Gedanke: Giraffen sind Pauls Lieblingstiere. Dritter Gedanke: August wird sie nichts erzählen, ganz sicher nicht.

Alles in ihr wollte glauben, dass die Nachricht auf ihrem Handy kein böses Spiel war.

TIERPARK HELLABRUNN, MÜNCHEN

Es waren noch vier Stunden Zeit bis zu dem Treffen um vierzehn Uhr. Wie in Trance fuhr Inge Maler nach Hause. Sie hörte den Radiomoderator einen Studiogast fragen, ob man einen Hund mehr lieben könne als eine Fledermaus.

Sollte der Albtraum jetzt bald aufhören oder erst gerade anfangen? Daheim angekommen überlegte sie, ob sie erst Max aufwecken sollte oder erst duschen. Sie entschied sich fürs Duschen.

Max schlief anscheinend noch. Sie hörte jedenfalls keinen Mucks aus seinem Zimmer. Sie hatten sich entschieden, Max von der Schule zu nehmen, solange Paul verschwunden war. Inge klopfte an seiner Tür. Keine Reaktion. Sie klopfte heftiger und ging ins Zimmer. Zerwühltes Bett. Kein Max. Sie stürmte aus dem Zimmer. »Max!«, rief sie. »Max!« Mit zitternden Händen griff sie nach ihrem Handy und tippte Augusts Nummer.

»August, Max ist weg. Max ist weg.«

August sagte: »Inge, der ist doch bei Theissen. Beim Zahnarzt. Ich habe ihn vorhin hingebracht.«

»Mensch, ja. Natürlich. O Gott, ich werde verrückt.«

»Immerhin ist es besser, wenn wir erst verrückt werden und es noch nicht sind. Zumindest noch nicht ganz.« August Maler gab einen Ton von sich, den man als einen Lachversuch deuten konnte.

»August«, sagte sie und machte eine kurze Pause. »Was machst du gerade?«

August antwortete, aber sie merkte selbst, sie hörte gar nicht richtig zu. Das Einzige, was zu ihr durchdrang, war der Satz: »Wir versuchen gerade, diesen Stefan Treysa ausfindig zu machen, diesen Freund von Tretjak, ich hatte dir davon erzählt.« Dann hörte sie sich irgendwann sagen: »Gut, August, bis später.«

Treysa. Tretjak. Sie ließ die Namen in eine hintere Gehirnregion verschwinden. Sie schaute auf die Uhr hinter dem Küchentisch. Noch zwei Stunden bis vierzehn Uhr.

Warum hatte Paul geschrieben, dass sie auf keinen Fall August etwas sagen darf? »Sonst sind wir alle tot.«

Warum, Paul? War es überhaupt Paul, der das geschrieben hat? Sie verstand nichts. Sie wusste nur, dass sie jetzt um vierzehn Uhr am Giraffengehege sein würde.

Paul liebte Giraffen. Schon als er noch ganz klein war, wollte er im Zoo immer als Erstes zu den Giraffen. Und er wenn sie sah, konnte er nicht aufhören zu lachen. Schon als kleiner Junge hatte er dieses viel zu laute Lachen. Mensch, Paul, lach nicht so laut, wie oft hatte sie das gesagt, und musste selber dabei lachen.

Die Giraffen wurden ein Running Gag zwischen ihnen. Stell dir vor, du wärst eine Giraffe – und müsstest Gitarre spielen. Stell dir vor, du wärst eine Giraffe – und müsstest dich aufs Klo setzen. Und als Paula zum ersten Mal bei Paul übernachtete und Inge am nächsten Morgen Paul in der Küche traf und die beiden nicht so recht wussten, was man reden sollte, da half es sehr, dass Inge irgendwann sagte: »Stell dir vor, du wärst eine Giraffe – und müsstest Sex haben.«

Inge Maler nahm fünf Minuten vor vierzehn Uhr auf der Bank vor dem Giraffengehege Platz. Es hatte aufgehört zu regnen, trotzdem war weit und breit niemand zu sehen, auch keine Giraffen. Alles wirkte wie ausgestorben. Es dauerte zehn Minuten, dann ging im Gehege das große Tor auf, und eine Giraffe kam heraus. Hinter ihr her lief ein Tierpfleger. Der Mann veränderte die Richtung, öffnete ein kleines Türchen an der Seite des Geheges und kam auf sie zu.

»Entschuldigen Sie, sind Sie Frau Inge Maler?«, fragte der Tierpfleger.

»Ja«, sagte sie.

»Ich habe etwas für Sie.« Er zog aus seiner Jacke ein gefaltetes Blatt Papier.

Inge Maler war längst aufgestanden. Sie nahm das Blatt. »Ich verstehe nicht«, stammelte sie, »von wem haben sie das?«

»Ein Taxifahrer hat es vor zwei Stunden abgegeben. Er sagte, es ist außerordentlich wichtig, Sie würden sehr darauf warten. Ist das nicht so?«

»Doch, doch«, sagte sie, »danke Ihnen … Hat der Taxifahrer noch irgendwas gesagt?«

»Nein, gar nichts, ich sollte Ihnen das nur geben. Ich verabschiede mich jetzt. Wenn ich noch was tun kann, ich bin da drin bei der Giraffe. Da, wo ich immer bin.«

»Sind schöne Tiere, die Giraffen«, sagte Inge Maler.

»Ja, das finde ich auch. Und sehr schlau.«

Der Tierpfleger zog sich zurück. Inge Maler setzte sich wieder auf die Bank und öffnete das Blatt Papier. Was da stand, war ein Gedicht. Nur ein Gedicht.

Verborgen in der Maschine,
die die Menschen erfinden,
wurden wir verschmolzen
in ein neues Gebilde.

Roboter und Mensch,
verbunden durch Technik,
ein neuer Körper,
in einer neuen Welt.

Der Geist ist verschmolzen,
der Körper ist vereint,
ein Wesen, das sich ändern kann,
wie es die Menschen wünschen.

Die Maschine und der Mensch,
ein neues Gebilde
wird uns alle in eine neue Zukunft führen,
die man sich nicht ausdenken konnte.

Inge Maler las das Gedicht und las es nochmal. Was sollte das? Sie verstand gar nichts. Sie schaute, ob irgendjemand in ihre Nähe gekommen war. Irgendein Mensch. Nichts. Immer noch war alles wie ausgestorben. Sie faltete das Papier wieder zusammen. Jetzt erst sah sie, dass auf der Rückseite ein Name stand. Es war nicht ihr Name. Da stand:

FÜR MAX MALER

Für Max? Seinen kleinen Bruder?

Was soll das, Paul?

Inge Maler ging zittrig Richtung des Zoo-Ausgangs. Sie überlegte, ob sie August anrufen sollte. Jetzt doch. Da brummte ihr Handy. Als würde sie jemand beobachten, nein, als säße jemand in ihrem Kopf. Es war eine Nachricht mit unbekannter Nummer. Sie lautete:

»Mama, hier ist Paul. Mir geht es gut. Du musst dir keine Sorgen machen. Aber du darfst auf keinen Fall mit Dad reden. Auf keinen Fall. Sonst sind wir alle tot. Rede mit Max.«

POLIZEIPRÄSIDIUM, MÜNCHEN

Den Anruf von seinem Herzdoktor hatte er noch gut weggesteckt. »Herr Maler, ich habe hier gerade Ihre aktuellen Blutwerte auf dem Tisch. Der Nierenwert macht bisschen Zicken. Kein Grund zur Besorgnis, aber vielleicht lassen Sie mal für die nächste Zeit die kleine blaue Tablette morgens weg. Dann schauen wir in drei Wochen nach, wie die Lage ist. Wollen wir es so machen?«

»Okay«, sagte August Maler, »dann lasse ich die kleine blaue Tablette weg. Ich habe ja noch genug andere.«

»Wie geht es sonst, Herr Kommissar?«, fragte der Herzdoktor noch. »Alles in Ordnung bei Ihnen?«

Was sollte er darauf antworten?

»Mein Herz macht mir jedenfalls gerade keine Probleme«, sagte Maler.

Es war der nächste Anruf, der ihn aus dem Gleichgewicht brachte. Die Sekretärin stellte ihn durch. »Entschuldigung«, sagte Elisabeth, »da ist eine Hundezüchterin dran. Die Frau ist hartnäckig. Sie sagt, es ist sehr wichtig.«

»Herr Maler«, rief eine laute Frauenstimme, »ich habe gute Nachrichten. Es klappt doch mit dem Hund. Ganz ein Süßer. Die Frau Ziegenaus wollte plötzlich doch keinen Hund. Blöde Kuh. Na, selber schuld. Jetzt können Sie ihn haben! Sie erinnern sich doch? Das ist der Schwarze, der ganz Schwarze ...«

»Ja, ja«, sagte Maler, »ich erinnere mich. Das freut uns, Frau ... Ich bin nur in einer Besprechung. Darf ich sie später nochmal anrufen ...«

»Natürlich«, schrie die Frau, »ich reserviere den Bulli für Sie.«

Maler legte den Hörer weg. Und fing an zu weinen. Bitterlich. Sein ganzer Körper zitterte. Vor sechs Wochen waren sie rausgefahren zu dieser Hundezucht, die ganze Familie. Und Paula war auch dabei. Max wünschte sich so sehr einen Hund. Und alle außer ihm selbst waren sich plötzlich einig: Ohne einen Hund können wir wirklich nicht mehr leben.

Dann sagte die Hundezüchterin, leider seien die ganz kleinen alle schon weg. Es war ein großes Drama, Tränen über Tränen, für ein paar Minuten. Auf der Rückfahrt beruhigte sich die Situation rasch.

Daran musste er jetzt denken. Nein, er fühlte es. Die Idylle damals. Inge, Paul und Max, Paula. Und diese wirklich wahnwitzig süßen kleinen französischen Bulldoggen, nicht viel größer als ein Handteller. Wie weit war das alles weg? Unvorstellbar weit weg. Sollte er jetzt etwa Inge anrufen und sagen: »Hey, der Hund, wir können jetzt doch den Hund haben? Freu dich doch?«

Es klopfte an der Tür. Bevor Maler etwas sagen konnte, wurde sie geöffnet. So machte es Qualle immer. Klopfen war bei ihm eher symbolisch gemeint. Und jetzt stand er vor Maler, der an seinem Schreibtisch saß und weinte.

»O Chef«, sagte Qualle, »Entschuldigung. Das sieht nicht gut aus. Ich gehe besser wieder.«

»Bleib hier.« Maler rieb sich mit beiden Händen seine Augen, als würde er auf diese Weise versuchen, die Tränen zu stoppen. »Ich fang mich gleich wieder.« Maler stand auf und ging zum Fenster. Wenn es so was wie eine emotionslose Aussicht gab, dann war es der Blick aus diesem schmutzig trüben Fenster: ein grauer Innenhof, nichts sonst. In diesem Moment genau das Richtige für Maler. Er nahm sein Taschentuch aus dem Jackett und versuchte, sein Gesicht zu trocknen.

»Ist was passiert?«, fragte Qualle. »Ich meine, was Neues?«

Maler schüttelte den Kopf. »Ist nur alles bisschen viel gerade.« Und nach einer Pause: »Was wolltest du, Qualle?«

»Wir haben diesen Stefan Treysa gefunden. Das wollte ich nur melden. Ich fahre jetzt hin zu ihm.«

»Ich komme mit«, sagte Maler. Er suchte kurz Qualles skeptischen Blick. »Keine Sorge, ich fang nicht gleich wieder an zu weinen. Ich kenne den Treysa, es ist besser, ich bin dabei.«

Ein paar Minuten später saßen sie im Auto. Maler am Steuer, wie immer. Sie schwiegen. Maler wollte irgendwas sagen, um die beklemmende Erinnerung an vorhin zu vertreiben. Dann sprach er den Satz aus: »Der Mensch ist schon ein seltsames Wesen. Das sage ich dir.«

Qualle schwieg.

So funktionierte es also nicht. Maler schaltete auf Arbeitsmodus. »Fahren wir zu Treysa nach Hause?«

»Er hat anscheinend gerade kein Zuhause. Er wohnt bei seiner Schwester. So habe ich es verstanden. Da fahren wir jetzt jedenfalls hin.«

»Ein kleiner Mann, dieser Treysa. Sehr schmal war er damals. Mein Treffen mit ihm ist ja schon wieder ein paar Jahre her. Ein merkwürdiger Mensch, das war damals mein Eindruck.«

»Wieso merkwürdig?«, fragte Qualle.

»Er war Chefredakteur einer Psycho-Zeitschrift, ich glaube, die gibt es heute nicht mehr. Der hat sofort angefangen, von seinen Schwächen zu reden. Er erzählte, dass er als Therapeut von seiner Arbeit nicht leben könnte, weil seine Patienten ihn nicht mochten. So was erzählt dir auch nicht jeder sofort.«

»Wieso warst du damals bei ihm?«

»Es ging um einen Mord an einem Wissenschaftler. Den Namen habe ich vergessen. Und dieser Mann war die Titelgeschichte der Zeitschrift, Treysa hatte ihn interviewt. Dieser Wissenschaftler glaubte, man könne die Seele eines Menschen verändern, sozusagen von außen. Diese These fand Tretjak natürlich super. Der stand in enger Beziehung zu diesem Wissenschaftler. Das gehörte alles zu diesem Fall damals.«

Maler bog in die Klenzestraße ein. »Glaubst du auch daran, dass man die Seele von außen verändern kann?«, fragte Maler.

Qualle antwortete schnell. »Ich glaube, dass man alles ändern kann, aber nicht mit so einem Psycho-Zeug. Daran glaube ich null.«

Maler parkte den Wagen. Absolutes Halteverbot. Das war einer der Vorzüge des Polizistenberufs, man konnte so ziemlich überall parken, wo man wollte. Wehe, jemand wagte es, einem Polizeiwagen einen Strafzettel zu verpassen.

Für einen Moment blieben sie noch im Auto sitzen. »Was hatten Treysa und Tretjak für eine Beziehung?«, fragte Qualle.

»Undurchsichtig war das«, sagte Maler. »Die kannten sich lange und waren irgendwie auch befreundet. Aber da war noch was anderes. Treysa versuchte mit Tretjak eine Art Therapie. Er versuchte, ihm klarzumachen, dass Tretjaks Lebensmodell, die Vergangenheit abzuschneiden, nicht wirklich funktionierte. Mein Eindruck war damals, dass er an Tretjak zerschellte.« Nach einer kurzen Pause fügte Maler hinzu: »Aber das war sowieso mein Eindruck: An Tretjak zerschellt alles. Letztlich prallt an dem alles ab.«

Qualle stieg aus. Maler überlegte einen Augenblick noch, ob er Inge eine Nachricht schicken sollte. Doch ihm fiel nichts ein, was er hätte schreiben können.

STADTTEIL GERMERING, MÜNCHEN

Als Inge Maler nach Hause kam, war Max in der Küche. Er schmierte sich ein Käsebrot. »Drei Stunden hat Theissen gesagt, muss ich warten, dann darf ich was essen. Ich habe Hunger.«

»Wie wars denn?«, fragte Inge.

»Scheiße war's«, sagte Max, »richtig scheiße.« Normalerweise antwortete Max auf Wie-war's-Fragen immer mit: Gut. Wie war's in der Schule, wie war's bei der Party, wie war's beim Sport? Gut war der Code für: Keine weitere Fragen. Da war scheiße eine gewisse Steigerung. »Zwei Stunden war ich auf dem Zahnarztstuhl eingeklemmt. Horror! Hat richtig weh getan. Und nächste Woche muss ich wieder hin.« Max sprudelte regelrecht. Er biss in sein Brot. Das Kauen schmerzte, er verzog das Gesicht. »Ich geh morgen übrigens wieder in die Schule, da kannst du sagen, was du willst.«

»Okay«, sagte Inge, »wie du magst.« Sie strich ihm über die Backe: »Armer Junge.« Sie wollte ihn runterholen vom Zorn-Modus.

»Max«, sagte sie, »ich brauche dich.« Sie gab ihm das Gedicht. »Schau dir das bitte an. Das ist für dich. Ein Mann hat es mir gegeben.«

»Ein Mann? Welcher Mann?«

»Das ist jetzt zu kompliziert zu erklären. Schau dir das jetzt an.«

Max nahm das Papier. »Steht mein Name drauf. Schon mal was von Privatsphäre gehört?« Er sah nur kurz auf das Gedicht und sagte: »Na, und? Was soll ich jetzt sagen?«

»Kannst du damit was anfangen?«

»Klar, das ist das Gedicht von Schluckebier. Dieses KI-Zeug. Das hat er in all seinen Klassen verteilt.«

»Ich verstehe gar nix«, sagte Inge.

»Mama, das ist ein Gedicht, und dieses Gedicht hat kein Mensch geschrieben, sondern ein Algorithmus. KI. Künstliche Intelligenz, Mama, wir haben doch auch schon darüber geredet.«

»Ja, ja, und was wollte Schluckebier mit diesem Gedicht von euch?«

»Na, wir mussten es lesen«, sagte Max. »Wir mussten es sogar auswendig lernen. Ich kann dir den Scheiß vortragen.«

»Ich mache uns einen Kakao, okay?«

»Super«, sagte Max. »Mama, jetzt sag doch, wer hat dir das

gegeben? Warum steht auf dem Ding mein Name drauf? Hast du das von Schluckebier?«

»Nein«, sagte Inge. »Ein fremder Mann hat mir das gegeben. Im Zoo.«

»Im Zoo?«, fragte Max. »Mama, was redest du da?«

»Max, ich weiß nicht, wer mir das gegeben hat, das musst du mir glauben. Sag, glaubst du, dass Paul auch dieses Gedicht bekommen hat?«

»Ja, klar«, sagte Max, »Schluckebier hat es allen gegeben. Ich habe mit Paul drüber geredet. Der hatte auch kein Bock, das auswendig zu lernen. Paul hat lange mit Schluckebier geredet, das hat er mir erzählt. Schluckebier überlegt, ob er sich irgendwas einbauen soll.«

»Einbauen?«, fragte Inge.

»Irgendeine Maschine, die Bilder in seinem Kopf produzieren soll. Damit er wieder was sehen kann. Das hat Paul mir erzählt.«

Bernhard Schluckebier. Inge Maler sah ihn vor sich. Fast zwei Meter groß. Sehr gutaussehend. Alles an ihm war beeindruckend. Wie er redete. Wie er mit seinem weißen Stock umging, als wäre er sein Dirigentenstab. Bernhard Schluckebier war blind. Natürlich war das auch ein Grund, warum er die Ausnahmeerscheinung im Lehrerkollegium war.

Schluckebier war so um die fünfzig Jahre alt. Mit Anfang vierzig war er plötzlich an einer Netzhautablösung an beiden Augen erkrankt, die nicht zu stoppen war. Innerhalb von wenigen Wochen erblindete er. Schluckebier war verheiratet, hatte zwei Kinder, hatte eine eigene Internetfirma. Das Besondere war: Er nahm sein Schicksal zum Anlass, sein Leben komplett zu drehen. Er verließ seine Familie, verkaufte seine Firma und wurde Lehrer. An einer ganz normalen Schule. Für Deutsch und Gesellschaftskunde. Das alles ging unheimlich schnell. Nebenbei musste er ja auch noch das Leben eines Blinden erlernen.

Schluckebier erzählte seine Geschichte den Schülern. Er erzählte seine Geschichte auch den Eltern und brachte damit gerne irgendwelche banalen Streitigkeiten zum Schweigen. Schluckebier war für viele Schüler ein Held, aber Angst hatten sie auch ein bisschen vor ihm. Das lag auch daran, wie er Gespräche führte. Sie waren immer fordernd. Du musst mir erzählen, wie es dir geht, ich sehe es nicht. Du musst ausdrücken, was du willst, nur so kommt es bei mir an. Schluckebier erzählte den Schülern: »Schaut mich an, das Leben kann jeden Tag eine neue Richtung einschlagen – und man kann jeden Tag was Interessantes daraus machen.«

Inge Maler hatte sich an Elternabenden auch mit ihm unterhalten. »Sie müssen mir sagen, wie Sie aussehen«, hatte er zu ihr mal gesagt. Das fand sie bisschen seltsam. Aber gesagt hatte sie nichts. Wie hätte man einem Blinden das sagen sollen? Alles an dem Mann war seltsam. Er war sehr eitel, noch nie hatte sie besser begriffen, welche Schutzwand Eitelkeit sein konnte.

Bernhard Schluckebier. Um Himmels willen, dachte Inge, was hat dieser Mann mit der Entführung meines Sohnes zu tun?

Inge Maler rief in der Schule an. Bernhard Schluckebier? Der sei leider krank geschrieben. Auf unbestimmte Zeit. Eine Operation, mehr dürfe man nicht sagen.

Sie ging zu ihrem Schreibtisch. In einer Schublade lagerte alles, was die Schule betraf. Sie fand die Liste der letzten Klassenfahrt schnell. Die Handynummern der mitfahrenden Lehrer. Einer war Schluckebier. Sie wählte seine Nummer.

»Ja?« Er meldete sich nach dem ersten Läuten.

»Hier ist Inge Maler. Ich habe gehört, Sie sind krankgeschrieben. Herr Schluckebier, tut mir leid, aber es ist wirklich dringend. Es geht um …«

Schluckebier unterbrach sie. »Ich weiß, um was es geht, Frau Maler. Es ist gut, dass Sie anrufen. Kommen Sie! Wir sollten keine Zeit verlieren.«

TEIL 4

Vier Wochen vorher

»Die Lösung ist immer einfach,
man muss sie nur finden.«

(ALEXANDER SOLSCHENIZYN)

1

»Ein Mensch wird nur stark im Kampf mit seinem Feind«, sagte Mao Tse-tung. »Was halten Sie von dieser These, Herr Tretjak?«

»Nicht viel«, antwortete Tretjak. »Ein gefährliche und dumme Vereinfachung, mit deren Hilfe Menschen dazu gebracht wurden, in Kriege zu ziehen und ihr Leben zu verlieren.«

»Genau meine Meinung«, sagte Mao Tse-tung. »Und der Kampf mit dem Feind kann einen Menschen auch schwächen, zu einem winselnden Wurm machen. Ich bin das beste Beispiel dafür.«

Mao Tse-tung war ein überraschend großer und überraschend alter Mann. Er hatte dichte weiße Haare, sein Mund war ein feiner Strich, der sich beim Sprechen nur zu einem kleinen Dreieck in der Mitte öffnete. Das Gesicht war mit vielen feinen Fältchen überzogen. Er trug dunkle Bluejeans und ein hellblaues gestärktes Hemd. Die Figur ließ den Verdacht zu, dass er jeden Tag joggte, und zwar weite Strecken.

»Sie sehen nicht schwach aus«, sagte Tretjak. Aber weder der Mund noch die Augen des Mannes zeigten das kleinste Anzeichen einer Reaktion.

Sie saßen sich in einem Büro gegenüber, das so langweilig wirkte wie die Möbelansammlung in einer Musterausstellung von IKEA. Das war vor wenigen Minuten noch anders gewesen, als Tretjak die Virtual-Reality-Brille getragen hatte, die ihm am Eingang des Gebäudes übergeben worden war. Von außen hatte das Gebäude Ähnlichkeit mit einem Flugzeughangar, ein großer fensterloser Quader, verkleidet mit anthrazitfarbenen Lamellen aus Metall. Am Eingang war ein großes Display angebracht, das aufwachte, wenn man sich ihm näherte. Orangefarbene Buchstaben auf schwarzem Grund:

THESEUS
Forschungszentrum und Privatklinik

Innen waren die Räume in ihrer Anordnung dem menschlichen Gehirn nachempfunden. Und die VR-Brille hatte Tretjaks Weg zum Büro des Professors zu einer beeindruckenden Tour durch das Gehirn gemacht. Er war einer Ärztin in einem orangeroten Overall gefolgt, vom Kleinhirn über das Großhirn ins Zentrum. Er war durch schmale, verzweigte Kapillaren gegangen, durch größere Arterien. Die Drei-D-Hologramme hatten ihm die gefalteten Gewebeschichten gezeigt, die unzähligen Nervenfasern, sie hatten einzelne Regionen unterschiedlich ausgeleuchtet. Die Ärztin hatte ein paar Erklärungen abgegeben und schließlich eine Tür geöffnet in einen bläulichen Raum mit merkwürdigen sich bewegenden Mustern und Teilchen. »Professor Tse hat hier im Zentrum sein Reich, im Bereich der Basalganglien«, hatte sie gesagt. »Ah, da ist er schon.«

Sie hatten ihre Brillen abgenommen. Die Ärztin hatte die beiden Männer miteinander bekannt gemacht, dabei, wie schon die ganze Zeit, den Namen Tretjak benützt, nicht Miller, und die beiden schließlich allein gelassen. Tretjaks VR-Brille lag jetzt auf dem weißen Resopaltisch.

»Meine Feinde heißen Lewy-Körperchen,« sagte Mao Tse-tung. »Das sind kleine Proteinklumpen mit ekelhaften

Absichten. Ich habe Jahrzehnte damit zugebracht, ihnen auf die Schliche zu kommen, herauszufinden, wie sie entstehen, warum sie entstehen. Warum sie manche Menschen heimsuchen und andere nicht.«

»Was tun diese Lewy-Körperchen?«, fragte Tretjak.

Der Wissenschaftler seufzte. »Ich kann Ihnen zu dieser Frage vier wissenschaftliche Publikationen von mir geben und Dutzende Präsentationen zeigen«, sagte er. »Es gibt Vortragsmanuskripte aus Kongressen und Datenbanken meiner Studien mit Millionen von Daten.«

»Ich habe Zeit«, sagte Tretjak.

»Nein«, erwiderte der Professor, »die haben Sie nicht. Das hat Catherine sehr deutlich gemacht.«

Er machte eine längere Pause und musterte Tretjak aus schmalen konzentrierten Augen.

»Wenn ich jetzt plötzlich eine Pistole auf Sie richten würde«, sagte er dann, »würde Ihr Gehirn sofort eine schier unglaubliche Leistung vollbringen. Es würde – Bildabgleich – das gesehene Bild sofort mit gespeicherten Bildern vergleichen und die Nachricht senden: Pistole. Auch dann, wenn es genau dieses Modell einer Pistole noch nie zuvor gesehen hätte. Es würde außerdem – Informationsabgleich – feststellen, dass eine Pistole eine Waffe ist, die Sie töten könnte. Deshalb würde es sofort Maßnahmen einleiten, die Ihren Körper für eine derartige Situation so fit wie möglich machen. Adrenalinausstoß et cetera. Fliehen oder angreifen? Diese Entscheidung würde es vorbereiten. Und all das würde in Bruchteilen einer Sekunde geschehen. Jeder, der sich mit dem menschlichen Gehirn beschäftigt, bestaunt dieses Wunder an Kommunikation zwischen hundert Milliarden Knotenpunkten der Vernetzung.«

Er zog die Schublade eines Rollwagens neben sich auf, entnahm ihm ein Blatt Papier und einen Stift. Beides schob er über den Tisch zu Tretjak.

»Nehmen Sie bitte diesen Stift und schreiben die Worte Lewy-Körperchen,« sagte er. »Lewy mit w und y.«

Tretjak tat wie ihm geheißen.

»Ihr Gehirn ist in der Lage, Ihre Gestalt auszudehnen, zu erweitern«, fuhr der Professor fort. »Es tut so, als wäre der Kugelschreiber Teil Ihres Körpers, ein verlängerter Finger. Nur deshalb können Sie mit der Spitze des Stiftes so präzise und feine Bewegungen ausführen, wie sie beim Schreiben notwendig sind. Beim Autofahren erweitern Sie Ihren Körper auch. Das Gehirn verlagert die Außengrenzen, es weiß genau, wo dieser neue Körper anfängt und aufhört. So können Sie intuitiv durch eine schmale Einfahrt steuern.«

Der Mann, der ihm hier gegenübersaß, konnte nicht wissen, dass Tretjak sich lange mit all diesen Eigenschaften des menschlichen Gehirns beschäftigt hatte. Er konnte auch nicht wissen, dass es außer Tretjaks Sohn Daniel noch einen anderen Grund für seinen Besuch gab.

Wer ist dieser Mao Tse-tung? Mit dieser Frage hatte Tretjak ein paar Anrufe getätigt. Auch in Hongkong, auch in Peking. Und die Menschen, denen er diese Frage gestellt hatte, wussten sehr gut, dass es ihm dabei nicht um wissenschaftliche Informationen ging. Es kam selten vor, dass Gabriel Tretjak eine Verabredung mit einem Menschen hatte, über den er nicht schon einiges wusste. Aber dieser Informationsabgleich hatte weniger mit dem evolutionären Auftrag seines Gehirns zu tun als mit den Notwendigkeiten seines Jobs.

»Die Lewy-Körperchen«, fuhr Mao Tse-tung fort, »blockieren solche Kommunikationsvorgänge in den Nervensträngen. Zunächst vermutete die Wissenschaft sie nur in Basalganglien und identifizierte sie als Ursache für Parkinson.

Aber diese Dinger können sich auch in anderen Regionen des Gehirns bilden. Ein Zusammenhang mit Alzheimer ist längst dokumentiert.«

Ein junger Mann streckte den Kopf zur Tür herein.

»Möchten Sie etwas trinken?«, fragte er und machte einen Schritt ins Zimmer. Er trug ein Tablett mit Tassen darauf. »Ich habe grünen Tee oder Espresso.«

Tretjak nahm einen Espresso, der Professor grünen Tee. Jetzt schmunzelte er zum ersten Mal ein klein wenig. »In populärwissenschaftlichen Veröffentlichungen wird beides als Vorbeugung gegen Alzheimer angepriesen«, sagte er und schüttelte den Kopf. »Die haben keine Ahnung, mit welchem Gegner wir es hier zu tun haben.«

Als der junge Mann gegangen war, sagte er:

»Ihr Sohn Daniel ist Autist. Ich habe seine Akte gelesen.«

Es entstand ein stiller Moment. Beide tranken aus ihren Tassen.

»Viele meiner Kollegen halten mich für besessen, wenn ich sage, die Lewy-Körperchen spielen auch bei Autismus eine Rolle. Mein Vater war Autist. Weiß man heute. Damals galt er nur als sonderbar oder verrückt.«

Der Professor berichtete von seiner Forschung, von seiner Verzweiflung, weil sich die Ergebnisse der Studien und Experimente immer zu widersprechen schienen, von seiner Rastlosigkeit und seinem Eindruck, ein Gespenst zu jagen.

»Ich war ein Mann in einer Sackgasse, resigniert, am Feind nicht gewachsen, sondern klein geworden, verschrumpelt. Dann kam Catherine Bernard zu mir, der neue Star – mit ihrer Firma Theseus. Und damit änderte sich alles.«

Mao Tse-tung wusste nicht, dass Tretjak inzwischen Berater von Theseus war und stiller Teilhaber. Er hatte von Catherine Bernard Anteile gekauft. Sie meinte, es sei besser, der Professor wisse das nicht. »Warum?«, hatte Tretjak sie gefragt. »Bist du nicht sicher, dass er auf deiner Seite ist?«

»Theseus hat mir Waffen in die Hand gegeben gegen meinen Feind«, sagte Mao Tse-tung. »Heute versuche ich nicht mehr, ihn zu verstehen, wie es Wissenschaftler eben tun. Heute versuche ich nur noch, ihn zu besiegen. Ich arbeite an kleinen Implantaten, die Impulse senden. Und diese Impulse werden verhindern, dass sich Lewy-Körper überhaupt bilden. Das sind natürlich intelligente Implantate, die auch messen und ständig lernen. Sie passen ihre Reaktionen an, das sind keine Roboter. Damit können wir Menschen immunisieren. Davon bin ich fest überzeugt. Und mehr noch: Es könnte auch gelingen, das Gehirn durch entsprechende Impulse dazu zu bringen, schon vorhandene Lewy-Körper zu zerstören.«

Der Professor war jetzt beim Reden aufgestanden, er zog aus seiner Hemdtasche eine kleine randlose Brille, setzte sie auf und griff nach dem Papier, das Tretjak beschriftet hatte.

»Jetzt erst kann ich es lesen«, sagte er. »Ich benütze dazu eine Brille, ein Gerät. So wird es eines Tages mit meinen Implantaten sein. Die Menschen werden sie benutzen, selbstverständlich.«

Sie sprachen dann lange über Daniel. Über Untersuchungen, die der Professor hier im Theseus-Zentrum machen würde. Über mögliche Therapien, die Mao Tse-tung auch korrekterweise als Versuche bezeichnete. Er warf viele Schaubilder an die Wand, zeigte Videos, sagte, dass er nicht zu große Hoffnung wecken wollte, dass seine Bemühungen nicht im Gegensatz zu klassischen Ansätzen stehen würden, dass Tretjak sie als Ergänzungen sehen sollte, die vielleicht auch erst in ein paar Jahren zum Tragen kämen.

Am Ende ihres Gesprächs vereinbarten sie einen Termin, zu dem Tretjak Daniel mitbringen würde.

Beim Abschied holte Tretjak aus seinem Jackett einen Stick hervor und legte ihn auf den Tisch. Er hatte auf das kleine Etikett handschriftlich »Mao Tse-tung« geschrieben.

»Sie können sich das ansehen, wenn ich gegangen bin«, sagte Tretjak, als er den fragenden Blick des Professors sah. »Oder erst heute Abend. Ist nicht dringlich. Betrachten Sie es als ein Dokument gegenseitigen Vertrauens.«

Er setzte seine VR-Brille auf und sagte zu dem Mann, der jetzt wieder in der Simulation der Basalganglien stand: »Ich finde den Weg, Herr Professor. Der Eingang war beim Kleinhirn im Hinterkopf.«

Der Stick enthielt die Kopie eines Flugtickets, die Kopie einer Hotelbuchung und die Kopien eines E-Mail-Verkehrs. Auf jedem der Ausdrucke war der Name Mao Tse-tung zu finden.

Tretjak wusste, dass der Professor mit keinem Menschen über den Inhalt dieses Sticks reden würde. Denn diese Dokumente belegten eine Zeit im Leben des Wissenschaftlers, deren Bekanntwerden sein Todesurteil bedeuten würde.

Als er draußen vor dem sonderbaren Gebäude in seinen grünen Triumph stieg, dachte Tretjak darüber nach, wie er sich bei einer bestimmten Person in Hongkong für die Informationen bedanken konnte.

Im Radio kamen Unwetterwarnungen. Sturmtief Freddy näherte sich Brighton, die Bewohner wurden aufgefordert, ihre Häuser nur in Notfällen zu verlassen. Tretjak fuhr auf menschenleeren Straßen aus der Stadt. Wegen Freddy entschied er sich dafür, die Autobahn zu nehmen statt der viel schönere Straße an der Küste entlang.

2

»Beinahe hätten sie mich am Eingang nicht erkannt mit der neuen Frisur. Ich glaube, jetzt halten sie mich für noch seltsamer als vorher. Keiner der Wachkoma-Patienten wird so oft besucht wie du, das sagen sie mir immer wieder. Und ich merke, dass sie das einerseits gut finden, weil es ja auch ihre Arbeit anerkennt. Ich bringe ja fast immer Blumen mit, für dich, und einen zweiten Strauß fürs Zimmer des Pflegepersonals. Manchmal auch Pralinen, weil die Blumen ja nicht lange halten.«

Er streichelte über die Hand, die auf der Bettdecke lag.

»Aber irgendwie tu ich denen auch leid, weil ich so viel Zeit mit dir verbringe. Ich sehe es in ihren Gesichtern, besonders bei Elisabeth, das ist die Ältere mit den roten Haaren. So ein junger Mann sollte doch das Leben genießen …«

Es klopfte an der Zimmertür, und gleichzeitig betrat ein Arzt das Zimmer.

»Herr Tom, ich habe eine gute Nachricht«, sagte er.

»Nicht Herr Tom. Major Tom.«

Der Arzt lächelte.

»Also gut, Major Tom«, sagte er. »Wir haben eine Welle P im EEG gesehen, eine Welle P300.«

Major Tom sah ihn fragend an.

»Das bedeutet, dass nach 300 Millisekunden in Folge eines Reizes eine Veränderung zu erkennen ist. Wir werten das als gutes Zeichen, als Zeichen einer Entwicklung. Es passiert etwas im Gehirn der Patientin.«

»Wird sie aufwachen?«

»Das kann ich nicht sagen. Aber es besteht zumindest die Möglichkeit.«

Der Arzt nickte, hob eine Hand zum Abschiedsgruß, und schon schloss sich die Tür wieder hinter ihm.

»Welle P«, sagte Major Tom. »Klingt gut, Yo, oder? Wie eine neue Musikrichtung.«

3

Gabriel Tretjak hatte die Erfahrung gemacht, dass Entschiedenheit oft der Schlüssel dafür war, eine unklare Situation aufzulösen und Menschen von Angst zu befreien.

»Ich werde Ihnen jetzt genau sagen, was wir tun werden«, sagte er zu den Gesichtern in den Kacheln auf seinem Bildschirm. »Vor allem, was *Sie* tun werden.«

Es waren fünf Gesichter. Eines gehörte Catherine Bernard, die anderen vier ziemlich jungen Menschen, deren Mienen angespannt wirkten. Es waren junge Wissenschaftler, zwei Frauen und zwei Männer. Catherine Bernard hatte sie damit beauftragt, die Nebenwirkungen von implantierten Impulsgebern im menschlichen Gehirn zu untersuchen. Eigentlich sollte noch eine weitere Wissenschaftlerin bei der Videokonferenz anwesend sein, die Leiterin des Projektes. Aber sie war ums Leben gekommen, vor einen Londoner U-Bahn-Zug gefallen, unter äußerst rätselhaften Umständen. Ihr vier Mitstreiter und Catherine Bernard waren der sicheren Überzeugung, dass ihr Tod ein Mord war, der im Zusammenhang mit den Studienergebnissen stand.

»Sie werden mir alle Ergebnisse der Studie zuschicken«, sagte Tretjak. »Lassen Sie bitte nichts weg. Mich interessiert auch Unvollständiges und Nebensächliches.«

»Ich kann das ja auch zusammenfassen und Ihnen zukommen lassen«, erklärte Catherine Bernard. »Das ist vielleicht einfacher.«

Sie hatte für ihr Videofenster einen künstlichen Hintergrund gewählt, eine sterile Bürolandschaft mit Zimmerpflanze. Ihre Mitarbeiter sollten keinerlei Rückschlüsse ziehen können, wo sie sich befand. Nur Tretjak wusste es genau.

»Nein«, widersprach er ihr. »Keine Zusammenfassung. Ich möchte von jedem von Ihnen den persönlichen Bericht mit sämtlichen Informationen. Und bitte schreiben Sie auch dazu, wem Sie davon erzählt haben. Vergessen Sie niemanden, auch nicht Ihre Großmutter. Bitte mit Namen und Kontaktdaten.«

Er registrierte Catherine Bernards irritierten Blick. Gut so, dachte er. Sie musste begreifen, wie er seine Aufgabe verstand. Das war früher auch oft der erste Schritt gewesen: seinen Auftraggebern klarzumachen, dass sie das viele Geld nicht dafür bezahlten, dass er ihre Anweisungen befolgte, sondern dafür, dass er ihnen Anweisungen gab.

»Jetzt sagen Sie mir bitte, jeder einzeln, der Reihe nach, was Ihnen durch den Kopf geht angesichts des Todes Ihrer Kollegin und Teamleiterin. Wer möchte anfangen?«

Tretjak signalisierte, dass er alle Zeit der Welt hatte. Er hörte geduldig zu, machte sich Notizen, fragte nach. Die Botschaft der Wissenschaftler war mehr als deutlich. Die Impulsimplantate hatten bei Tierversuchen höchste Alarmstufe signalisiert, sie waren noch weit entfernt davon, beim Menschen eingesetzt werden zu können. Und schnell wurde deutlich: In der letzten Besprechung der Wissenschaftler hatte es einen Konflikt zwischen der Studienleiterin und Catherine Bernard gegeben. Es ging darum, wann und wie diese Ergebnisse veröffentlicht werden sollten.

»Wir dürfen nicht länger damit warten«, war die Meinung der Studienleiterin gewesen.

»Wir müssen vorsichtig sein, die Veröffentlichung ist gefährlich«, war Catherines Aussage gewesen, die sie auch durchgesetzt hatte.

»Sie werden nicht mehr über diese Studie sprechen«, sagte Tretjak schließlich. »Sie werden auch nicht erzählen, dass Sie damit befasst waren. Konzentrieren Sie sich auf andere Aufgaben und Aspekte Ihres Lebens. Verdrängen Sie dieses Kapitel. Grübeln Sie nicht darüber nach.«

Er machte eine Pause, um seinen Worten Nachdruck zu verleihen.

»Ich werde der Herr der Daten sein. Derjenige, der für diese Studie steht, der alles über sie weiß und ihre Ergebnisse kennt. Ich werde mir die Macht aneignen, die in diesen Ergebnissen liegt – und gleichzeitig die Gefahr auf mich lenken. Wenn jemand Sie nach mir fragt: Sie kennen mich nicht und haben noch nie von mir gehört. Wenn Sie Angst haben oder sich bedroht fühlen oder wenn etwas passiert, was Ihnen merkwürdig erscheint – dann melden Sie sich bitte bei mir. Ich lasse Ihnen einen verschlüsselten Kontakt zukommen.«

Es war früher Nachmittag, als die Kacheln auf dem Bildschirm schwarz wurden. Tretjak klappte den Rechner zu und ging ins Wohnzimmer. Catherine Bernard saß auf dem Sofa und hatte ihren Rechner auch ausgeschaltet.

»Und?«, fragte sie.

»Warum hat niemand gefragt, wer ich bin?«, entgegnete Tretjak.

Manchmal öffneten sich ihre Augen urplötzlich, und die Pupillen wurden sehr weit. Das war ihm schon aufgefallen. Jetzt wieder.

»Das sind meine Leute«, sagte sie. »Ich habe sie auf den Regler vorbereitet. Wie den Regler auf sie.«

Catherine Bernard war schon am Abend vorher in Tretjaks Haus eingetroffen, um ihm die wichtigsten Informationen über die Studie und die jungen Wissenschaftler zu geben.

Tretjak hatte eine Pasta Cacio e Pepe gemacht und einen Tomatensalat mit Zwiebeln. Um das Haus herum tobte immer noch das Sturmtief Freddy, der Regen klang wie Hagel, der Wind wie eine Meute wimmernder Hunde. Als alles gesagt war und die Rotweinflasche leer war, hatte sie gefragt:

»Soll ich bleiben oder ins Hotel fahren?«

Catherine Bernard trug eine Art Hausanzug, schwarz, weit geschnitten, wahrscheinlich japanisches Design. Unter dem Stoff zeichnete sich bei jeder Bewegung ihre Figur ab, die Brüste, die Hüften, die Beine.

Tretjak hatte zwei Antworten auf ihre Frage in sich. Die eine war ein starkes Echo seiner Vergangenheit. Die andere ein unsicheres Gefühl der Gegenwart. Gewonnen hatte die Vergangenheit.

Sie war nicht mehr ins Hotel gefahren. Er hatte schnell herausgefunden, dass unter diesem Anzug kein weiteres Kleidungsstück war. Und ihre Haut, ihre Lippen, ihre Hände hatten ihn für zwei Stunden wieder zu dem Mann gemacht, der er einmal gewesen war. Ein Mann, der einen genauen Plan hatte, wie man sich durch Zeit und Raum bewegte im Sinn der Einstein'schen Gesetze. Aber das war lange her.

Als er schließlich aus dem Gästezimmer in sein Schlafzimmer zurückkehrte, als er mit offenen Augen auf seiner Seite des Bettes lag, spürte er, wie sich ein Gefühl in seinem Körper ausbreitete. Es begann in seinem Brustkorb, kletterte in seinen Kopf hinter die Augen, die Arme hinunter in den Unterleib und die Beine. Ein Gefühl, für das er zunächst kein Wort fand. Leere? Sinnlosigkeit? Verrat?

Tretjaks Hackerspezialist hatte Carolas Anruf auf Catherines Mailbox nicht orten können. Exzellent verschlüsselt und abgeschirmt, das war seine Auskunft gewesen. Wo war Carola? Was tat sie? War sie in Gefahr?

Hatte er sie in Gefahr gebracht, weil er Catherines Auftrag angenommen hatte?

Jetzt im Wohnzimmer sah er Catherine an und wünschte sich, dass sie ging, dass er hörte, wie draußen der Motor ihres Wagens ansprang.

Sie schwiegen beide eine Weile.

Der Regen prasselte so laut auf das Dach und gegen die Fensterscheiben, dass es wie eine Aufforderung klang.

»Ich muss jetzt los«, sagte Catherine Bernard.

Und Tretjak war ihr sehr dankbar, dass sie ohne Küsschen und Umarmung aufbrach. Sein Plan war, ein Bad zu nehmen und anschließend die ersten Mails der Wissenschaftler zu lesen, die auf seinem Rechner eintrafen. Aber aus diesem Plan wurde nichts.

Noch während er durch die nasse Scheibe des Küchenfensters Catherines Wagen beim Wenden beobachtete und ihn dann hinter einer Kurve verschwinden sah, traf in seinem Telefon eine Textnachricht ein. Sie bestand aus nur drei Worten.

»Sei vorsichtig, Gabriel.«

Was ihn sofort alarmierte war nicht der Inhalt der Nachricht, sondern der Absender: Carola.

4

Können angespannte Nerven reißen?

Müsste sie selbst doch am besten wissen, dachte Catherine Bernard, als sie aus dem Taxi stieg und auf das Café zuging.

Carola war schon da.

Wie früher.

Carola war immer die Pünktliche gewesen. Aber was heißt pünktlich? Zu früh, immer schon war sie zu früh gewesen. Daran wäre ihre Freundschaft beinahe zerbrochen. Das war noch zu Unizeiten. Carola hatte ihr eines Tages erklärt: »In Zukunft warte ich genau fünfzehn Minuten, wenn du dann nicht kommst, gehe ich.« Eine Erziehungsmaßnahme. Hatte sogar gefruchtet, musste Catherine Bernard zugeben.

»Ich muss dich dringend sprechen«, hatte die Nachricht heute Morgen gelautet. Über ein Jahr hatten sie sich nicht gesehen. Und zuletzt war da nur der mysteriöse Anruf auf ihrer Mailbox gewesen.

Carola saß an einem Ecktisch am Fenster, stand auf, als sich Catherine näherte.

Schmal war sie geworden. Klarer Style ohne Schnickschnack. Teure Hosen, schwarz. Cooler Pullover, dunkelgrün. Make-up: nude. Sie umarmten sich, küssten sich, setzten sich.

»Du hast Gabriel angeheuert«, sagte Carola.

»Du hast Gabriel verlassen,« sagte Catherine.

Sie lächelten beide.

»Wir wissen wie immer alles«, sagte Catherine. »Es ist schön, dich zu sehen.«

Im alten Japan gab es einen Brauch, der die erste Begegnung alter Freunde nach langer Zeit regelte. Die beiden sollten sich gegenübersetzen und sich zunächst ohne Worte mustern, und zwar eine Stunde lang, mindestens. Carola erzählte davon, und sie beschlossen, es fünf Minuten lang zu tun. Aber schon nach einer Minute war es für Catherine kein heiteres Spiel mehr. Sie sah Carolas seelische Erschöpfung, sah die Skelettknochen, die dem wenigen Gewebe in ihrem Gesicht Halt gaben. Wie eine Felswand ein paar Inseln und Spalten von Grün zuließ. Sie sah in ihren Augen die große Entfernung, die Carola seit ihrem letzten Treffen zurückgelegt hatte. Sie sah Einsamkeit. Und sie spürte, dass ihr eigenes Gesicht anfing zu sprechen. Sie fand diesen Vorgang erstaunlich und beunruhigend. Ihr Gesicht schien eine Begrenzung aufzugeben und sich auf Carola zuzubewegen, bereit, alles zu verraten.

Catherine Bernard war katholisch erzogen, und das Gefühl erinnerte sie an Momente im Beichtstuhl. Sie hoffte, ihr Gesicht würde nicht preisgeben, dass sie inzwischen wusste, wie sich Gabriels Körper anfühlte, wie sich seine Hände auf ihrer Haut fortbewegt hatten, langsam und selbstsicher wie Löwen.

»Wie willst du das machen mit eurem Sohn?«, fragte sie schließlich.

Carolas Augen bekamen sofort einen feuchten Glanz.

»Ich besuche ihn dann, wenn Gabriel nicht dort ist«, sagte sie. »Ich organisiere das über Daniels Pfleger. Im Moment bin ich nur damit beschäftigt, zu überleben, Abstand zu halten, Abstand zu gewinnen. Nicht schwach zu werden in meiner Entscheidung.«

Sie saßen in einem neuen Café in Kensington, es hieß »Wien«. Ein großer, mit dunklem Holz getäfelter Raum. An der Wand neben der Garderobe hingen in Holzlatten eingeklemmte Tageszeitungen. Neben der Eingangstür war eine

Tafel angebracht, auf der stand: »Woran erkennt man im Café Wien, dass Sommer ist? Im Sommer bleibt die Eingangstür offenstehen.«

Es war Nachmittag. Ein Kellner stellte ein großes Blech mit dampfendem Apfelstrudel mitten ins Lokal. Catherine gab ihm ein Zeichen. Ein Stück für sie beide, mit Vanillesoße.

Sie unterhielten sich eine Weile über ihr Leben, ihre Pläne. Carola sprach davon, dass sie in den Journalismus zurückgekehrt war, dass sie sich einem investigativen Netzwerk angeschlossen hatte, das in Großbritannien, Deutschland und Frankreich seine Wurzeln hatte. Catherine sprach von Theseus, erzählte von ihren Schwierigkeiten mit den Gesellschaftern und von Tretjaks Auftrag, sie zu beschützen. Sie redete auch kurz von ihrem Traum eines Hauses an der französischen Atlantikküste, von den Pinienwäldern dort, von der Brandung des Meeres.

Fast war es wie früher. Aber nur fast. Catherine hatte ein schlechtes Gewissen, und sie hatte den Eindruck, dass Carola in zurechtgelegten Sätzen sprach.

»Du wolltest mich sprechen«, sagte Catherine Bernard schließlich. »Du wolltest mich *dringend* sprechen. Also?«

Carola schob ihr Handy über den Tisch.

»Mich hat ein Mann kontaktiert, der sagt, er hat wichtige Informationen zu Theseus, die Gabriel interessieren würden. Ich habe mich mit dem Mann verabredet, aber er ist nicht erschienen. Das war eine unheimliche Situation. Ich fühlte mich verfolgt und geriet in Panik, deshalb habe ich dich angerufen. Danach kam nur noch diese Nachricht.«

Catherine Bernard las die Textnachricht:

»Sie werden beobachtet, ich auch. Bitte stellen Sie einen Kontakt zu Gabriel Tretjak her.«

»Wer ist dieser Mann?«, fragte Catherine.

»In seiner ersten Nachricht signierte er mit seinem Namen. Jeff Waterman. Weißt du, wer das ist?«

Gott sei Dank war die Phase vorüber, in der sie sich in ihre Gesichter gestarrt hatten, dachte Catherine.

»Keine Ahnung«, sagte sie.

Der Kellner stellte den Strudel in die Mitte des Tisches, goss die Vanillesoße darüber und platzierte zwei kleinere Teller vor ihnen. Aber Carola sah sie weiterhin fragend an. Ein sachlicher, trockener Blick.

»Was ist?«, fragte Catherine.

»Verschweigst du mir etwas?«, fragte Carola.

»Du?«, fragte Catherine zurück.

Catherine war eine exzellente Schachspielerin. Aber sie wusste, dass Carola dieses Spiel hasste.

»Hör zu«, sagte Catherine nach einer schweigsamen Minute, »ich finde heraus, wer dieser Waterman ist – und was er hat. Du tust erst mal gar nichts. Ich melde mich.«

Dann machte sie ein Foto von dem Apfelstrudel, um ihn auf Instagram zu posten. Danach unterhielten sie sich noch über neutrale Sachen, das Tief Freddy, dass es so was früher nicht gegeben hatte – und die Stadt London, wie sie sich verändert hatte.

Als Catherine wieder im Taxi saß, wählte sie eine Telefonnummer, von der sie gehofft hatte, dass sie sie nicht hätte wählen müssen.

»Die Sachlage ist genauso wie befürchtet«, sagte sie. »Kümmern Sie sich um Waterman.«

5

»Die Stelle an deinem Hals, also die Kuhle hinter dem Schlüsselbein, sie duftet … ja, wie duftet sie? Wie tausend Sommerwiesen, nur besser. Wenn man diesen Duft in Flaschen abfüllen könnte, wärst du Milliardärin. Und deine Handgelenke. Sie sind so schmal, und die Pulsadern sind so deutlich. Weißt du noch, wie ich zum ersten Mal meinen Mund auf diese Stelle gedrückt habe? Im Frühstückraum war das gewesen, wo die kleinen Vasen mit künstlichen Blumen auf den Tischen standen und Lebensfreude erzeugen sollten.«

Major Tom machte eine Pause und blätterte in seinem blauen Buch vor und wieder zurück. Er las langsam, sprach die Worte deutlich aus. Manchmal konnte er seine eigene Handschrift nicht auf Anhieb entziffern.

»Du hast nach einem Brötchen gegriffen«, fuhr er fort, »und ich konnte einfach nicht anders. Ich habe deine Hand genommen, gedreht und meine Lippen auf die Unterseite des Gelenks gedrückt, direkt auf die Pulsadern. Du hast mich nicht angesehen, nur auf deinen Teller geschaut. Zuerst wusste ich nicht, ob du wütend wirst. Aber dann hast du plötzlich gelächelt. Und hast mir auch die andere Hand hingehalten, über den Tisch. Aber ich hatte ja nur einen Mund, also ist er hin und her gesprungen zwischen Handgelenken. Und es war mir egal, dass alle zugeschaut haben, und dir war es auch egal. Mein Herz ist fast zersprungen vor Glück. Habe ich jemals wieder so gut Klavier gespielt wie an diesem Tag? Vielleicht. Aber ich weiß noch, dass die Tasten mir vorkamen, als wären sie verzaubert. Der schwarze Lack, der weiße Lack, die Art, wie sie unter den Fingern nachgaben und die Hämmer auf die Saiten schlugen. Das war dann unser Ritual jeden Morgen. Du hast mir eine Hand über den Tisch gereicht. Sie schwebte in der Luft, ganz ruhig ohne das kleinste Zittern. Und dann noch die zweite Hand.

Eines Tages hast du gesagt: ›Ich will mehr.‹

›Mehr wovon?‹, habe ich gefragt.

›Mehr von dir‹, hast du gesagt.

Wir sind dann jeden Nachmittag spazieren gegangen. Bald Arm in Arm. Das war im Dezember. Weißt du noch, kurz vor Weihnachten, die plötzlichen Schneeflocken? Im Frühjahr sind wir zum Fluss. Das Wasser war eisig. Wir haben gelacht über unsere Gänsehaut. Da habe ich zum ersten Mal an der Stelle am Hals gerochen. Und dann haben wir uns geküsst.«

Major Tom klappte das Buch zu, nahm ihr Handgelenk, drehte die Unterseite nach oben und drückte seine Lippen darauf.

»Morgen komme ich wieder, Yo«, sagte er. »Morgen lese ich weiter.«

6

»Sie sind Carola Miller?«

»Ja.«

»City of London Police, mein Name ist ebenfalls Miller«, sagte der uniformierte Constable ohne ein Lächeln. »Mrs. Miller, ich bin hier, weil wir heute Morgen einen Toten gefunden haben, der zuletzt mit Ihnen Kontakt hatte.«

»Ein Toter? Mit mir? Um Gottes willen. Von wem sprechen Sie?«

»Kennen Sie einen Jeff Waterman?«

Carola war zunächst erleichtert, das war niemand aus ihrer Nähe. Sie musterte den Beamten dann aber aus schmalen Augen.

»Würden Sie sich bitte ausweisen, Constable Miller«, sagte sie.

Der Polizist nahm den dunkelblauen Helm ab mit dem typischen weiß-roten Band und zeigte auf das Abzeichen an der Stirnseite. Aber er kramte auch einen Ausweis aus der Innentasche seiner Jacke hervor.

»Danke«, sagte Carola. »Können wir uns setzen?«

Der Doorman des Apartmenthauses hatte sie angerufen, dass die Polizei sie sprechen wollte. Sie war gleich nach unten gefahren, jetzt saß sie dem Constable an einem der Tische gegenüber, die in dem unpersönlichen Foyer aufgestellt waren. Neben Constable Miller stand eine Yuccapalme, deren Blätter traurig herabhingen. Es war früher Nachmittag.

Sie erzählte dem Beamten alles, was sie über diesen Jeff

Waterman wusste, der nicht zur Verabredung erschienen war, zeigte ihm die Nachrichten auf ihrem Telefon. Sie sagte ihm auch, dass Waterman eigentlich nur einen Kontakt zu ihrem Mann wollte, von dem sie sich gerade getrennt hatte. Catherine Bernard erwähnte sie nicht.

»Und gestern Abend hat er noch einmal angerufen?«

»Ja, mein Telefon war ausgeschaltet, die Mailbox ist angesprungen, er hat aber keine Nachricht hinterlassen.«

Der Constable machte sich eine Notiz.

»Wie ist Watermann ums Leben gekommen?«, fragte Carola.

»Auf eine Art, wie sie nicht mal mehr in der Zeitung steht«, antwortete der Constable und verzog das Gesicht. »Er wurde in einer Bahnhofstoilette gefunden. Überdosis Heroin.«

»Ein Junkie?«

»Ja, das scheint sicher. Aber dem Streetworker, der ihn gefunden hat, waren Ungereimtheiten aufgefallen. Zu teurer Anzug, zu teurer Haarschnitt, zu teure Uhr. Passte nicht ins Milieu. Wir wissen ja tatsächlich inzwischen, dass er in einem großen amerikanischen Konzern angestellt war, als Assistent des Vorstands. Außerdem fand der Streetworker, dass Waterman in einer merkwürdigen Haltung in der Toilette lag, und die Einstichstelle für die Spritze schien ihm auch irgendwie suspekt. Aber vielleicht irrt sich der Mann auch.«

Der Constable machte eine längere Pause und blätterte in seinem Notizblock. Dann hob er den Kopf und sah Carola an. »Können Sie mir sagen, wo ich Ihren Mann finde oder wie ich ihn erreiche?«

»Nein, das kann ich leider nicht. Ich habe ihn seit der Trennung nicht gesehen«, sagte sie und war froh, dass ihre Stimme so fest klang.

Der Constable erhob sich, und sie tat dasselbe.

»Vielen Dank, Mrs. Miller«, sagte er. »Wenn noch weitere Fragen auftauchen, melden wir uns wieder.«

Carola sah ihm nach, verstaute ihr altes Handy, das sie dem Polizisten gezeigt hatte, und holte das andere, das verschlüsselte Telefon aus ihrer Jackentasche. Sie wählte eine Nummer und zupfte an den Blättern der Palme herum, bis der andere Teilnehmer sich meldete.

»Dieser Waterman ist tot«, sagte sie. »Dann haben wir jetzt Gewissheit.«

7

Yo war tot. Das sah Pflegerin Samira sofort, als sie das Zimmer betrat. Die Augen der Patientin waren halboffen wie immer, aber der Blick dieser Augen war jetzt anders, oder besser: Er war nicht mehr vorhanden. Samira erschrak über diese Wahrnehmung. Erst gestern hatte sie bei einem neuen Date dem Typen erklärt: »Man weiß nicht, wieviel Leben in Wachkoma-Patienten ist, ob da überhaupt Leben ist.« Jetzt sah sie, dass in Yo Leben gewesen war. Jetzt, da es nicht mehr da war, sah sie das sehr deutlich.

Sie fragte sich sofort, wer es Yos Freund sagen würde. Dem zarten jungen Mann, nicht älter als sie selbst, der so oft kam, manchmal jeden Tag, und der dann oft Stunden lang an ihrem Bett saß. Major Tom, so wollte er genannt werden. Aus einem Song, sagte er, sei dieser Name, ob sie den nicht kenne. Das hatte sie verlegen gemacht, weil sie zuerst dachte, es liege daran, dass sie erst seit drei Jahren in Deutschland war und dass man in Syrien dieses Lied eben nicht kannte. Aber dann hatte sie gegoogelt und festgestellt, dass der Song uralt war und der Sänger noch älter und schon lange tot.

Es war acht Uhr morgens. Samiras Schicht hatte gerade begonnen. Yos Zimmer war das erste, das sie betreten hatte, nachdem sie sich umgezogen hatte. Sie wunderte sich über die Kanüle, die in Yos Arm steckte und über die leere Spritze auf dem Bett.

»Ich habe noch versucht, sie zu reanimieren, Adrenalin, Herzmassage …«, sagte eine Stimme hinter ihr. Der diensthabende Arzt hatte das Zimmer betreten. Ein teigiger Mann mit Bauch und einem unaussprechlichen Namen, der aus lauter S, Z, C und R bestand.

»Ich habe schon alles in die Wege geleitet, Samira«, sagte er. »Sie müssen sich um nichts kümmern. Erledigen Sie einfach Ihre Aufgaben in den anderen Zimmern.«

»Und Major Tom?«, fragte sie. »Weiß er es schon?«

»Ich denke, wir sagen es ihm, wenn er das nächste Mal kommt«, war seine Antwort. Und er legte dabei seine Hand auf ihren Oberarm. Sie mochte den Mann nicht.

Dieser Klinikflügel war ein separater Flachbau. Ein langer Mittelgang, am Eingang das Pflegerzimmer und ein Wartebereich mit drei Stühlen, danach links und rechts die Zimmer. Am Ende, hinter einer Milchglastür eine Intensivstation mit drei Betten. Samira ging auf die Toilette, sperrte ab und tippte eine Textnachricht an Major Tom. Er hatte ihr diese Handynummer gegeben für den Fall, dass Yo ihn brauchte. So hatte er sich ausgedrückt. Samira war die Einzige hier, die diese Nummer hatte. Sie schrieb:

»Yo ist heute Nacht gestorben. Bitte kommen Sie, Major Tom.«

Es dauerte keine halbe Stunde, bis er im Gang stand. Er zitterte am ganzen Körper, seine Augen waren wie Blitze, sein Gesicht war zu einer Grimasse verzerrt. Flüssigkeit lief über dieses Gesicht. Schweiß, Tränen, Rotz. Er sah Samira an, als wollte er etwas sagen, aber dann ging er langsam an ihr vorbei, Schritt für Schritt auf Yos Zimmer zu, wo die Tür offenstand. Erst blieb er in der Tür stehen, dann sah Samira den lila Haarkamm im Zimmer verschwinden.

Zuerst war es still. Kein Laut drang aus dem Zimmer. Dann hörte sie ein leises Wimmern, wie von einem Baby. Dieses Wimmern steigerte sich und wurde immer lauter. Samiras Kolleginnen kamen mit bestürzten Gesichtern in den Gang. Schließlich wurde die Tür des Zimmers von innen zugeschlagen, und sie hörten Major Tom schreien. Ein einziger langgezogener Schrei war das, so laut, dass die Wände vibrierten.

Der teigige Arzt sah Samira vorwurfsvoll an.

»Haben Sie ihn verständigt?«

Am Abend, als ihre Schicht längst zu Ende war, hörte Samira in ihrem Kopf immer noch diesen Schrei, der erst nach einer geschlagenen halben Stunde an Intensität verloren hatte. Und sie sah immer noch das Bild vor sich, wie der Arzt und zwei aus dem Haupthaus gerufene Pfleger den jetzt stillen Major Tom abführten. Ja, so hatte es ausgesehen. Als würden sie einen Verbrecher nach draußen führen.

Vom Fenster des Pflegerzimmers aus hatte sie dann beobachtet, wie sie Major Tom zu seinem Fahrrad gebracht hatten, immer noch fest im Griff. Sie redeten auf ihn ein und ließen ihn erst nach einer Weile los. Samira sah, wie er schließlich langsam auf sein Fahrrad stieg und davonfuhr.

Einmal hatte sie ihn gefragt, an was er in den vielen Stunden an Yos Bett dachte.

»Ich liebe sie«, hatte er gesagt. »Und ich werde nie damit aufhören.«

Als sie an diesem Abend ins Bett ging, dachte Samira daran, dass sie vielleicht auch eines Tages so bedingungslos geliebt werden würde. Aber dann fragte sie sich, ob das überhaupt so wünschenswert wäre. Und mit dieser Frage schlief sie schließlich ein.

8

Es war das erste Mal seit der Beerdigung, dass er wieder in Tante Assuntas Villa war. Schon seit Stunden saß er im dunklen Wohnzimmer. Die massiven Rollläden waren alle heruntergefahren. Dieses Haus ist eine Festung, dachte Major Tom. Wahrscheinlich war er der einzige Mensch, der alle Zugangscodes zu Toren, Türen und Kellerräumen kannte. Er wusste, dass er hier sicher war.

Vielleicht war der Grund für Assuntas Grausamkeit ihre Einsamkeit gewesen. Kein Mann, keine Kinder, keine Geschwister, nicht mal Freunde. Nur Menschen, die ihr in den Arsch gekrochen sind, weil sie Geld hatte. Deshalb war es auch so leicht gewesen. Niemand da, der gewusst hätte, in welchem Gemütszustand sie sich befand. Niemand da, der sagen hätte können: Assunta und Selbstmord – das passt nicht. Es wusste auch niemand, wie es um ihre Gesundheit bestellt war, ob sie Krankheiten hatte. Keiner da, der sich dafür interessierte, dass sie Diabetikerin war.

Er hatte einen tödlichen Cocktail gemixt aus ihren Tranquilizern, Schlafmitteln, Schmerzmitteln und Psychopharmaka. Und ihn am Ende mit einer konzentrierten Zuckerlösung aufgefüllt.

Sie, die so leichtfertig mit dem Leben anderer umging, sie, die so hart urteilte über schwache Menschen – wie hatte sie angesichts ihres Todes gewinselt.

»Ich lasse dich am Leben, wenn du das hier trinkst«, hatte er gesagt. Und er hatte seinen Worten mit dem Messer vor ihrem Gesicht Nachdruck verliehen. Die letzten Akkorde von »Space Oddity« waren gerade verklungen. Und natürlich hatte sie das Glas ausgetrunken bis zum letzten Tropfen.

»Du tust mir nichts, nicht wahr?«, hatte sie gesagt, die Todesangst in den Augen.

»Nein«, hatte er gesagt. »Leg dich hin, Tante Assunta. Du wirst jetzt müde.«

Sie hatte es noch einmal wiederholt: »Du tust mir nichts, nicht wahr?« Und als die Wirkung der Medikamente einsetzte: »Jetzt kann ich ein bisschen schlafen, oder?«

»Ja«, hatte er gesagt, und ihre Augen hatten schon winzige Pupillen. »Jetzt wirst du sterben.« Er hatte sich auf den Boden vor das Sofa gesetzt, und er hatte ihr Gesicht so lange studiert, bis es tot war.

Es war gespenstisch still jetzt in der Villa. Nichts hier war verändert. Er hatte vorhin den Kühlschrank geöffnet. Ihre Hafermilch, ihr Räucherlachs … Alles noch da. Im Mülleimer noch die Scherben der Rotweinflasche, die er noch aufgefegt hatte …

Er dachte an seine Zeit in diesem Haus, die Millionen Stunden am Flügel, die Hausaufgaben für die Schule, die sie immer kontrollierte. Die Abende allein, wenn sie bei ihren Benefizveranstaltungen war oder in irgendeinem Konzert oder Theater. Da war er immer durchs Haus gestreift, durch die Zimmer, hatte die Schränke, die Schubladen durchsucht. Aus Langeweile, aus Neugierde.

Eines Abends fand er dabei in einer nicht abgeschlossenen Schreibtischschublade die Verträge mit Theseus.

Dass die Deutschen immer Verträge machen müssen. Dass sie immer für alles eine Schriftform brauchen. Als wollten sie damit ihr Handeln rechtens machen, selbst wenn es um Verbrechen geht. Das war bei den Nazis auch schon so gewesen.

Fassungslos hatte er diese Unterlagen aus Assuntas Schreibtischschublade gelesen.

»Teilnahme an Studien zu Forschungszwecken« stand da in diesen Verträgen. »Einwilligung zu chirurgischen Eingriffen« … »über Risiken aufgeklärt« … »auf die Dauer der Versuchsreihen ausdrücklich hingewiesen …«

Sie hat dich verkauft, Yo, das wurde mir damals klar. Dich und andere aus ihrem heiligen Heim. Waisen, Behinderte, Kinder und Jugendliche, nach denen niemand groß fragte. Für medizinische Versuche in China. »In der Absicht, durch den Einsatz modernster Technologie von Krankheiten zu heilen«, stand auch in diesen Verträgen. So hat sie mir das auch angepriesen, als sie dich abgeholt haben. Du würdest in China die modernste Therapie bekommen, die dein Gehirn wieder »ordnet«, wie sie sagte. Ein halbes Jahr würde das dauern. Vielleicht würde man von deinem Autismus danach gar nichts mehr merken. Du warst schneller wieder zurück, Yo, das wissen wir. Und du konntest nichts erzählen davon, was geschehen war. Denn du konntest nicht sprechen. Eine Nebenwirkung der Impulstherapie hieß es, das würde sich wieder geben … Aber ich habe deinen Blick gesehen, der noch sehr wach war. Dein Mund konnte nicht sprechen, aber deine Augen sagten: »Hilf mir, Major Tom.«

Als du dann ins Wachkoma gefallen bist, hat Assunta reagiert und mir ein Geschenk gemacht. Aus einem Schuldgefühl heraus? Nein, nein, gute Erziehung, das macht man eben so. Mehr war das nicht, nicht bei Assunta. Sie besorgte mir die Originalnoten einer Klaviersonate von Johann Ladislaus Dussek, verpackte sie in japanischem Seidenpapier und schrieb mit ihrem Füller auf eine Karte: »Verzeih mir.« Die Karte zeigte die kunstvolle Illustration eines Vogels. Ich habe ihrem Text nur ein T angefügt, mit ihrem Füller, in ihrer Handschrift. Das kleine t aus ihrem Namen, aus ihrer Unterschrift, die in diesem Haus überall zu finden war, nicht nur unter den Verträgen mit Theseus. So wurde aus »Verzeih mir« »Verzeiht mir«. Und diese Karte habe ich neben das leere Glas mit dem Cocktail gelegt, zusammen mit den leeren Medikamentenschachteln.

Yo, warum bist du gestorben? Wolltest du in den Himmel entfliehen? Ich wollte dir noch so viel vorlesen … Oder bist du gar nicht gestorben? Haben sie dich umgebracht, weil du der lebende Beweis für ihre Verbrechen bist? Wie viele gibt es noch?

Ich bin ja jetzt Polizist, und ich werde dem nachgehen. Ich verspreche es dir.

Major Tom griff nach seinem Handy und suchte eine Nummer.

Er wusste nicht, ob er gerade laut gesprochen hatte oder leise gedacht. In letzter Zeit ertappte er sich immer öfter dabei, laut vor sich hin zu reden. Das musste aufhören. Wenn er mit Yo sprach, musste er das leise tun.

Nach dem dritten Klingelton wurde sein Anruf angenommen.

»Ja?«

»Hallo, Samira, hier ist Major Tom. Störe ich dich?«

»Nein. Ich wollte gerade ins Bett gehen.«

»O schade. Ich dachte, vielleicht könntest du mich besuchen, und wir reden ein bisschen.«

Er spürte, wie sie zögerte.

»Wo wohnst du denn?«

Eine halbe Stunde später ließ er den Rollladen vor der Haustür hochfahren und öffnete ihr die Tür.

»Das ist nicht dein Haus, oder?«, sagte Samira. Sie trug Jeans, Steppjacke, Wollmütze. Die schwarzen Haare, in der Klinik immer zum Knoten gesteckt, fielen auf ihre Schultern.

»Nein, aber ich darf hier sein. Wir sind allein. Niemand sonst ist hier.«

»Aha.«

Sie war ängstlich, sie wusste nicht, ob sie es bereuen sollte, hierhergekommen zu sein. Das sah er genau.

»Möchtest du etwas trinken, Samira?«, fragte er, als sie im Wohnzimmer waren. »Es gibt hier die besten Weine.«

»Ich bin Muslimin«, sagte sie.

»Ach so, ja klar«, sagte er. »Umso besser: Ich kenne mich mit Wein nicht aus.«

Er fragte, ob er ihr den Song vorspielen dürfe, den Major-Tom-Song.

Sie nickte. »Ja gern.«

»Aber wir hören eine Version, die eine Frau singt. Sie war die Bassistin von David Bowie. Sie hat das Lied für ihn gesungen, als er gestorben war.«

»Gern«, sagte sie wieder und setzte sich auf das Sofa.

Es gab nichts, was so beruhigend und spannend zugleich war wie diese Gitarrenakkorde, fand er. Vielleicht bildete er es sich nur ein, aber er hatte das Gefühl, dass sie auch bei Samira ihre Wirkung taten.

»Ground Control to Major Tom …«

Die Stimme von Gail Ann Dorsey schwebte im Raum. Unendlich zart und fein und kräftig.

Für dich, Yo, dachte er, und fast konnte er ihre Anwesenheit körperlich spüren. In dieser Version endete der Song abrupt mit dem letzten Wort.

»Planet earth is blue

And there's nothing I can do.«

Nach einem Moment der Stille, sagte Samira: »Hast du heute Abend die Talksendung gesehen mit den Verantwortlichen der Firma Theseus. Yo hat doch an einem Programm dieser Firma teilgenommen. Das habe ich gehört, oder stimmt das nicht? Deshalb habe ich mir das angeschaut.«

»Heute Abend? Wann? Wo? Ich schaue nie fern.«

»Im ersten Programm. Gibt's noch in der Mediathek. Ich schaue viel Fernsehen. Für mein Deutsch.«

»Dein Deutsch ist perfekt«, sagte er, aber er sagte es so nebenbei, suchte schon die Fernbedienung für den riesigen Flachbildschirm an der Wand. Und Minuten später sah er sie dann dort sitzen, diese Frau Professor Dr. Dr. Catherine Bernard und diesen Gabriel Miller, der sowohl Gesellschafter als auch Sprecher der Firma Theseus war. Und er spürte, wie sich bei jedem Satz, den er dort hörte, seine Blutadern verengten und sein Gesichtsfeld schrumpfte.

»Die Studienergebnisse geben uns einen klaren Auftrag: Weiterforschen. Für jede Art von Anwendung ist es noch zu früh, weil die Risiken zu groß sind«, sagte Gabriel Miller.

»Wir dürfen im Dienst der Wissenschaft keine Menschenleben gefährden. Wir wollen ja Menschenleben retten«, sagte Catherine Bernard.

»Aber wir dürfen auch nicht aufgeben«, erklärte Gabriel Miller. »Die Hoffnung, Alzheimer, Parkinson, Autismus und andere Krankheiten zu heilen, ist berechtigt. Theseus steht für diese Hoffnung.«

»Die Verschmelzung der Entwicklung auf dem Gebiet der künstlichen Intelligenz mit den Fortschritten in der Gehirnforschung eröffnet ganz neue Felder«, sagte Catherine Bernard.

Ihr habt Yo auf dem Gewissen, dachte Major Tom. Ich werde euch eure Verlogenheit zurück ins Maul stopfen. Er sah, dass Samira ihn beobachtete. Dass sie seine Wut bemerkte. Aber in seine Wut mischte sich plötzlich noch ein anderes Gefühl. Es tauchte auf wie die kleine rote Warnlampe an seinem Fahrrad, die den leeren Akku anzeigte.

Dieser Miller kam ihm irgendwie bekannt vor. Woher kannte er diesen Gabriel Miller?

Abrupt griff er nach der Fernbedienung, schaltete den Fernseher aus und sprang auf. Samira sah ihn erschrocken und ängstlich an.

Gehörst du etwa auch irgendwie zu dem Laden?, dachte er. Wieso hast du mir diese Sendung gezeigt?

»Du musst jetzt gehen, Samira«, sagte er.

Sie entgegnete nichts, stand nur auf, zog ihre Jacke an und nahm ihre Mütze.

»Es tut mir leid«, sagte er. »Es war schön, dass du gekommen bist. Danke.«

Sie nickte, ihr Blick streifte durch das Wohnzimmer und blieb am Flügel hängen.

»Spielst du Klavier?«, fragte sie.

Major Tom vergrub seine Hände in den Hosentaschen, weil er fürchtete, sie würden ihn verraten.

»Nein«, sagte er mit leiser Stimme. »Du musst jetzt gehen, Samira.«

»Okay, ich bin schon weg.«

Mit einem surrenden Geräusch fuhr das Rollo vor der Eingangstür wieder nach oben. Unendlich langsam, fand Major Tom.

Komm schon. Verdammt.

Samira sah so aus, als erwarte sie ein Abschiedsküsschen. Widerlich, diese Küsserei, dachte er. Geh schon. Bitte. Es ist besser für dich.

»Gute Nacht, Major Tom«, sagte sie, als sie endlich draußen war.

»Gute Nacht, Samira«, entgegnete er. Und die Rollos bewegten sich wieder nach unten und rasteten mit einem Klicken im Schloss am Boden ein.

Woher kannte er diesen Mann, der Theseus vertrat und diese Lügen verbreitete?

Er schaltete den Fernseher wieder ein. Mediathek, Sendung noch mal von vorne, diesmal aber nur die Bilder, ohne Ton.

Vorspulen. Zurückspulen. Anhalten. Zurück, vor. Nochmal. Anhalten. Bild stehen lassen.

Plötzlich wusste er, wer dieser Mann war.

Dieser Mann war der Regler.

Und er hieß nicht Miller.

In der Polizeischule gab es eine freiwillige Veranstaltungsreihe mit dem Namen: »Der Polizist und sein Fall«. Die Reihe war unregelmäßig, die einzelnen Veranstaltungen waren immer abends um achtzehn Uhr, dauerten etwa zwei Stunden und fanden immer in einem der größeren Unterrichtsräume statt, weil die Reihe sehr beliebt war.

Es begann immer mit der Präsentation eines Kriminalfalls durch einen der Dozenten. Er warf Bilder an die Wand, Tatortfotos, Hergangsskizzen, Presseausschnitte, und er erläuterte den Fall. Anschließend betrat der Beamte, dessen Fall es gewesen war, als Gast den Raum, erzählte und stellte sich den Fragen der Polizeischüler.

»Der Regler« war ein solcher Fall gewesen. Der Kommissar, der dann vor ihnen Platz nahm, hieß August Maler. Er sagte, der Name Tretjak sei berühmt, weil es früher mal einen berühmten Eishockeytorwart mit diesem Namen gegeben hätte. Der Mann mit tausend Händen – so war der Torwart genannt worden.

Major Tom googelte. Der Treffer kam sofort. Wladislaw Tretjak, bester Torwart der Welt.

Tretjak.

Jetzt heißt du also Miller. Und machst dein Geld mit Menschen, die sich nicht wehren können, weil sie krank sind oder niemanden haben, der sich für sie einsetzt. Ich werde dich aufspüren.

Du wirst sterben, Gabriel Tretjak.

Und du auch, schöne Märchenwissenschaftlerin.

See you soon.

9

Was BB an seinem Leben liebte: Es war einfach und klar. Nicht zu viele Dinge, nicht zu viele Menschen. Bei den Dingen hatte er ein Prinzip aufgestellt: Wenn ein Gegenstand in sein Cottage einzog, musste ein anderer Gegenstand das Cottage verlassen. Und was die Menschen betraf, so mied er solche, die ihn in irgendein Kuddelmuddel hineinziehen wollten. Wenn BB morgens aufstand, wusste er, was er zu tun hatte. Und wenn er abends einschlief, quälten ihn keine Fragen.

Das war nicht immer so gewesen. Er hatte viel dafür getan, auch viel dafür gelitten. Beziehungen, Freundschaften, Eltern, Job – er erinnerte sich sehr gut an seine Zeit des Kuddelmuddels. Und an seinen Tiefpunkt in einem winzigen Apartment in Manchester. Sein Kopf ein triefender Schwamm, der nichts mehr aufnehmen konnte, sein Herz eine kaputte Leuchtreklame, wo Buchstaben fehlten und Kurzschlüsse surrten. Die Wände in dem Haus waren aus Papier, und nebenan vögelte sich ein Paar schon seit zwei Stunden um den Verstand. BB war einfach vom Bett aufgestanden, hatte sich angezogen, Geld, Telefon und Pass eingesteckt – und die Tür für immer hinter sich zugemacht. 3 Uhr 14 mitten in der Nacht. Er war nie zurückgekehrt, nicht in die Wohnung, nicht in sein Leben. Auf diesen Beschluss und seine konsequente Verwirklichung war er stolz. Immer noch, achtzehn Jahre später.

Aber jetzt hatten sich plötzlich wieder ein paar Fäden um

ihn herumgewickelt, die gerade dabei waren sich zu verknoten.

Begonnen hatte es damit, dass die Mutter von Daniel ihren Sohn besuchen wollte, ohne dass es der Vater erfuhr. Sie hatte BB gebeten, es für sich zu behalten. Also musste er sehr aufpassen, was er sagte, wenn er mit dem Vater sprach. Er durfte nichts erzählen, was mit der Mutter zusammenhing. Nicht mal durfte er erwähnen, wenn Daniel eine interessante Reaktion gezeigt hatte.

»Warum soll Ihr Mann denn nicht erfahren, dass Sie Daniel sehen?«, hatte er gefragt. »Ist er so schlecht auf Sie zu sprechen?«

Die beiden hatten sich gerade getrennt.

»Ich weiß nicht, wie Gabriel gerade über mich denkt. Ob er mich hasst«, hatte sie geantwortet. »Es ist jetzt einfach besser, wenn wir nichts miteinander zu tun haben. Das weiß ich.«

BB hatte sich gefügt. Ein Ausnahmezustand, der nicht lange anhalten wird. So hatte er sich das schöngedacht, vor sich selbst gerechtfertigt.

Und jetzt?

BB saß am Steuer des Kleinbusses von Castle Winwood. Hinter ihm, auf der ersten Rückbank Vater und Sohn Miller. Daniel links, Gabriel rechts. Sie waren auf dem Weg nach Brighton, um Daniel in einer Privatklinik untersuchen zu lassen. Theseus hieß die Klinik. BB kannte sie nicht.

Daniel steckte in einem gelben T-Shirt, auf das ein roter Eiffelturm gedruckt war. Das war sein aktuelles Lieblingsteil, und es war deshalb seit Tagen nicht gewaschen. Sein Vater sah aus wie sonst auch, Dunkelblau und Schwarz, das waren seine Farben. BB verstand ohnehin nichts von Mode, achtete auch nicht darauf.

Sie fuhren auf der M27 in Richtung Portsmouth und hatten gerade ein Schild passiert, auf dem eine Raststätte angekündigt war. In fünf Meilen.

»Herr Miller, ich muss Ihnen noch etwas sagen«, begann BB. Und er sah den fragenden Blick im Rückspiegel.

»Sie müssen unterwegs noch jemanden treffen, der eine dringende Nachricht für Sie hat«, sagte er. »Ich fahre gleich bei der nächsten Raststätte raus.«

»Wovon reden Sie, BB? Wen soll ich treffen?«

»Das darf ich Ihnen nicht sagen, aber es ist sehr, sehr wichtig«, sagte BB. Und zu seiner großen Überraschung entgegnete Gabriel: »Ist es meine Frau Carola?«

Das war der Augenblick, in dem BB beschloss, die Heimlichtuerei zu beenden.

»Ja, Ihre Frau«, sagte er.

Es entstand ein längerer stiller Moment im Wagen. BB dachte daran, dass man bei Gelegenheit die Kardanwelle des Wagens kontrollieren sollte. Sie lief zu laut.

»Erklären Sie es mir, BB, bitte«, sagte Gabriel.

Sein Sohn Daniel neben ihm klebte mit der Wange an der Scheibe und schaute auf die Straße. Vielleicht.

»Bitte, Herr Miller, ich kann dazu nichts sagen«, antwortete BB. »Wir sind ja gleich da.«

Er setzte den Blinker und steuerte den Wagen auf den Abbiegestreifen zur Raststätte. Der Verkehr war besser gelaufen als erwartet, sie waren zehn Minuten zu früh. BB hoffte sehr, dass Carola Miller schon da war.

TEIL 5

Heute

»Man kann alles erzählen,
nur nicht sein wirkliches Leben.«

(MAX FRISCH)

ACHTER TAG

Klenzestraße, München

Maler stieg mit Qualle in den Aufzug, als die Textnachricht kam. Maler öffnete sie, die Nachricht war von der Rechtsmedizinerin: »August, ruf mich dringend an. Ich muss dir was erzählen! Und: Ich verstehe das nicht, ich wundere mich sehr über euch!!« Etwas ratlos zeigte Maler die Nachricht Qualle. »Weißt du, was sie meint?«, fragte Maler.

Qualle schüttelte den Kopf. »Keine Ahnung«, sagte er.

Stefan Treysa stand in der Wohnungstür. »Kommen Sie rein.«

Treysa war noch schmächtiger geworden. Und irgendwie kleiner auch, so wirkte es jedenfalls. Maler musste kurz an die Skulpturen von Giacometti denken, dessen Figuren mit den Jahren immer noch kleiner und schmaler geworden waren. Als wollte der Bildhauer den Prozess des eigenen allmählichen Verschwindens festhalten.

Sie nahmen an dem Tisch in der kleinen Küche Platz. Es war eine gemütliche Küche, ein ganzes Regal mit verschiedenen Kräutern in den verschiedensten Behältern. »Kann ich euch was anbieten?«

Maler und Qualle lehnten ab.

»Herr Kommissar«, sagte Treysa, »wie lange ist das jetzt her, dass Sie damals bei mir waren? Wie viele Jahre?«

»Passiert ist jedenfalls viel seither«, sagte Maler. Er konnte sicher sein, dass dieses Wortgeplänkel nicht lange dauern würde. Qualle hasste jede Art von Small Talk.

Und tatsächlich legte Qualle gleich los: »Darf ich Sie fragen, was Sie in dem Obdachlosenheim vorhatten?«

»Ich habe mich da einquartiert, sozusagen unter falscher Flagge. Ich will eine soziologische und psychologische Studie schreiben über das Leben der Menschen in diesem Heim: Wie sie wurden, was sie sind – und wie unsere Gesellschaft mit ihnen umgeht. Falsche Flagge, weil ich nicht als abgehobener Fragesteller auftreten wollte, ich will den unmittelbaren Zugang. Den Leuten, mit denen ich mit der Zeit engeren Kontakt hatte, habe ich dann schon erzählt, was ich mache.«

»Und warum waren Sie dann wieder weg und haben Ihren Papagei dem Herrn Röttich zur Betreuung überlassen?«, fragte Qualle.

»Ich brauchte eine Pause und bisschen frische Luft«, antwortete Treysa.

»Haben Sie Ihre Zeitschrift noch?«, fragte Maler.

»Nein. Die ist irgendwann pleite gegangen.« Treysa schwieg einen Moment. »Und ich gleich mit.«

»Ist das Ihre Wohnung?«, fragte Maler.

»Nein. Meine Schwester ist für ein paar Monate im Ausland. Das trifft sich gut, ich habe gerade keine eigene Wohnung.« Nach einem Moment fügte er hinzu: »Herr Kommissar, Sie merken, mir ist es schon mal besser gegangen. Aber ich vermute, ihr seid nicht hier, um mit mir über mein Leben zu sprechen?«

»Das stimmt«, sagte Maler.

»Ich fürchte nur«, sagte Treysa, »ich kann Ihnen nicht viel weiterhelfen. Ich weiß nicht viel über Franz Röttich. Er war ein sehr schweigsamer Mann. Und ein freundlicher Mann. Und dauernd betrunken. Ich habe wirklich keine Ahnung, warum ihn jemand umbringen wollte.«

»Vielleicht wollte ihn ja gar keiner umbringen«, sagte Maler.

»Wie bitte? Ich verstehe nicht.«

»Sagt Ihnen der Name Joseph Lichtinger etwas?«, fragte Maler.

»Lichtinger?« Treysa zögerte.

»Er war Pfarrer. Pfarrer Joseph Lichtinger?«

»Ja, natürlich. Lichtinger. Ich kenne den Mann. Ich habe ihn kennengelernt. Vor Jahren war das.«

»Haben Sie nicht mitbekommen, was mit ihm passiert ist?«

»Nein«, sagte Treysa. »Sollte ich?«

»Joseph Lichtinger wurde vor einigen Tagen umgebracht. Es stand in allen Zeitungen«, sagte Maler.

»Das ist ja schrecklich. Nein, ich lese gerade keine Zeitung.«

Treysa stand auf. Für einen Augenblick verschwand er in seinen Gedanken. Dann setzte er sich wieder. »Lichtinger. Ein netter Mann. Auch irgendwie charismatisch. Warum …«

Kommissar Maler wartete nicht, bis er die Frage zu Ende formuliert hatte. »Deshalb sind wir hier, Herr Treysa. Es gibt möglicherweise eine Verbindung zwischen den beiden Mordfällen, zwischen Pfarrer Lichtinger und dem Herrn im Obdachlosenheim.«

»Ich verstehe nicht.« Fast hilflos fügte Treysa hinzu: »Wollen Sie vielleicht doch einen Kaffee?«

Maler schüttelte den Kopf. »Sie erinnern sich an Gabriel Tretjak?«

»Was soll die Frage? Wegen Tretjak waren Sie doch damals bei mir.«

Maler fuhr fort: »Der Pfarrer hat in seinem Todeskampf noch verraten, dass es um den Regler ging, um Tretjak. Der Mörder wollte von ihm offenbar etwas ganz Bestimmtes über ihn wissen. Weil Joseph Lichtinger das nicht sagen konnte …«

»… oder sagen wollte«, ergänzte Qualle, »… musste er sterben.«

»Ich mache jetzt einen Kaffee.« Treysa holte eine kleine silberne Espressomaschine aus einem Schränkchen und schraubte den unteren Teil ab. Dann öffnete er eine Schublade nach der anderen. Er suchte anscheinend Kaffee. Man sah, dass er weder wusste, wo der Kaffee war, noch wie man diese Maschine bediente. Es gab nur diese sinnlose Vorstellung, dass jetzt alles erträglicher wäre, wenn Kaffee auf dem Tisch stehen würde. Treysa setzte sich wieder.

»Das klingt alles schrecklich«, sagte er dann, »aber was, meine Herren, hat das mit mir zu tun? Und mit Herrn Röttich?«

»Da kommen Sie nicht selbst drauf?«, fragte Maler.

»Nein«, antwortete Treysa, »da komme ich nicht selber drauf. Sagen Sie es mir.«

»Sie sind ein langer Weggefährte und Freund von Gabriel Tretjak«, sagte jetzt Qualle, »wann haben Sie ihn zuletzt gesehen?«

»Freund.« Treysa wiederholte das Wort. »Freund. Dem würde ich nicht zustimmen. Tretjak und Freund, das …«

Qualle unterbrach ihn: »Wann haben Sie ihn das letzte Mal gesehen?«

»Jahre her. Wir kannten uns lange, das ist richtig. Ich war immer wieder auch sein Therapeut. Tretjak geht es seit Jahren nicht gut. Und ich versuchte ihm klarzumachen, dass seine Krisen mit seiner rigorosen Art zu tun haben, wie er auf das Leben blickt. Auf sein Leben.«

»Das hat er sich von Ihnen sagen lassen?«, fragte Maler.

»Eine Zeit lang, ja. Am Ende nicht mehr. Gabriel hat alles

abgebrochen. Er hat sich regelrecht von mir verabschiedet.«

»Verabschiedet?«, fragte Maler.

»Kurz bevor er nach Hongkong ging. Das war vor … wieviel Jahren, ich weiß es nicht mehr. Er sagte, er nehme sein Leben jetzt wieder selber in die Hand. Und dann sagte er noch etwas, was mich sehr verletzt hat.«

»Was hat er gesagt?«

»›Ich traue dir nicht mehr‹, hat er gesagt. Und dann ist er gegangen.«

»Was meinte er damit?«, fragte Maler.

»Ich habe keine Ahnung, das können Sie mir glauben.«

»War etwas vorgefallen?«

»Nein. Nichts. Es kam für mich aus heiterem Himmel.«

Jetzt schaltete sich Qualle wieder ein. »Herr Treysa, Sie haben meine Frage noch nicht beantwortet: Wann genau haben Sie Gabriel Tretjak das letzte Mal gesehen oder gesprochen?«

»Hallo«, entgegnete Treysa, »das habe ich doch gerade gesagt. Vor Jahren war das, an den genauen Tag erinnere ich mich nicht.«

»Sie haben Tretjak in den letzten Wochen und Monaten nicht gesprochen?«, fragte Qualle.

»Nein. Wie kommen Sie darauf?«

Die nächste Frage schickte Qualle schnell nach: »Sie haben auch noch nie etwas gehört von einer Organisation namens Theseus?«

Maler warf Qualle einen irritierten Blick zu.

»Theseus? Nein«, antwortete Treysa, »was soll das sein?« Dann stand er wieder auf, ging zu seiner Espressomaschine, machte ein paar ungeschickte Handgriffe, die zu nichts führten. Ohne Kaffee konnte man keinen Kaffee kochen, da half alles nichts. Aber er fand irgendwann zurück zu seinen Worten. »Ich verstehe den Zusammenhang immer noch nicht. Was soll der Tod von Lichtinger mit mir und Herrn Röttich zu tun haben?«

»Genau wissen wir es nicht. Wir haben keine Beweise«, sagte Maler, »Aber Lichtinger musste sterben, weil er keine Informationen über Tretjak liefern konnte. Und möglicherweise musste Herr Röttich sterben, weil der Mörder dachte, er habe Informationen über Tretjak.«

Nun endlich kapierte es Stefan Treysa.

»Um Gottes willen«, rief er aus, »Röttich ist gestorben, weil er mit mir verwechselt wurde?«

»So könnte es sein«, sagte Maler. »Sie waren in dem Heim der Mann mit dem Papagei. Der Mörder, so sieht es jedenfalls aus, hat gezielt den Mann mit dem Papagei aufgesucht.«

Treysa sagte wieder: »Um Gottes willen.«

Und hielt sich kurz die Hände vors Gesicht.

»Herr Treysa«, sagte Maler, »es könnte sein, dass Sie in Gefahr sind. Wir haben Polizeischutz für Sie veranlasst. Wundern Sie sich nicht, da unten steht schon ein Polizeiwagen, der auf Sie aufpasst.«

»Warum haben Sie Ihren Papagei eigentlich Herrn Röttich zur Betreuung gegeben?«, fragte Qualle.

»Die beiden haben sich super verstanden. Röttich hat sich immer gefreut über den Papagei. Das war der einzige Grund.«

»Wo ist denn der Papagei jetzt?«

»Ich hole ihn heute ab«, sagte Treysa, »Er frisst nicht mehr. Das ist kein gutes Zeichen. Die ganze Sache hat ihn anscheinend ziemlich mitgenommen.«

Maler überlegte kurz, ob er den Scherz machen sollte, dass man die Mordverdächtigen dem Papagei zu einer möglichen Identifizierung vorführen werde. Doch dann ließ er es.

Als Maler und Qualle wieder unten im Auto saßen, sagte Qualle: »Ich glaube, der lügt. Der weiß mehr.«

Maler zuckte mit den Achseln. Er wählte die Nummer von Elisabeth Brenner, der Rechtsmedizinerin. Er wollte wissen, was sie so aufregte. Es sprang nur die Mailbox an, er hinterließ keine Nachricht.

Später dachte Maler, es wäre gut gewesen, wenn sie rangegangen wäre. Dieses Mal wäre es so verdammt wichtig gewesen.

BERNAUERSTRASSE, MÜNCHEN

Es gab schon Momente, in denen er es hasste, blind zu sein. Wenn er sich begrenzt fühlte, einen anderen in der ganzen Komplexität wahrzunehmen. Den Blick eines Menschen, seine Haut, mögliche Schweißperlen. Veränderungen im Bewegungsablauf. Überraschende Handbewegungen, plötzliche, irrational scheinende Gesten. All das gehörte zum Gesamtbild eines Menschen. Und gerade jetzt wäre es so wichtig gewesen, zu spüren, ob sich in der Stimmungslage von Paul und Paula etwas änderte. Ob sie vielleicht einen Plan gefasst hatten, Probleme zu machen. Oder ob sie einfach nur drohten durchzudrehen.

Bei dieser Einschätzung konnte ihm nicht einmal Uwe helfen.

Klar, er hörte die Stimmen. Die Worte. Die Tonfärbung. Jetzt, als Paul Maler sagte: »Herr Schluckebier, was ist für Sie eigentlich Wahnsinn? Wann ist für Sie jemand verrückt?« Klang das eine Spur aggressiver als die Stunden und Tage zuvor? Änderte sich Pauls Stimmungslage? Wundern könnte es niemanden. Paula war noch schwerer zu beurteilen. Zu

Beginn wirkte es so, als könnte sie leichter akzeptieren, dass sie die Wohnung nicht verlassen konnten. Aber dann war sie völlig verstummt.

Schluckebier saß an seinem Schreibtisch, Paul war aus dem Zimmer gekommen. Er überlegte kurz, was er antworten sollte, und schaltete dann auf Lehrermodus: »Wahnsinn ist in erster Linie eine Frage der gesellschaftlichen Definition. Man erklärt jemanden für wahnsinnig, weil er gegen diese Definition verstößt. Jemand weigert sich zu funktionieren. Er arbeitet nicht, er zahlt keine Steuern, er hört Stimmen in seinem Kopf, er läuft nackt durch den Park – und schon erklärt man ihn für verrückt.«

Schluckebier hörte sich weiter sagen: »Ein hübsches Beispiel für die Beliebigkeit von gesellschaftlichen Definitionen ist die Tatsache, dass ein Mann, wenn er nackt durch die Straßen läuft, Stress mit der Polizei kriegt wegen Erregung öffentlichen Ärgernisses, wenn aber eine Frau dasselbe tut und nackt durch die Straßen läuft, reagiert die Polizei nicht. Denn der Gesetzgeber hat festgelegt, dass nackte Frauen kein Ärgernis sind, nackte Männer schon. Es fragt sich natürlich, ob dieses Gesetz noch wirklich modern ist.«

Normalerweise, im Unterricht, gab es auf diese Anekdote immer Reaktionen. Lachen, Heiterkeit, Fragen. Paul reagierte nicht. Paul sagte nur nach einiger Zeit der Stille: »Herr Schluckebier, ich wollte von Ihnen wissen, wann für Sie jemand ein Wahnsinniger ist.«

Schluckebier hatte Paul in den vergangenen Tagen immer besser kennengelernt. Und sein Respekt vor dem Jungen wurde größer und größer. Er strahlte eine erstaunliche Ruhe und Klugheit aus. »Ich glaube, die Gesellschaft müsste viel großzügiger und toleranter mit Menschen umgehen, die anders sind als die Mehrheit. Aber ein Problem wird immer bleiben. Wenn Menschen durchdrehen und anderen Menschen gefährlich werden. Du fragst nach meiner Definition? Für mich ist jemand ein Wahnsinniger, der andere Menschen verletzt oder tötet.«

Schluckebier fand Pauls Versuch ziemlich intelligent, auf diese Weise an neue Informationen zu kommen, über die Bedrohung, die Paul und Paula schon seit Tagen hier festhielt. Ein theoretisches Gespräch, und vielleicht verplapperte sich der Alte ja, vielleicht rückte er auf diese Weise raus mit ein paar neuen Erkenntnissen.

Oder wollte ihm Paul einfach nur sagen, dass er ihn für verrückt hielt?

In Wohnungen von Blinden war es lebenswichtig, dass alles immer am selben Ort war, jeder Stuhl, jede Gabel, jedes Medikament, jeder Schuh oder jeder Strumpf. Alles. Damit man sich blind zurechtfinden konnte. Natürlich galt dieses Prinzip auch hier. Das Wichtigste in Schluckebiers Wohnung war aber Uwe, die Stimme, die alles für ihn regelte. Uwe ließ das Badewasser ein, Uwe füllte den Kühlschrank, Uwe organisierte Arzttermine. Uwe organisierte Frauen für ihn. Uwe machte alles, Schluckebier musste es ihm nur sagen. Uwe war auf Schluckebiers Stimme programmiert. Seit Schluckebier Uwe gesagt hatte, er soll sich auch um Paul und Paula kümmern, kümmerte er sich auch um sie – was in ihrem Fall allerdings in erster Linie bedeutete, wann Paul und Paula ihr Zimmer verlassen durften, wann Uwe die elektronische Sicherheitsverriegelung löste.

Der Baron hatte Uwe damals besorgt. »Er ist wie eine Art Siri, nur bisschen besser«, sagte der Baron, als er ihm den neuen Freund erklärte. Bei dem Wort bisschen musste der Mann leicht grinsen. Die Mundwinkel von ihm konnte Schluckebier damals noch sehen. Seine Sehkraft hatte sich schon zu siebzig Prozent verabschiedet. Für die restlichen dreißig Prozent blieben ihm laut der Prognosen nicht mehr als drei Monate. Vier Monate waren es am Ende dann. Als er vor fünf Jahren die Diagnose bekommen hatte, war er 44 Jahre alt und hatte besonders vor zwei Sachen panische Angst: Er wollte auf keinen Fall seiner Frau hilflos ausgeliefert sein und auch nicht seinen Kindern. Und er wollte nicht vereinsamen, er brauchte einen Beruf, der einen Sinn hatte, mit wirklichen Menschen um ihn herum. Viel zu lange hatte er seine schreckliche Familie ausgehalten, viel zu lange hatte er sich mit seiner Internetfirma abgemüht.

Bernhard Schluckebier hatte während seiner Ehe ein paar Affären. Er bereute keine einzige davon. Hatte er sich je lebendig gefühlt, dann waren diese Frauengeschichten der Grund. Doch eine davon sollte sich als absoluter Glücksfall herausstellen. Ein paar Mal hatten sie sich in einem Hotel getroffen, dann war es auch wieder vorbei. Viele Jahre her das alles. Doch als sie von seiner bevorstehenden Erblindung erfuhr, meldete sie sich bei ihm. »Du musst unbedingt einen Freund von mir treffen«, sagte sie.

Dieser Freund war eine seltsame Erscheinung, dachte Schluckebier im ersten Moment, als sie sich trafen, etwas zu gut aussehend, etwas zu geschliffen, als wäre er irgendwie aus der Zeit gefallen. Aber vielleicht hatte dieser Eindruck ja auch mit seinen nachlassenden Augen zu tun. Und vielleicht stimmte dieses Bild überhaupt nicht, aber Schluckebier fing damals schon an, ihn den Baron zu nennen. Das lag auch daran, dass der Baron sagte, sein Name spiele keine Rolle. Baron klang ein bisschen nach Abenteuerroman im Stil von »Der Graf von Monte Christo«. Das passte, fand Schluckebier. Dazu gehörte auch, dass der Baron nicht genau sagen wollte, was er denn beruflich machte: Er sei so was wie ein

Gehirningenieur, er beschäftige sich sehr mit der Frage, ob man Gehirne umprogrammieren könne.

Der Baron jedenfalls sagte, er solle ihm von seinen Wünschen und Plänen erzählen. Und das tat Schluckebier, da waren Pläne dabei, die er vorher noch nie formuliert hatte, auch sich selbst gegenüber nicht. Zum Beispiel die Sache mit dem Lehrerberuf.

Sie sprachen noch einige Mal miteinander, erörterten die verschiedenen Möglichkeiten. Dem Baron ging es vor allem darum, herauszuhören, ob Schluckebier wirklich entschieden war, in seinen Plänen, alles zu verändern, angesichts der schrecklichen Diagnose. Das war Schluckebier. Also gab ihm der Baron eines Tages einen Zimmerschlüssel, er gehörte zu einem kleinen Hotel am Rande des Englischen Gartens. Drei Wochen sollte er dort verbringen, danach begann sein neues Leben. Das war die Ansage des Barons.

Schluckebier kam sich wie in einem Märchen vor. Denn es trat alles so ein. Nach drei Wochen bekam er die neue Wohnung und einen Termin bei einem Schuldirektor, der schon sehr gute Erfahrungen mit blinden Lehrern gemacht hatte. Seine Firma war inzwischen verkauft, und seiner Frau und den Kindern war auf freundliche, aber bestimmte Weise beigebracht worden, dass er sich von ihnen trennen werde. Der Mann gab ihm außerdem eine Liste mit verschiedenen Terminen bei verschiedenen Experten, die ihn auf das Leben als Blinden vorbereiten sollten. Und ein Abo für einen wöchentlichen Newsletter bekam er auch, als Audio-Datei: Welche Auswirkungen neue Erfindungen im Bereich Künstlicher Intelligenz auf das Leben von Kranken haben könnten.

Ach ja, und dann kam eben noch Uwe. Den Namen Uwe hat Schluckebier selbst ausgesucht, er wollte eine männliche Stimme für seinen Künstlichen-Intelligenz-Helfer, und Uwe hieß sein verstorbener Bruder, der zwar ein schwieriger Mensch gewesen war, aber eben sein Bruder.

Und dann kam der Tag, an dem Uwe ihm einen besonderen Anrufer ankündigte – den Mann, den er seit jener unglaublichen Hilfsaktion nicht mehr gesehen oder gesprochen hatte.

Der Baron kam auch dieses Mal sehr schnell zur Sache: »Ich brauche Ihre Hilfe.« Er sollte bitte keine Fragen stellen, sondern Folgendes einfach tun: Er müsste einen Schüler seiner Schule bei sich aufnehmen, zumindest anfangs vermutlich gegen dessen Willen. Er würde nach und nach alle weiteren Informationen bekommen, die er benötigte. »Bitte«, sagte der Baron, »helfen Sie mir. Es geht um mein Leben.«

Bernhard Schluckebier wollte den Schülern in seinen Stunden vor allem beibringen, wie wichtig es war, alles zu hinterfragen. Sich nie einer Meinung anzuschließen, nur weil viele andere diese Meinung hatten. Und niemals einfach etwas tun, nur weil einer sagt, man müsse das tun.

Am Telefon sagte Bernhard Schluckebier zum Baron dann nur diesen einen Satz: »Ja, dann machen wir das so.«

Es ging alles ziemlich schnell und einfach. Schluckebier rief seinen Schüler Paul Maler an: Ob er rasch vorbeikommen könnte, in seiner Wohnung? Er wollte mit ihm was besprechen. »Klar«, sagte Paul. »Heute noch?«

»Sehr gut«, erwiderte Schluckebier.

Als Paul kam, hatte er leider ein Problem mitgebracht, seine Freundin Paula. Paul wusste, dass Schluckebier Paula – auch eine Schülerin von ihm – gerne mochte. Wo also sollte das Problem sein, wenn sie mitkam?

Schluckebier kochte den beiden einen Tee. Dann ließ er sie paar Minuten in der Küche warten – und den Tee seine Arbeit machen. Es war ein Tee, der völlig harmlos war, aber eine bewusstheitsverändernde Wirkung hatte. Manche Zahnärzte setzten den Wirkstoff bei Leuten ein, die sehr große Angst vor dem Zahnarztstuhl hatten.

Schluckebier konnte die beiden in das Gästezimmer bringen. Sie waren in der Lage zu gehen, waren nur apathisch und schliefen auf ihren Betten gleich ein.

Als Paul aufwachte, saß Schluckebier an seinem Bett. Er versuchte ihm zu erklären, warum sie nun ein paar Tage hierblieben müssten. »Deine Familie ist in Lebensgefahr. Du bist in Lebensgefahr. Deshalb musst du hier in Sicherheit bleiben.« Das war die Formel. Paul hörte zu, dann wälzte er sich aus dem Bett und erhob sich mit zitternden Beinen. »Herr Schluckebier, ich verstehe das schon, aber ich will lieber nach Hause gehen.« Darauf sagte Schluckebier: »Das geht leider nicht. Alle Türen sind verriegelt, die Fenster gehen nur einen Spalt auf. Wir müssen hierbleiben, bis die Gefahr vorbei ist.«

Paul sagte: »Dann lassen Sie mich wenigstens mit meinem Vater sprechen. Er ist bei der Polizei. Der weiß, was man in solchen Momenten tun muss.«

»Nein«, sagte Schluckebier, »dein Vater ist der Grund, warum du hier sein musst.«

Immer wieder hatten Paul und Paula ihren Lehrer gefragt, vor wem sie denn Angst haben müssten. Und Schluckebier tat so, als wüsste er es, obwohl das nicht stimmte. Schluckebier wusste gar nichts. Er befolgte alles, was der Baron ihm auftrug. Als Paul die Textnachrichten an Inge Maler schreiben sollte, musste jedes Wort mit dem Baron abgestimmt werden. Fragen von Schluckebier endeten in der Antwort: »Bitte fragen Sie nicht. Sie werden später verstehen.«

An dem Tag, als Paul mit seinem Lehrer über das Wesen

eines Wahnsinnigen diskutierte, erzählte Schluckebier Paul irgendwann von dem Baron und warum er ihm so sehr vertraute. Er müsse sich das so vorstellen, sagte er, es funktioniere wie ein Videospiel: Auf der einen Seite der Gute, das war der Baron, auf der anderen Seite ein Böser. »Und wir beide gehören zu diesem Spiel. Wie genau, das weiß ich auch nicht.« Als Schluckebier das sagte, wurde eine Frage in seinem Kopf wieder lauter, die er in den letzten Stunden versucht hatte, auf leise zu stellen: War der Baron wirklich ein Guter – nur weil er ihm vor Jahren einmal sehr geholfen hatte?

»Es ist jedenfalls ein blödes Spiel«, sagte Paul, »wenn man die Regeln nicht kennt.«

Die Klingel an der Tür läutete.

Uwe sagte: »Eine Frau kommt jetzt nach oben. Sie heißt Inge Maler.«

TEIL 6

Eine Woche zuvor

1

BB konnte Gabriel und Carola vom Parkplatz aus sehen, weil sie sich ans Fenster der Raststätte gesetzt hatten. Ein merkwürdiges Treffen war das, fand er. Die Körpersprache der beiden wirkte ungeübt, unsicher. Zwei Menschen, die sich bis vor kurzem unendlich vertraut waren, wirkten plötzlich wie Fremde. Die Gesten unbeholfen, die Gesichter zugeknöpft. Das konnte BB auch aus der Entfernung erkennen.

Hauptsächlich redete Carola. Anfangs beinahe bewegungslos sitzend, mit geradem angespannten Rücken. Sie sprach, als würde sie eine lange Liste von Fakten vortragen. Ab und zu hielt sie inne, und ihr Mann fragte etwas. Dann antwortete sie. Und dabei wurde sie dann zunehmend lebendiger, BB hätte gewettet, dass ihre Stimme lauter wurde. Er sah, wie ihre Hände anfingen, um ihren Oberkörper herum zu fliegen wie Vögel. Schließlich öffnete sie eine Aktentasche und gab Gabriel ein dickes Kuvert. Er entnahm ihm einen Stapel Papiere, die er aufblätterte und überflog. Sie reichte ihm auch ihr iPad, auf dem er dann hin und her wischte. Sein Gesicht versteinerte immer mehr, er fragte nur noch selten etwas. Carola wurde ruhiger, lehnte sich zurück, während ihr Mann wortlos studierte, was sie ihm präsentiert hatte. BBs erste Vermutung war, dass es vielleicht Entwürfe eines Scheidungsvertrages waren, die dort auf dem Tisch lagen. Aber so war es nicht, das spürte er ein wenig später.

Ein großer Reisebus schob sich zwischen den Parkplatz und dem Restaurant der Raststätte. Er spuckte eine Ladung bunt gekleideter Touristen aus, die sich mit steifen Gliedern in Richtung der Toiletten in Bewegung setzten. Als der Bus den Blick wieder freigab, hatte sich am Tisch der Millers nichts geändert, nur ein Kellner brachte eine Limonade für Carola.

Daniel hatte die ganze Zeit über ruhig in seinem Kindersitz gesessen, den Blick ebenfalls zur Raststätte gerichtet. BB hatte für die kleine Reise die liebsten beiden Tondateien des Jungen im Player eingestellt. Das waren: das Rauschen unterschiedlicher, weltberühmter Wasserfälle – und das Verlesen einer Sammlung von Presseerklärungen des später zurückgetretenen Premierministers zum Brexit. Das eine war eine uralte CD, die BB mal gekauft hatte, als er dachte, er müsse meditieren lernen, um Ruhe in sein Leben zu bringen. Das andere war ein preisgekröntes Hörspiel, bei dem verschiedene Schauspieler diese Presseerklärungen vorlasen wie Gedichte. BB war ständig auf der Suche nach Tönen oder Bildern, die seine Kinder beruhigten oder ihnen Freude machten.

Gabriel und Carola redeten fast eine Stunde lang, dann kamen sie zusammen nach draußen zum Wagen. BB ließ die Scheibe heruntergleiten.

»Es gibt eine Änderung des Plans«, sagte Gabriel. »Wir bringen Daniel doch nicht zu Dr. Tse-tung. Carola fährt ihn zurück nach Castle Winwood. Wir liefern nur mich im Theseus Forschungszentrum ab.«

»Du solltest dort nicht hinfahren, Gabriel«, sagte Carola. »Ich kann das nur wiederholen. Es ist zu gefährlich.«

Anstatt zu antworten, versuchte ihr Mann, die Schiebetür des Transporters zu öffnen. Vergeblich.

»Ich muss sie entriegeln«, sagte BB und drückte auf einen Knopf, der ein lautes Klacken auslöste. Die Tür fuhr zur Seite, auch BB stieg aus und trat neben die beiden.

»Bitte, Carola«, sagte er, »lassen Sie im Auto zwei Tondateien laufen, Daniel hört sie sehr gern. Ich schicke Ihnen den Link dazu auf Ihr Telefon.«

Es war nicht so einfach, Daniel von dem einen Wagen in den anderen zu bekommen. Er reagierte aggressiv, dann riss er sich plötzlich los und rannte über den Parkplatz Richtung Autobahn. BB war überrascht, wie blitzschnell Gabriel reagierte und den Jungen einfing.

Schließlich entfernte sich ein roter Mietwagen vom Parkplatz. Am Steuer die sichtlich konzentrierte und angespannte Mutter. Auf der Rückbank im Kindersitz der Junge, der entspannt politischen Presseerklärungen lauschte.

»Fragen Sie mich nichts, BB, bitte«, sagte Gabriel.

»Ich denke nicht daran.« BB zog den Sicherheitsgurt über seinen massigen Körper und startete den Transporter. »Es ist Ihr Leben, Herr Miller.«

Er sah, wie Gabriel neben ihm zum Telefon griff.

»Bitte richten Sie Professor Tse-tung aus, dass wir uns leider etwas verspäten«, sagte er. »Wir standen gerade fast eine Stunde im Stau.«

Gabriel hörte kurz zu, was der andere Gesprächsteilnehmer sagte.

»Natürlich«, sagte er dann. »Es bleibt alles wie geplant. Die Untersuchungen können vorbereitet werden.«

Gabriel Miller beendete das Gespräch und wählte sofort eine andere Nummer. Jetzt sprach er Deutsch, und BB verstand buchstäblich kein einziges Wort. Aber das Gespräch dauerte bestimmt zwanzig Minuten. Als es beendet war, nahm Gabriel das große Kuvert, das ihm seine Frau gegeben hatte, öffnete es und zog ein ausgedrucktes Foto heraus. Aus den Augenwinkeln sah BB das Gesicht eines jungen Mannes mit langen blonden Haaren und auffallend blauen Augen.

Miller betrachtete es eine Weile, dann steckte er es zurück ins Kuvert und beschriftete es mit einem Namen und einer Adresse.

Er legte es auf die große Ablage unterm Armaturenbrett und sagte, jetzt wieder in seinem gestochenen Englisch: »Wenn Sie mich am Forschungszentrum abgesetzt haben, bringen Sie das bitte persönlich zur Post. Machen Sie das bitte sofort, ohne Umwege.«

BB dachte, dass er nicht Millers Dienstbote war. Und hätte der auch nur im Ansatz einen entsprechenden Befehlston angeschlagen, hätte BB geantwortet, er könne ihm mal ein Bier holen gehen. Aber Miller sagte das bittend, beinahe flehend. Und in seiner Stimme schwang eindeutig etwas mit, das BB bei diesem Mann bisher noch nicht wahrgenommen hatte: Angst.

Es war kurz nach achtzehn Uhr, als er den Wagen in Brighton vor dem riesigen kastenförmigen Gebäude anhielt, in dem offenbar das Theseus Forschungszentrum untergebracht war. Er beobachtete, wie Miller an der kleinen Eingangstür einen Code eingab und dann im Gebäude verschwand. BB griff nach dem Kuvert und las:

Bernhard Schluckebier
Bernauerstraße 20
80212 München
Germany

Dann suchte er im Navi nach der nächstgelegenen Poststelle und wendete den Wagen.

2

Es war nach drei Uhr morgens, als Dr. Mao Tse-tung, den alle hier nur Tse nannten, im Behandlungsraum 12 A zu zwei Männern in orangefarbenen Overalls sagte: »Die Behandlung dieses Patienten ist abgeschlossen. Helfen Sie mir bitte, ihn in meinen Wagen zu setzen. Ich bringe ihn nach Hause.«

»Jetzt?«

»Ja, jetzt.«

Der Mann, um den es ging, stand mitten im Raum. Tse stützte den schwankenden Körper. Der Mann starrte mit halboffenen Augen vor sich hin und wirkte völlig desorientiert. Er schien nichts von dem mitzubekommen, was um ihn herum geschah.

Minuten später hing er neben Tse auf dem Beifahrersitz, und Tse nahm jede Kurve langsam und vorsichtig. Er fuhr durch das leere, schlafende Brighton bis zum Meer, zu dem Strand westlich der Uferpromenade.

Ging es nicht in fast jedem Krimi um die Schwierigkeit, einen toten Menschen zu beseitigen?

Wieviel einfacher war es dagegen doch, einen lebenden Menschen zu beseitigen. Sofern sich der an nichts, gar nichts jemals wieder würde erinnern können. Nicht, wer er war, nicht, was er getan hatte, nicht, was man ihm angetan hatte. Weil sein Gehirn praktisch ausgeknipst war.

Das war schon genial, das musste er zugeben. Und es hatte schon ein paarmal perfekt funktioniert. Diesmal jedoch ging das Herz des alten Wissenschaftlers so schnell wie der Kolben der Nähmaschine seiner Mutter, die die ganze Familie mit dieser Maschine durchgebracht hatte.

Er führte Gabriel Tretjak zu einer Bank am Strand und setzte ihn dort hin. Dann holte er eine Spritze aus seiner kleinen Bestecktasche. Es war eine sternklare Nacht, aber es war windig, die Hülle der Kanüle flog davon, nachdem er sie aufgerissen hatte. Er fand die Vene erst beim dritten Versuch. Als er fertig war, legte er Tretjak auf die Bank und ging im Dunkeln zurück zu seinem Wagen. Doch er fuhr nicht zurück zum Theseus-Institut, sondern direkt zum Flughafen Heathrow nach London.

So wie sich die Sache in den letzten Stunden entwickelt hatte, wusste Mao Tse-tung, dass er nur eine Chance hatte: Er musste von der Bildfläche verschwinden, und zwar schnell.

TEIL 7

Heute

ACHTER TAG

Rechtsmedizin, München

13 Uhr 38

Er stand vor dem Gebäude der Rechtsmedizin. Es musste jetzt alles sehr schnell gehen. »Ja, komm vorbei«, hatte sie gesagt, »dann reden wir.« Nicht nur reden, dachte er, nicht nur reden. »Ich bring zwei Kaffee mit«, hatte er gesagt. »Gut«, war ihre Antwort gewesen, »du kennst ja meine Vorlieben.«

Er merkte, wie nervös er war. Noch einen Augenblick. Er spürte, wie seine Beine zitterten. Er musste seinen Kopf in Ordnung bringen, dann beruhigten sich auch die Beine wieder.

War es einfach nur Glück gewesen? Oder Zufall? Was für ein absurder Gedanke. Glück? Gott hatte seine Hände im Spiel gehabt oder – noch besser – der Teufel. Jemand jedenfalls, der verstanden hatte, was jetzt Sache war. Der verstanden hatte, dass die Zeit reif war für die große Abrechnung.

Es war kurz nach seiner letzten Prüfung auf der Polizeischule gewesen, die er wie immer als Bester abgeschlossen hatte, als er die Stellenausschreibung am Schwarzen Brett las. Es gab auf der Website der Schule eine digitale Jobbörse, die jedoch meistens wegen diverser technischer Probleme lahmgelegt war. Doch die uralte Sekretärin des Direktors, die Marille oder so ähnlich hieß, so eine alte Kuh mit langem Zopf, heftete aus alter Gewohnheit sämtliche Jobangebote an das analoge Brett.

Er erinnerte sich noch ganz genau, wie er sich fühlte, als er die Stellenausschreibung sah. Er fühlte sich erhaben, auserwählt. Münchner Mordkommission sucht einen jungen Kommissar. Bewerbungen an August Maler, Erster Kriminalhauptkommissar. Er fühlte, dass jemand die Kontrolle über sein Leben übernommen hatte. Er war nicht mehr allein. War es Gott? Hatte der das Zeug zur großen Rache? Er tippte eher auf den Teufel. Ein Teufel, der das Richtige wollte und tat. Als er schon Tage später im Bewerbungsgespräch vor August Maler saß, war er deshalb auch überhaupt nicht nervös gewesen. Er wusste, dass es klappen würde. Es musste alles so sein. Alles war Formsache. Er brauchte nur dem Plan zu folgen.

Gabriel Tretjak. Es hilft dir nichts, wenn du dich hinter allen möglichen Namen versteckst. Wenn du versuchst zu verschwinden, in irgendwelchen Kliniken, in England. Oder sonst wo. Du wirst nicht verschwinden, du wirst ausradiert. Wie all die anderen. Ich freue mich auf deinen Tod. Das Gefühl, Teil eines Plans zu scin, war ein wunderbares Gefühl. August Maler hatte in der Polizeischule über den Fall Gabriel Tretjak erzählt. Und ausgerechnet dieser Maler wurde sein erster Chef. Wer konnte sich das alles ausdenken? Würde er es je erfahren?

Maler hatte von nichts eine Ahnung. Ihn mochte er irgendwie. Maler tat niemanden was Böses. Und wahrscheinlich war er sogar ein guter Polizist. Aber ich musste ihm trotzdem weh tun, ich wusste das.

Die Idee mit der Entführung seines Sohnes Paul, das war meine Idee. Meine Idee, hört ihr!

Für den Fall, dass ich Tretjak nicht fand. Hätte ich Maler vor die Wahl gestellt: Entweder du bringst mich zu Tretjak, oder ich töte deinen Sohn. Ich hätte ihn umgebracht, keine Frage.

Ich hätte Maler damit das Herz gebrochen. Hätte ich nicht gern gemacht. In diesem Fall nicht. Aber wenn es sein musste, musste es sein. Du hast es in der Hand, Kriminalkommissar. Führ mich zu Tretjak, führ mich zu diesem Schwein.

Wie oft wurde mein Herz gebrochen? Und deines erst, Yo? Und die Herzen der vielen anderen. Tut mir leid, Chef, ich kann keine Rücksicht nehmen. Ich habe Paul schon beobachtet. Naiv und jung. Und unbeschwert. UNBESCHWERT. Soll ich dir von meinem Leben erzählen, Paul? Es wäre so einfach gewesen, ihn wegzuräumen.

Ich kann seit Tagen nicht mehr schlafen. Das liegt an dir, Yo. Ich liege ganz still im Bett und versuche deine Stimme zu hören. Ich weiß, du meldest dich. Ich weiß, wir werden uns wiedersehen. Ich höre dich nicht. Ich habe Geduld, keine Sorge. Unser Tag wird kommen.

Ich kann nicht mehr schlafen. Und dafür gibt es noch einen anderen Grund.

Paul ist entführt worden. Aber nicht von mir, hört ihr?

Was soll das?

Hilft mir jemand?

Aber warum zeigst du dich mir nicht?

Oder läuft hier ein anderer Plan, den ich nicht verstehe?

Es ergibt alles keinen Sinn.

Oder?

Ich habe so viele Stimmen in meinem Kopf.

Warum hat dieser besoffene Blödkopf von Röttich nicht wenigstens noch herausgebracht, dass er gar nicht dieser Treysa ist?

Ich darf nicht durchdrehen.

Ich habe noch zu tun.

13 Uhr 52

Als er dann das Gebäude der Rechtsmedizin betrat, hatte er sich gefangen. Er war ruhig. Er spürte es. Wie er gesteuert wurde. Er musste es im Grunde nur geschehen lassen. Er hatte die beiden Kaffeebecher in eine Papiertüte gepackt. Sechs Löffel Zucker hatte er in ihrem Kaffee versenkt. So mochte sie es. Das war der Spruch der Rechtsmedizinerin Elisabeth Brenner: Ich verwandle jede Tasse Kaffee in eine Praline.

Es roch wie immer hier, nach Desinfektionsmittel und nach Kälte. Er fand, man kann Kälte riechen. Vielleicht war die Rechtsmedizinerin deshalb so rund geworden, als Schutz vor der Kälte. Sie saßen in ihrem kleinen verglasten Büro, überall flatterten die Neonröhren. Kein Mensch war zu sehen, zumindest kein lebendiger. Auf einer Bahre lag eine Leiche, die auf ihre Obduktion wartete.

Elisabeth Brenner nahm sofort einen kräftigen Schluck Kaffee und dann noch einen. »Herrlich«, sagte sie. Und dann legte sie los: »Was ist los mit euch, Qualle? Ich habe deinen Bericht gelesen. Da steht das Wichtigste doch nicht drin.«

»Was meinst du?«, fragte er.

»Na, dass die beiden Toten auf dieselbe Weise gefoltert wurden. Sie wurden auf dieselbe Art umgebracht, der Pfarrer und der Obdachlose. Es spricht sehr viel dafür, dass es ein und derselbe Täter war.«

»Das habe ich nicht in den Bericht reingeschrieben?«, fragte Qualle nach einer kurzen Pause.

»Nein, darüber wundere ich mich ja«, sagte sie.

Qualle stand mit dem Becher Kaffee in der Hand auf, drehte ihr den Rücken zu und wartete einen Augenblick. Dann sagte er: »Stimmt. Und weißt du, warum ich das nicht erwähnt habe?«

Es kam keine Antwort mehr.

Qualle, immer noch mit dem Rücken zu ihr, sagte: »Wäre doch blöd gewesen, wenn ich das geschrieben hätte. Denn ich weiß ja, wer der Täter ist. Nur du weißt es nicht.«

Qualle drehte sich um und schaute die Rechtsmedizinerin an. Elisabeth Brenner war in keinem guten Zustand. Sie konnte schon nicht mehr sprechen, sie rang nach Luft, war unfähig aufzustehen. Es ging zu Ende.

»Das habe ich nicht gelernt«, sagte Qualle, »wie man in einen Polizeibericht schreibt, dass man selbst der Täter war. Wie schreibt man das, meine Liebe? Verstehst du jetzt, warum ich das nicht erwähnt habe?«

Qualle steckte die beiden Kaffeebecher wieder in die braune Papiertüte und verließ das Büro der Rechtsmedizinerin. Er ging ruhigen Schrittes Richtung Ausgang. Wie lange es wohl dauern würde, bis sie gefunden wurde?

Der Giftcocktail hatte ganze Arbeit geleistet. Als er das Gebäude der Rechtsmedizin verließ, war es 14.20 Uhr.

BERNAUERSTRASSE, MÜNCHEN

16 Uhr 12

Sein Handy läutete. Maler rief an. Hatte er schon vom Tod der Rechtsmedizinerin gehört? Das ging ja schnell.

Er ging ran, bemühte sich um einen lockeren Tonfall, obwohl er so unendlich weit, noch weiter als jemals vom Lebensgefühl »locker« entfernt war: »Was gibt's, Chef?«

»Qualle, ich brauch dich. Sofort. Es gibt eine Übergabe mit meinem Sohn. Paul. Kommst du mit?«

Bevor er noch antworten konnte, fügte Maler hinzu: »Bitte, Qualle. Bitte.«

»Klar«, antwortete er, »was muss ich machen?«

»Ich hol dich ab. Wo bist du?«

16 Uhr 30

Er stieg in Malers Auto. Maler sah nicht gut aus. Es waren nur ein paar Stunden gewesen, seit sie sich getrennt hatten, nach dem Besuch bei diesem Treysa. Man konnte ihm ansehen, dass etwas passiert war.

»Wo müssen wir hin?«, fragte er.

»In die Bernauerstraße.«

Maler fuhr los.

Maler schwitzte. Fuhr und schwieg.

»Kannst du sagen, was jetzt passiert?«, fragte er.

»Wir müssen in diese Wohnung in der Bernauerstraße. Wenn ich denen sage, was sie wissen wollen, übergeben sie mir Paul. Das soll der Deal sein.«

»Und was wollen die wissen?«

»Wo Gabriel Tretjak ist«, sagte Maler.

»Und das weißt du?«, sagte er, und er merkte, dass er es sehr laut sagte, er schrie es fast. Wenn es so etwas gab wie eine Skala der Ausnahmesituationen, dann näherte er sich jetzt dem höchsten Level.

Maler nickte. »Ich werden ihnen sagen, was sie hören wollen.«

Kurz vor der nächsten Ampel fuhr Maler plötzlich an den Straßenrand. Er stoppte den Motor und krümmte sich am Lenkrad.

»Was ist los?«, fragte Qualle.

»Nur kurz, geht gleich weiter. Ich habe Schmerzen.« Maler griff an seine Brust. »Ich kriege schlecht Luft. Geht gleich wieder. Nur einen Moment …«

Malers Gesicht war schweißnass.

»Komm, lass mich fahren«, sagte er.

»Nein«, sagte Maler, »ich muss das machen, ich muss da hin.« Und nach ein paar Augenblicken fuhr er wieder los.

»Weißt du jetzt, wer die Entführer sind?«, fragte er.

»Im Grunde nicht. Ich weiß nur, dass ein Lehrer von Paul eine Rolle spielt. Schluckebier heißt er. Ich kenne ihn.«

Nach einem Moment fügte Maler hinzu: »Der ist blind.«

»Der ist blind«, rief er, »der Entführer ist blind, was ist das denn?«

»Frag nicht, Qualle. Ich weiß es auch nicht. Wir werden es sehen.«

In seinem Kopf hämmerte es.

Blind? Gab es den großen Aufstand der Geschändeten?

Hing alles mit allem zusammen? Was für ein Mist!, ging durch seinen Kopf.

Schwachsinnsgedanken.

Aber wer steckte dahinter? Wer spann die Fäden? Was lief hier ab?

»Wissen die, dass wir zu zweit kommen?«

Maler schüttelte den Kopf. »Nein. Die denken, ich komme alleine. Du bist sozusagen mein Joker.«

Der Wagen bog in die Bernauerstraße ein. »Kann das nicht gefährlich werden, wenn du dich nicht an die Abmachung hältst?«, fragte er.

»Mir egal. Ich schaffe es nicht allein. Und ich danke dir, dass du mitkommst.«

Maler hielt vor dem Haus, es gab sogar einen richtigen Parkplatz. Maler verzog das Gesicht. Wieder schmerzverzerrtes Gesicht. Er versuchte, ein paar Augenblicke durchzuatmen.

»Was erwartet uns jetzt?«, fragte er ihn.

»Ich habe keine Ahnung. Wir gehen jetzt hoch in die Wohnung. Alles Weitere sehen wir dann.«

16 Uhr 44

August Maler hatte ein paar Eigenschaften, die man ihm eigentlich nicht zutraute, zumindest nicht auf den ersten Blick. So weit konnte er sich gut einschätzen. Maler hatte eine enorme Kraft in den Armen. Und er konnte in entscheidenden Momenten sehr entschlossen sein. Es war in seiner Polizeilaufbahn schon öfter passiert, dass er das Überraschungsmoment auf seiner Seite hatte.

Er stieg jetzt aus dem Wagen. Qualle auch. Maler ging auf die Tür des Mietshauses zu und klingelte bei Schluckebier. Und plötzlich fing er an zu schwanken, es sollte so aussehen, als würde er stürzen. Er griff nach dem Arm von Qualle. »Bitte halte mich«, sagte Maler. Und Qualle hielt ihn.

Von da an ging alles ganz schnell. Maler riss Qualle zu Boden und drehte ihm die Hände auf den Rücken. Er zog die Handschellen aus der Jacke und ließ sie zuschnappen.

Es fiel kein Wort. Maler sagte nichts, Qualle auch nicht. Es war noch nicht 17 Uhr, als Maler seinen Assistenten in den Aufzug des Hauses drückte und nach oben fuhr.

17 Uhr 35

Qualle wirkte wie abwesend. Seit ihn Maler überwältigt hatte, schwieg er. Man konnte keinerlei Reaktion wahrnehmen, außer dass er manchmal für ein paar Augenblicke seine Augen schloss. Er ließ sich ohne jeden Widerstand von Maler und dem anderen Mann an den Sessel festbinden. In dem Raum waren vier Menschen: Bernhard Schluckebier, August Maler, Qualle und der vierte Mann, ein Mann mit schwarzer Hautfarbe. Schluckebier hatte Kaffee gekocht. Auf die Frage, ob er auch Kaffee möchte, hatte Qualle nicht geantwortet.

An der Wand des Raumes war eine Leinwand angebracht. Als Schluckebier den Beamer einschaltete, machte er eine Bemerkung, als wollte er die Stimmung etwas auflockern: »Wenn ihre euch wundert, warum ein blinder Mann eine Art Kinoleinwand hat, kann ich nur sagen, Filme sind mehr als Bilder. Es gibt ganze Enzyklopädien, geschrieben von Blinden, wie sie Filme schauen.« Und dann fügte er hinzu: »Außerdem habe ich manchmal Besuch.«

Das Licht auf der Leinwand ging an, und ein Mann erschien. Er saß in einem merkwürdig grünen Zimmer, es wirkte ziemlich klein.

Der Mann war Gabriel Tretjak.

Schluckebier sagte: »Herr Tretjak, Sie haben das Wort.«

»Ich glaube, ich muss ein paar Sachen erklären«, begann Tretjak. Müde sah er aus, tiefe Furchen in seinem Gesicht, tiefe Augenringe. »Damit ihr vielleicht versteht, warum ich euch so viel zumuten musste. Oder warum ich jedenfalls keinen anderen Weg sah. Erst mal möchte ich mich bei Bernhard Schluckebier bedanken. Es war ganz außergewöhnlich großartig, was Sie alles auf sich genommen haben, von einer Minute auf die andere, nur weil ich Sie gebeten habe, es zu tun. Ich weiß, was Sie geleistet haben. Und es freut mich außerordentlich, dass es gutgegangen ist. Danke Ihnen dafür.«

»Es war mir eine Ehre«, sagte Schluckebier.

Dann richtete Tretjak das Wort an den Mann, der sich Maler und Schluckebier lediglich mit seinem Vornamen – »Ich bin der Mike.« – vorgestellt hatte: »Mike, wir kennen uns ewig. Es war für mich eine große Erleichterung, als du mir sagtest, du kannst den Job übernehmen.«

Mike war ein Mann, der aus dem Nichts kam. Tretjak hatte ihn engagiert, damit er im entscheidenden Moment aus diesem Nichts trat.

Mike unterbrach Tretjak. »Gabriel, du musst mich nicht bei mir bei mir bedanken. Meinen Job hat der Herr hier schon unten an der Haustür erledigt.« Er zeigte auf August Maler.

»Ich trinke hier nur Kaffee.«

»Lieber Herr Maler«, sagte Tretjak, »es tut mir sehr, sehr leid, was ich Ihnen und Ihrer Familie angetan habe. Ich kann nur ahnen, wie groß Ihre Angst und die Ihrer Frau um Ihren Sohn gewesen sein muss. Aber als ich die Information bekam, dass Ihr Assistent ihren Sohn beobachtete, ausgerechnet Ihr Assistent, musste ich das Schlimmste befürchten nach dem Mord an meinem Freund Joseph Lichtinger. Es war keine Zeit, ich musste schnell handeln.«

»Aber warum haben Sie nicht mit mir Kontakt aufgenommen?«, fragte Maler.

»Ich habe das überlegt. Aber es war kompliziert. Was hätte ich Ihnen sagen sollen? Dass Ihr Assistent ein Wahnsinniger ist? Hätten Sie mir geglaubt? Ich habe mich dafür entschieden, Ihren Sohn aus dem Spiel zu nehmen. Und ich bin sehr erleichtert, Herr Kommissar, dass es Paul gutgeht.«

»Das bin ich auch, Herr Tretjak«, sagte Maler, »aber Sie sagen es selbst: Sie wollten meinen Sohn aus dem Spiel nehmen. Sie haben ein Spiel gespielt …«

»Nein«, unterbrach Tretjak, »kein Spiel. Ich entschuldige mich für die Wortwahl. Wir hatten mit einem gefährlichen Mörder zu tun, der vor nichts und gar nichts zurückschreckte.«

Qualle hatte bislang die Worte Tretjaks ohne jede Regung zur Kenntnis genommen. Doch das Wort »Mörder« löste geradezu eine Explosion aus. Schwer zu sagen, was zuerst war, das Zittern, das in seinen Beinen begann und sich dann auf den ganzen Körper ausdehnte, oder der Schrei, der immer lauter wurde und erst ganz am Ende zur Sprache wurde.

»Mörder! Sie nennen mich einen Mörder. Herr Tretjak, oder soll ich Miller zu Ihnen sagen? Was ist Ihnen lieber?«

Mike ging einen Schritt auf Qualle zu.

»Lass ihn reden«, sagte Tretjak.

Qualle schrie weiter: »Wie viele Menschen haben Sie umgebracht? Sie und Ihre Organisation? Ihr verdammtes Theseus-Institut. Sie sind es, der das Elend in die Welt gebracht haben. Und mich nennen Sie Mörder? Sie werden bezahlen, Herr Tretjak. Es gibt keine Rettung für Sie, das wissen Sie ganz genau.«

Maler legte fast zärtlich seine Hand auf Qualles Schulter. »Ruhig, Qualle«, sagte er.

Und tatsächlich schien es so, als würde sich Qualle beruhigen. Fast schon leise sagte er noch: »Wenn ich ein Mörder bin, dann habt ihr mich zu einem gemacht.«

Plötzlich hörte Maler ein Knacken. Qualle hatte auf etwas gebissen. Und es dauerte nur ein paar Sekunden, bis er das Bewusstsein verlor. Es war 18 Uhr 25, als die Polizeibeamten und der Notarzt die Wohnung betraten.

MITTLERER RING WEST, MÜNCHEN

19 Uhr 10

Seine Rechnung war aufgegangen. Er hatte erwartet, dass er ungefähr eine Stunde, nachdem er auf die Tablette gebissen hatte, wieder zu Bewusstsein kam. Seine Überlegung war, dass er zu diesem Zeitpunkt im Notarztwagen Richtung Klinik fuhr. Und genauso war es, Qualle öffnete die Augen und brauchte nicht lange sich zu orientieren. Zwei Leute saßen bei ihm, eine Ärztin und ein Pfleger. Dazu der Fahrer vorne im Cockpit. Das dürfte kein großes Problem sein. Sie hatten nicht einmal einen Polizisten zur Sicherheit mitgeschickt. Was für ein Leichtsinn!

Qualle hatte mal gelesen, dass Heinrich Himmler, einer der schlimmsten Nazi-Verbrecher, im Mai 1945 unter falschen Namen aus Berlin flüchtete und dabei tagelang eine Giftkapsel im Mund trug. Sie war seine Todesversicherung, dass er auf keinen Fall lebend in die Hände der Feinde geriet. Als er von amerikanischen Soldaten kontrolliert und erkannt wurde, biss er zu. Die Kapsel enthielt hochdosiertes Zyankali und beförderte ihn innerhalb weniger Sekunden in den Tod. Die Kapsel von Qualle hatte den Job, ihn augenblicklich ohnmächtig werden zu lassen, hervorgerufen durch einen kurzen Herzstillstand. Die Kapsel hatte den Job, jeden Notarzt zu zwingen, ihn sofort mit Blaulicht in eine Klinik transportieren zu lassen. Im Krankenwagen gab es für den Patienten keine Handschellen. Ein Paradies für eine Flucht.

All diese Überlegungen bewahrheiteten sich. Der Krankenwagen hatte sich an einer Ampel in einem Stau festgesetzt, auch er konnte für wenige Sekunden nicht überholen. Das war genug Zeit. Qualle riss sich die Kabel und Schläuche runter und schlug die beiden Betreuer mit zwei Handkantenschläge bewusstlos. Dann öffnete er die hintere Tür des Wagens und stieg aus. Einfach so. Und lief weg.

Ob der Fahrer überhaupt etwas mitbekommen hatte? Das war ihm ziemlich gleichgültig.

Als er in den Hauserblöcken verschwand, dachte Qualle: Hatte er nicht von dem Spiel gesprochen? Es ist noch nicht zu Ende, Herr Tretjak.

NEUNTER TAG

Polizeipräsidium, München

August Maler saß in seinem Büro im Münchner Polizeipräsidium. Seine Sekretärin hatte sich zu ihm gesetzt.

»Elisabeth, eins sag ich dir, nichts an seinem Leben hat gestimmt. Der hatte keine Schwester, der hatte keine Mutter in Memmingen, und da gab es auch kein großes Haus. Qualle hat überhaupt keine Familie, der kommt ursprünglich aus einem Heim.«

Elisabeth kämpfte mit den Tränen. Sie sagte: »An so was konnte doch keiner denken. Da kamst du doch nicht drauf …«

»Ja. Aber dass es so leicht ist, uns Polizisten zu betrügen. Ich dachte, bei der Einstellung eines neuen Kollegen werden alle Angaben von irgendwem gecheckt. Aber wer ist dieser Irgendwem? Habe ich auch nicht nachgefragt.«

»August, aber warum hat er die Rechtsmedizinerin umgebracht? Sie war so eine nette Frau.«

Elisabeth begann zu weinen.

Unter den Papieren, die vor Maler lagen, war auch ein Foto. Es war am Eingang des rechtsmedizinischen Instituts aufgenommen worden, gestern zur Mittagszeit. Man sah, wie Qualle das Gebäude betrat mit einer Papiertüte in der Hand Nur ein paar Minuten vor dem Tod der Rechtsmedizinerin.

»Sie ist ihm auf die Schliche gekommen. Deshalb musste sie sterben. Sie musste sterben, weil sie so gut war.«

»Es ist furchtbar«, schluchzte Elisabeth.

»Du hast ihn nie gemocht. Du hattest das richtige Gefühl«, sagte Maler.

»Nein, nein, das stimmt nicht. Ich bin nur nicht warm geworden mit ihm. Er war so kalt. Ich habe immer bisschen Angst gehabt vor ihm.«

»Ich mochte ihn«, sagte Maler, »Ich kann es nicht anders sagen. So viel zu meiner Menschenkenntnis.«

»Hast du Angst, August?«, fragte Elisabeth.

»Angst?«

»Na, der läuft frei rum. Und er wollte doch Paul schon mal entführen.«

Maler zog sein Handy aus dem Jackett. »Ich muss dir was zeigen«.

Er rief eine Nachricht auf, die er mitten in der Nacht bekommen hatte. Er saß mit Inge noch in der Küche und hörte das »Pling« der eingetroffenen Botschaft.

Er wollte sofort antworten, doch das erlaubte die Nachricht nicht. Er gab sein Handy Elisabeth. Sie las:

»Es gibt ein paar Leute, die müssen Angst vor mir haben. Du gehörst nicht dazu. Das kannst du mir glauben. Alles Gute, Chef.«

»Mein Gott«, sagte Elisabeth. Und: »Das glaubst du ihm?«

Sie beendeten das Gespräch. Elisabeth ging in ihr Sekretariat, streckte nach paar Minuten aber schon wieder den Kopf durch die Tür. »Da ist jetzt wieder diese Frau am Telefon, die euch den Hund verkaufen will.«

»Ah ja. Gib sie mir.«

Maler hörte die wieder sehr laute Stimme der Hundefrau und unterbrach sie gleich: »Wir kommen am Wochenende und holen den Hund ab.«

»Wunderbar«, schrie die Frau, »habt ihr schon einen Namen für den Kleinen.«

»Ja«, antwortete Maler. »Meine Frau und mein Sohn haben ihn sich ausgedacht. Giraffe wird er heißen.«

»Wie?«, rief die Frau.

»Giraffe.»Kurze Stille an der anderen Leitung. »Na gut. Wissen Sie, mein Mann sagt immer, jedem das Seine.«

TEIL 8

Zwei Tage zuvor

1

»Mister Miller! Was für eine Überraschung! Wie schön! Kommen Sie doch herein.«

Sie wischte sich ihre Hände an einer grünen Schürze ab, auf der gelbe Zitronen abgebildet waren, und umschloss Tretjaks Hand wie einen kostbaren Gegenstand. »Ich habe frisch gebackenen Nusskuchen.«

»Nein, danke«, sagte er und dachte an die Erdbeertorte, die sie ihm mitgebracht hatte, weil er ihrem Mann William in der Auseinandersetzung mit seinem Geschäftspartner geholfen hatte. Tretjak hatte damals den Karton mit der Torte in den nächsten Müllcontainer geworfen. Er hasste Kuchen. Kuchen erinnerte ihn an seine Kindheit. Als der Gehirntumor seine Mutter schon in den Klauen hatte, stopfte sie sich Kuchen und Torten in den Mund, den ganzen Tag lang.

Tretjak blieb vor der Eingangstür stehen und machte zunächst keine Anstalten einzutreten.

»Ich muss Sie und Ihren Mann um einen Gefallen bitten,« sagte er. »Ist er zu Hause?«

Er sah, dass die Frau in der grünen Schürze Angst bekam. Sie war eine praktisch veranlagte Person mit geraden Gedanken. Er ahnte, was ihr durch den Kopf ging: Jetzt müssen wir doch noch einen Preis bezahlen für die Hilfe damals. Alles im Leben hat eben seinen Preis.

»Nein«, sagte sie. »William ist nicht zu Hause, er ist heute früh nach London und besichtigt ein neues Tonstudio. Und die Kinder sind in der Schule.«

»Keine Angst«, versuchte Tretjak sie zu beruhigen, »es ist nicht schlimm. Ich dachte nur, vielleicht können Sie mich ein paar Tage bei sich wohnen lassen. Ich brauche nur ein Bett und die Möglichkeit, mir die Zähne zu putzen.«

»Natürlich«, sagte sie und machte eine fahrige Handbewegung. »Klar. Wir machen das, ist doch selbstverständlich. Jetzt kommen Sie doch bitte erst mal herein.«

Als er in der Küche Platz genommen hatte, musterte sie ihn immer noch mit erschrockenen Augen.

»Sie sehen so abgekämpft aus, Herr Miller. Ganz mager. Was ist …? Ich meine …«

Sie schüttelte den Kopf, als stünde es ihr nicht zu, Fragen zu stellen.

»Möchten Sie nicht doch etwas essen? Ich mache Ihnen jetzt ein Sandwich und setze Teewasser auf. Das kann ja nie schaden.«

»Danke.«

Tretjak sah ihr zu, wie sie hantierte. Ab und zu drehte sie sich zu ihm um und lächelte unsicher. Beruhigt war sie noch nicht.

Aber das war er selbst auch nicht.

Figuren aus dem Spiel nehmen. Das war immer eine der wirkungsvollsten Maßnahmen des Reglers gewesen. Menschen hängen in ihren Lebensumständen und Beziehungsgeflechten wie Figuren in einem Mobile. Nimmt man eine Figur heraus, so gerät das ganze ausbalancierte System in Bewegung. Was sich bewegt, lässt sich lenken. Er erinnerte sich an den Machtkampf in einer politischen Partei, den er regeln sollte. Er überredete damals die Generalsekretärin, für eine Woche abzutauchen, ohne Erklärung, begleitet nur von der einen Nachricht, dass es ihr gut gehe. In dem so entstandenen Chaos in der Öffentlichkeit ließ sich gut arbeiten.

Am Ende war alles erledigt und die Führungsstruktur der Partei ausbalanciert.

Aber diesmal?

Er hatte den Sohn der Familie Maler aus dem Spiel genommen, um den Kommissar zu warnen – und ihm gleichzeitig einen neuen Handlungsspielraum zu eröffnen gegen den gefährlichen Killer an seiner Seite.

Und er hatte sich selbst aus dem Spiel genommen, in dem er Professor Mao Tse-tung gezwungen hatte, an ihm genau die Behandlung durchzuführen, die aus einem Menschen eine Pflanze machte. Oder vielmehr: so zu tun, als hätte er diese Behandlung durchgeführt.

Der Forschungsbetrieb in China war nicht leicht zu durchschauen. Wie groß war der Einfluss des politischen Regimes? Was bedeutete der formulierte Anspruch, in naher Zukunft die führende Wissenschaftsmacht zu werden? Mao Tse-tung hatte jedenfalls immer im Staatsdienst geforscht, bevor er auf Drängen der chinesischen Gesellschafter zu Theseus wechselte. Doch was genau der Molekularbiologe und Neurologe früher erforscht hatte, war nicht herauszufinden. Tretjak wusste nichts darüber. Das lag an Mao Tses Auftraggeber: Das Institut war eine militärische Einrichtung gewesen, die Forschung geheim.

Aber es hatte eine kurze Zeit in Professor Tses Leben gegeben, nur zwei, drei Monate, in denen er überlegt hatte, China zu verlassen und in Taiwan zu arbeiten, also die Seite zu wechseln. Die Unterlagen, die Tretjak ihm gezeigt hatte – Flugtickets, E-Mail-Verkehr, Anruflisten und Hotelrechnungen – bewiesen das. Und der Wissenschaftler hatte sofort begriffen, dass er damit in Tretjaks Hand war. Geheimnisverrat an den Feind war ein Todesurteil in China.

Tretjaks Plan war einfach gewesen: Tse-tung sollte Catherine Bernard vermelden, dass er auf Tretjaks Wunsch hin den Versuch unternommen hatte, mittels chemischer Substanzen bestimmte Erinnerungen in seinem Gehirn zu löschen. Und dass dieser Versuch fehlgeschlagen war und zu einer massiven Hirnschädigung geführt hatte. Dass Tretjak sich jetzt in einer psychiatrischen Klinik befand. In Wirklichkeit sollte er Tretjak nur eine wirksame Dosis K.-o. Tropfen verabreichen und ihn irgendwo in der Stadt aussetzen.

Sich selbst aus dem Spiel nehmen. Nach Carolas Warnung und ihren Informationen über Theseus schien ihm das ein Ausweg aus der Gefahrenzone – und ein Mittel um die Organisation Theseus zu destabilisieren. Catherine Bernard hätte reagieren müssen. Aber nun war Catherine Bernard tot. Und er selbst im Fadenkreuz des verrückten Assistenten von Kommissar Maler.

Die Sandwiches waren kleine, dreieckige Kunstwerke aus dünnen Weißbrotscheiben, belegt mit Gurkenstücken, Krabben, Käse. Tretjak aß nur drei davon, bedankte sich und ließ sich von der Frau in der grünen Schürze zu einem kleinen Gästezimmer bringen. Sie stellte eine Kanne Tee an sein Bett.

»Sie möchten sich sicher ein wenig ausruhen, nicht wahr?«, sagte sie in ihrem freundlichen Singsang, der so gar nicht zu ihrem besorgten Gesicht passte.

Er nickte, wartete, bis sie aus dem Zimmer war und legte sich aufs Bett. Die Bettbezüge waren auch grün. An der Wand gegenüber hingen gerahmte Kinderzeichnungen. An Schlaf war nicht zu denken. Er hatte immer noch das kleine Fläschchen mit K.-o.-Tropfen, das ihm Tse mitgegeben hatte, überlegte kurz, ob er ein paar davon in den Tee träufeln sollte, verwarf den Gedanken aber wieder. Er hatte sie auch nicht gebraucht, um all die Leute zu täuschen: die Passanten und Polizisten auf der Uferpromenade, die Neurologen und Psychiater in der Klinik.

Was hatte das zu bedeuten, dass es ihm so leicht fiel, vorzugeben, desorientiert zu sein? Nicht mehr zu wissen, wer man war? War er diesem Zustand in Wirklichkeit näher, als er dachte? Wusste er vielleicht tatsächlich nicht mehr so genau, wer er war? Hatte er es vielleicht nie gewusst, seit seiner Kindheit nicht?

Er schaute auf die Kinderzeichnungen an der Wand und dachte an Carolas Abschiedsbrief, die Sätze, die er auswendig kannte, die wie Treibholz durch seine Gehirnströme zogen.

Du warst der Mann, der sich mit dem Schicksal anlegt, der sagt: Man kann es ändern, man muss sich nicht fügen. Der Mann, in den ich mich verliebt habe. Der Mann, der mich dann verlassen hat. Der Mann, der zurückgekommen ist. Der Mann, der mit mir leben wollte, der mir versprach, nicht mehr der Regler zu sein. Ich hatte mir das gewünscht, ja, ich weiß, so sehr hatte ich mir das gewünscht. Vielleicht sollten Wünsche wirklich nicht in Erfüllung gehen … Jetzt bist du ein Mann, der sein Schicksal akzeptiert, unser Schicksal, der sich still darin einrichtet, sich immer mehr dorthin zurückzieht … Der Regler hat mich verletzt, ja, aber den Regler habe ich geliebt … Vielleicht hätten wir eine Chance gehabt, wenn Daniel gesund geboren worden wäre … Ich sehe dich in Daniel … Ich verkümmere in eurer Welt. In eurer einsamen Welt …

Er hörte Geräusche in der Wohnung. Kinderstimmen, Türenschlagen, Gelächter, später die dunkle Stimme von William. Bald darauf klopfte er an seiner Tür und trat ein. Er setzte sich auf den grünen Stuhl. Tretjak sah sein freundliches Gesicht, seine leuchtenden Sommersprossen.

»Herr Miller, sagen Sie mir, was ich für Sie tun kann. Was immer es ist, ich werde es tun. Meine Frau … sie ist … sie macht sich immer Sorgen, wissen Sie …« Er hob bedauernd die Arme. »So ist sie nun mal.«

»Alles in Ordnung, William. Vielen Dank für Ihr Angebot. Niemand muss sich Sorgen machen.«

»Brauchen Sie irgendetwas?«, fragte er. Und Tretjak spürte, wie ernst er die Frage meinte.

»Dürfte ich mir vielleicht gelegentlich Ihren Wagen ausleihen?«, fragte Tretjak, der plötzlich das dringende Bedürfnis hatte, aus der Enge dieser Wohnung zu fliehen.

»Selbstverständlich«, sagte William, holte aus seiner Hosentasche einen Schlüsselbund und legte ihn auf den Nachtisch. »Es ist ein silberner Audi SUV, steht auf der gegenüberliegenden Straßenseite. Und hier sind auch die Haustür- und Wohnungsschlüssel dran.«

William stellte keine einzige Frage mehr. Er blieb eine ganze Weile schweigend auf dem Stuhl sitzen. Tretjak erinnerte sich an ihre erste Begegnung, an den Moment auf der Bank von Castle Winwood, wo sie auch still nebeneinandergesessen hatten. Dieser Mann war ihm angenehm. Und er glaubte sofort, dass er begabt darin war, Musik zu komponieren, bei der man sich wohlfühlte.

Schließlich stand William auf und nickte Tretjak zu. »Take care.«

TEIL 9
Heute

»Wer spricht vom Siegen? Überstehen ist alles.«

(RAINER MARIA RILKE)

NEUNTER TAG

Polizeipräsidium, München

Er wollte ihm etwas schenken. Das Problem: Kollege Krug trank keinen Alkohol, er rauchte nicht, und von Hobbys irgendwelcher Art war ihm nichts bekannt. August Maler rief sogar bei Krugs Ehefrau an, ob sie ihm vielleicht einen Tipp geben könnte, was ihrem Mann eine kleine Freude machen würde. Doch sie meinte nur: »Wenn du ihm wirklich eine Freude machen willst, dann schenke ihm nichts. Norbert hasst Geschenke.« Sie lachte, als sie das sagte. Sie war eine hübsche, interessante Frau, Maler kannte sie von einem Betriebsausflug. Schon damals hatte er sich bei dem Gedanken ertappt, wie sich wohl der wortkarge Norbert diese Frau geangelt hatte.

Es waren nur ein paar Stufen. Ein Stockwerk tiefer, gleich am Gang links befand sich Krugs Büro. Maler klopfte an der Tür, hörte eine Stimme und ging hinein. Krug, trug wie immer Schwarz, Jeans, Hemd.

»Norbert, ich möchte mich bei dir bedanken. Ich wollte was mitbringen, aber alle sagen, du kannst Geschenke nicht leiden, also kriegst du nichts.«

Krug hob die Arme. »Um Gottes willen«, sagte er, »das war doch selbstverständlich. Wir machen doch nur alle unseren Job.«

»Nein«, sagte Maler, »das war es nicht, das war überhaupt nicht selbstverständlich. Keine Ahnung, wie das ohne dich ausgegangen wäre.«

Er ging auf Krug zu, merkte aber, eine Umarmung oder einen Händedruck war wohl eher nicht so seine Sache. Krug schob seinen Stuhl etwas zurück, als wollte er wieder den gebotenen Abstand schaffen.

»Alles gut, August«, sagte er dann, »ist ja nett, dass du das sagst. Ich freue mich für euch, dass mit euerem Sohn alles gut gegangen ist.«

»Kannst du mir bitte noch eines verraten: Wie kamst du eigentlich auf die Idee meiner Frau nachzufahren?«, sagte Maler.

»Das war ein Zufall. Ich hatte plötzlich den Gedanken, ich muss mal bei euch vorbeischauen und hören, wie es geht. Ich fuhr raus nach Germering, und gerade als ich meinen Wagen abstellte, kam Inge heraus. Ich ging auf sie zu, und ich merkte sofort, sie steht völlig neben sich. Sie sagte so was wie: ›Alles gut, alles, aber ich muss sofort los.‹ Und ich wusste: Nichts ist gut. Da bin ich ihr spontan nachgefahren.«

»Und dann hast du mich angerufen«, sagte Maler.

»Inge ist über die Bernauerstraße wie in Trance gelaufen, sie wäre beinahe noch überfahren worden. Dann ist sie in dem Haus verschwunden, und ich dachte, du musst das wissen.«

Gestern war das alles erst passiert. Es kam ihm vor, als wäre es eine ganze Ewigkeit her. Maler ließ vor seinem geistigen Auge noch mal alles Revue passieren. Wie er in die Bernauerstraße fuhr. Wie er immer wieder versuchte, Inge zu erreichen, Mailbox. Wie er mit Krug wartete und dann allein wartete, als Krug wegmusste. Und dann – diesen Anblick würde er nie wieder in seinem Leben vergessen – ging die Tür dieses Hauses auf. Zuerst kam Mike raus, der Ex-Soldat, den Tretjak engagiert hatte. Und dann sah er zuerst Paula, dann Paul, dann Inge. Alle lebendig. Kurz beobachtete er noch, ob von diesem Mike irgendeine Gefahr ausging, obwohl ihm sein Herz bis hoch in den Hals klopfte. Und dann war es ihm egal: Er lief über die Straße. Dann nur noch Umarmen. Weinen. Glück.

»Alles okay mit dir?«, fragte Krug.

»Ja, ja, alles okay. Ich muss nur gerade noch mal an gestern denken.«

Maler stockte. »Norbert, ich verlass dich wieder. Danke dir sehr. Du hast auf ewig einen Platz in meinem Herzen. Und du weißt, bei meinen vielen Herzen heißt das was.«

Maler ging auf den Gang und musste sich kurz auf die Bank setzen. Es war ihm ein bisschen schwummrig geworden. Der innere Film lief weiter.

Wie alle auf der Bernauerstraße durcheinander redeten. Paul sagte, Schluckebier habe sie entführt und festgehalten. Paula sagte, eigentlich sei die Zeit gar nicht so schlimm gewesen. Paul sagte, er habe gedacht, Schluckebier sei verrückt. Inge sagte, nein, Schluckebier sei okay. Und dann fiel immer wieder der Name: Qualle. Qualle. Qualle. Der ist der Mörder. »Qualle wollte Paul entführen und dich umbringen«, sagte Inge.

Maler verstand gar nichts und sagte es auch. Dann drückte Inge ihm das Kuvert in die Hand, mit dem Bericht und all den Informationen über Theseus und Qualle, Carolas Kuvert, das ihr Tretjak an Schluckebier weitergeleitet hatte.

Maler sagte: »Kommt, lasst uns nach Hause fahren.«

Doch Inge sagte: »Nein, ich habe noch was zu tun. Ich rufe jetzt Qualle an und bitte ihn, mit mir zusammen noch mal in die Wohnung zu fahren, um mich bei der Übergabe von Paul zu begleiten.«

Sie sagte, der Plan sehe so aus, dass er in der Wohnung von dem Mike überwältigt werde. Und das sei völlig ungefährlich, weil er nichts ahne.

»Bist du verrückt?«, sagte Maler. »Du rufst niemanden an. Ich erledige das.«

Ende des Films.

Maler erhob sich, immer noch leicht klamm. Inge. Diese Wahnsinnige. Und er dachte: Wie sehr ich diese Frau liebe!

KOMMISSARIAT DER KRIMINALPOLIZEI, MAILAND

Carola Tretjaks Kuvert beinhaltete über dreihundert Seiten Papier, die inzwischen eingescannt und an diesem Morgen als verschlüsselter Datensatz durch die ganze Welt geschickt worden waren. An Staatsanwälte, Kriminalkommissare, Gesundheitsbehörden, Wirtschaftskriminalitätsfahnder. Den Inhalt hatte eine investigative Rechercheorganisation von Journalisten aus mehreren Ländern in jahrelanger Kleinarbeit zusammengetragen. Dazu gehörten Leute, mit denen Carola Tretjak früher als Journalistin zusammengearbeitet hatte. Nach der Trennung von ihrem Mann hatte sie sich dieser Gruppe wieder angeschlossen.

Auch Kommissar Emanuele Rossi in Mailand vertiefte sich an diesem Morgen drei Stunden in das Material. Zusammengefasst bedeuteten diese Informationen folgendes:

Theseus war eine Verbrecherorganisation. War es nicht von Anfang an, wurde es aber immer mehr. Kopf des Ganzen war Catherine Bernard.

Das Geschäftsmodell: Theseus verkaufte Hoffnung an totgeweihte reiche Menschen oder ihre Angehörigen. Die Hoffnung, dass durch die Fusion von Künstlicher Intelligenz und biologischen Hirnfunktionen, durch die Verschmelzung Mensch und Maschine, unheilbare Krankheiten eines sehr nahen Tages geheilt werden könnten. Dazu sollten sich die Kunden verpflichten, regelmäßig sogenannte Back-ups ihrer Hirnfunktionen zu machen. Theseus unterhielt zu diesem Zweck ein Netzwerk von Ärztinnen und Ärzten in teuren Privatkliniken, die meldeten, wenn geeignete Kandidaten auftauchten, also Menschen, die gerade eine dieser schlimmen Diagnose erhalten hatten: Alzheimer, Parkinson, Autismus, Multiple Sklerose, Epilepsie.

Der Zeitpunkt war wichtig für den Erfolg des Models: Unmittelbar nach solchen Diagnosen war der Patient besonders aufgewühlt, verletzlich und offen für jede Art von Maßnahmen, die Heilung versprach. Wenn der Arzt des Patienten die Firma Theseus empfahl, war auch die Vertrauensbasis groß. Das Investigative Recherchenetzwerk hatte die Listen des medizinischen Personals, das weltweit auf der Payroll von Theseus stand, recherchiert. Und auch einige der Patienten, die große Summen für ihre Back-ups gezahlt hatten, die in sogenannten Forschungszentren in China gemacht wurden. Diese Back-ups waren allesamt Fake, es wurden nur ganz normale MRTs gemacht, Hirnstrommessungen, Hirnareal-Untersuchungen. Der Patient wurde dabei umfangreich befragt, angeblich um Erinnerungen abzurufen und die jeweilige Hirnregion zu aktivieren. Am Ende wurde alles für ihn in beeindruckende 3-D-Simulationen umgewandelt, und der Patient erhielt jedes Mal eine neue Art von Festplatte mit dem angeblichen Archiv seiner Hirndaten.

Andererseits betrieb Theseus tatsächlich Forschung auf dem Gebiet des Einsatzes von Implantaten und KI für das menschliche Gehirn. In den europäischen Zentren wurde diese Forschung mit großem Aufwand als legale Forschung dargestellt. In China hingegen brachen alle Dämme, dort wurden illegale Menschenversuche gemacht. Die Probanden dafür kamen aus Einrichtungen für Schwerstbehinderte, aus Waisenhäusern, Pflegeheimen, Drogenentzugsanstalten, Heimen für schwererziehbare Jugendliche. Es waren Menschen, nach denen niemand fragte. Auch hier hatte Theseus ein Netzwerk aufgebaut von leitendem Personal in solchen Einrichtungen. Die Münchnerin Assunta Bergheimer, genannt Tante Assunta, spielte dabei eine Schlüsselrolle.

Die Nobelpreisträgerin Catherine Bernard verkörperte ihren Gesellschaftern gegenüber immer den seriösen Teil der Forschung, zog aber in Wahrheit die Fäden der betrügerischen und verbrecherischen Aktivitäten. Und scheute auch vor Auftragsmord nicht zurück.

Als der Vorstandsassistent Jeff Wakeman mit internen Informationen handeln wollte, ließ sie ihn töten. Als eine Studienleiterin unbequem wurde, wurde sie in ihrem Auftrag vor die U-Bahn gestoßen.

Emanuele Rossi interessierte sich hauptsächlich für einen Namen: Catherine Bernard. Die Gehirnforscherin war hier in dem Modehaus Ricardi vor fünf Tagen ermordet worden. Diese Tat beherrschte nicht nur die Schlagzeilen der Zeitungen in Mailand, sondern auch die Dialoge mit seinen Vorgesetzten.

Gibt es schon was Neues?

In welche Richtung ermitteln Sie?

Wann lösen Sie diesen Fall?

Nach der Lektüre des Materials wusste Rossi, dass er sich die anstrengenden Ermittlungen im Sexmilieu der Mailänder Gesellschaft hätte sparen können.

Rossi zog seinen Krawattenknoten straff und machte sich gedanklich auf den Weg zu seinen Vorgesetzen.

Im Datensatz war auch ein Foto des Mörders, das wollte er mitnehmen und druckte es aus. Dabei dachte er zweierlei.

Erstens: Das war ein Kollege. Ein Mann von der Kripo war der Täter.

Und zweitens: Die Falsche hat er nicht erwischt.

Aber das würde Kommissar Emanuele Rossi niemals laut sagen.

DURDLE DOOR, GRAFSCHAFT DORSET, ENGLAND

Tretjak fuhr mit Williams Wagen zum Meer. Er parkte und stieg im Mondlicht die Felsstufen von den Klippen hinunter zum Strand. Er lief durch den Sand und setzte sich auf einen Stein in der Nähe des riesigen dunklen Felsentores. Er hörte den gleichmäßigen Schlag der Wellen an den Felsen. Es roch nach Salzwasser, Tang und Muschelschalen.

Wie hatte ihm das passieren können? Warum war er Catherine Bernard so auf den Leim gegangen? Wie hatte er so dumm sein können, die wahren Zusammenhänge bei Theseus nicht zu durchschauen?

Hatten ihn seine Instinkte verlassen?

Wenn diese investigative Recherchegruppe, der sich Carola angeschlossen hatte, so viel Material gegen Catherine Bernard hatte sammeln können, dann hätte er sicher auch einiges herausbekommen.

Wenn er gesucht hätte.

Das war doch seine Methode, war es immer gewesen: Bevor er einen Auftrag annahm, wurde der Mensch durchleuchtet. Nicht immer mit legalen Mitteln, aber immer sehr effektiv.

Aber diesmal hatte er nicht gesucht.

Warum nicht?

Weil sie Carolas Freundin gewesen war?

Oder war es die Hoffnung, Daniel helfen zu können? War er nicht deshalb so begeistert gewesen von Theseus, von den Forschungsprojekten, von der Nobelpreisträgerin und ihren innovativen Gedanken?

Er war genauso auf sie hereingefallen wie alle anderen, mit denen sie tun hatte.

Hoffnung.

Sagte man nicht: Blind vor Hoffnung?

Nein, es hieß: Blind vor Liebe.

War das vielleicht dasselbe?

Wie oft hatte Tretjak früher festgestellt, dass Kinder die Schwachpunkte der Erwachsenen waren. Wie oft hatte er sich das zunutze gemacht.

Hatte Daniel ihn blind gemacht?

Catherine hatte Menschen missbraucht, hatte ihnen ihr Geld genommen, ihre Gesundheit, ihr Leben.

Und ich bin an ihre Seite getreten, dachte Tretjak, habe mich zum Gesicht von Theseus machen lassen, zum Aushängeschild. Habe sogar gegen meine Prinzipien verstoßen und bin im Fernsehen aufgetreten. Kurz nur, aber eben doch.

Deshalb musste Joseph Lichtinger sterben.

Er hat dich gefoltert, Joseph.

Er hat dich grausam gefoltert, weil er mich gesucht hat.

Dein Tod ist meine Schuld.

Stefan Treysa würde sagen, man könne die Vergangenheit nicht abschneiden, sie melde sich immer wieder zurück, dachte er. Der ist auch beinahe umgebracht worden. Ist nur durch Zufall noch am Leben. Gerettet von seinem Papagei.

Sehen wir uns im Himmel, Joseph? Du kannst mir das doch jetzt sagen …

Weit draußen auf dem Wasser zog ein Lichtpunkt langsam von links nach rechts. Ein Frachter wahrscheinlich.

Deep in the night
Plying very strange cargo
Our soulships pass by …

Roxy Music, von denen war dieser Song, dachte Tretjak.

Jetzt, da Joseph tot war, gab es noch einen einzigen Menschen, den er als Freund bezeichnen konnte? Jetzt, da Carola ihn verlassen hatte, gab es noch einen einzigen Menschen, dem nicht gleichgültig war, was er dachte? Wie er sich fühlte? Was aus ihm wurde?

Lichtinger, der junge Lichtinger, der Draufgänger Lichtinger, er hätte jetzt gesagt: »Willst du es dir im Selbstmitleid bequem machen, oder wollen wir etwas unternehmen, was Spaß macht?«

Tretjak stand auf, nahm einen Kieselstein und schleuderte ihn in die Dunkelheit Richtung Wasser. Im Rauschen der Wellen konnte er nicht hören, wann er im Wasser aufschlug.

Fragst du mich, ob ich etwas bereue, Joseph?

Das wollen doch die Priester, die Diener Gottes. Dass man Reue zeigt.

Nein, ich bereue nichts.

Reue ist immer in die Vergangenheit gerichtet, dorthin, wo man nichts mehr ändern kann. Reue ist sinnlos.

Sag mir, Joseph: Was ist das Gegenstück zur Reue, das sich nicht in die Vergangenheit, sondern in die Zukunft richtet?

Der Zweifel?

Tretjak schleuderte noch einen Stein ins Wasser, dann noch einen und noch einen.

Fuck you, Major Tom, dachte er. So wirst du doch genannt. Oder vielmehr, so willst du doch genannt werden.

Komm nur, Major Tom.

Ich warte.

Er stieg die Felsstufen wieder nach oben zu Williams Wagen und fuhr zu seinem Haus.

Der abgestandene Geruch lange nicht gelüfteter Zimmer erwartete ihn. Der merkwürdig fremde Anblick früher vertrauter Gegenstände.

Er holte seine Pistole aus dem Schrank, lud sie und steckte sie in seinen Hosenbund. Dann knipste er die Lichter wieder aus, sperrte die Tür ab und stieg ins Auto.

Er wollte jetzt zu Daniel.

Ja, vielleicht hatten sie etwas gemeinsam. Aber wenn, dann war es nicht nur die Einsamkeit.

Tretjak fuhr zum Cottage von Daniels Betreuer BB. Er klopfte an die Tür. Wieder und wieder. Wahrscheinlich schlief er schon, aber Tretjak sah durch das Fenster den flackernden, bläulichen Schein eines Fernsehers. Schließlich hörte er einen Schlüssel, und dann stand BB in der Tür.

»Sie?«, fragte BB. Er war sichtlich überrascht, ihn zu sehen.

»Bringen Sie mich zu ihm, bitte«, sagte Gabriel Tretjak.

»Jetzt? Mitten in der Nacht? Warum?«

»Bitte.«

CASTLE WINWOOD, ENGLAND

Ich habe alles über das Gehirn gelesen, glaub mir, Yo. Erst, weil ich besser verstehen wollte, was in dir vor sich ging. Dann, weil ich herausfinden wollte, was es sein könnte, was die mit dir vorhatten, in diesen Labors in China. Und dann, weil ich wissen wollte, ob ich dich in deinem Wachkoma irgendwie erreichen kann.

Das Gehirn ist eine Überlebensmaschine. Es schaltet auf

Slow Motion, wenn's gefährlich wird. Damit ihm nichts entgeht. So stelle ich mir das Gehirn einer Kellerassel vor, immer auf Slow Motion.

Ich bin eine Kellerassel. Ich sitze im Keller von Castle Winwood. Das ist ein Schloss, weißt du, ein richtiges Schloss, nur für Autisten. Das hätte dir gefallen. Aber ich bin im Keller. Der Heizkesselraum ist mein Zuhause. Ich bin eine Kellerassel.

Tagsüber kannst du hier einfach reinmarschieren. Wer stiehlt schon Autisten? Obwohl, stimmt nicht: Dich haben sie auch gestohlen. Mir haben sie dich gestohlen. Weg warst du. Von einem Tag auf den anderen.

Nachts schlafen alle, die Nachtportiers auch.

Nachts habe ich mein Handy in die Überwachungskameras eingeloggt. Ging ganz einfach. Jetzt kann ich im Keller sehen, wer kommt und geht.

Die Kellerassel wartet.

Im Gang vor Kesselraum ist ein Gully im Boden. Da piss ich rein und scheiße rein. Deckel auf, Deckel zu. Kein Klavier hier nirgends, kein Smoking, kein roter Teppich. Aber die Eingeweide des Schlosses machen auch Musik. Andere Musik.

Er wird kommen. Ich weiß es, Yo. Er kommt zu seinem Sohn. Es fällt den Menschen ja schwer, Autisten zu lieben, heißt es immer.

Ich sage: Mag sein, aber wehe, man verliebt sich doch in einen. Dann kommt man nicht mehr los, dann ist man verloren. Weiß ich doch.

Er wird kommen, weil er seinen Sohn liebt.

Und er wird sterben, Yo.

Das bin ich dir schuldig.

ZEHNTER TAG

Castle Winwood, England

August Maler war schon häufiger in seinem Leben in England gewesen und – abgesehen von London – immer im Süden des Landes. Zweimal noch als Kind mit seinen Eltern in Cornwall, dann direkt nach der Hochzeit mit Inge in Dartmoor, obwohl sie es nicht Hochzeitsreise genannt hatten, dafür war die Zeit zu kurz gewesen. Es gehörte zu den Melodien ihrer Beziehung, dass sie immer noch eine Hochzeitsreise vor sich hatten. Schließlich hatten ihn auch schon dienstliche Ermittlungen hierhergeführt, nach Penzance zum Beispiel, daran erinnerte er sich gut, weil es auch im Zusammenhang mit dem Regler gestanden hatte. Maler liebte die sanfte Landschaft, die schrulligen Häuser, diese merkwürdige, wie aus der Zeit gefallene Atmosphäre. Den Linksverkehr, die Bobbys, die Pubs … Ihm schien England auf gewisse Weise exotischer als manches Land am anderen Ende der Welt. Aber diesmal konnte er nichts davon wahrnehmen.

Es war nach Mitternacht, als er in London gelandet war, und jetzt saß er in einem Hubschrauber der Londoner Polizei, einem dieser schwarzen Dinger mit knallgelber Haube und gelbem Heck, der aussah wie eine Wespe. Maler hatte Ohrenschützer über den Ohren und eine schwarze Einsatzweste über seinen Zivilklamotten. Draußen war alles schwarz, unter ihm tauchten manchmal Lichtansammlungen auf, die er nicht zuordnen konnte.

Maler dachte an die Fassungslosigkeit, als er das Kuvert mit den Informationen über Theseus und Qualle geöffnet hatte. Tretjak hatte es ihm über Schluckebier zukommen lassen. Der Lehrer Schluckebier. Hätte Maler nur an dem Abend, als sie so verzweifelt in der Küche gesessen hatten, der panisch plappernden Marie Zimmermann genau zugehört. Das hätte alles abgekürzt. Marie sagte, sie hätte irgendwann auch erwähnt, dass die Kinder noch zu Lehrer Schluckebier wollten, an dem Nachmittag, bevor sie verschwunden waren.

Maler dachte an seinen Assistenten Qualle, an die Zeit, die sie miteinander gearbeitet hatten. Und an das blaue Buch, das er in Qualles Wohnung sichergestellt hatte.

Mit gerader, fast kindlicher Schrift hatte er darin seine Geschichte aufgeschrieben, seine Liebe zu dem autistischen Mädchen Yo. Natürlich auch seine Gefühle, seine Meinung über den Zustand der Welt – und seine Pläne zur Rache. Er musste viele Nächte damit verbracht haben, das aufzuschreiben, und er hat es dann seiner Yo stundenlang vorgelesen, drei, vier Mal pro Woche, wie sie inzwischen ermittelt hatten. Wann, dachte Maler, hat Qualle überhaupt geschlafen?

Qualles Kindheit war ein Fall für sich. Einzelkind, wohlhabende, aber verpeilte Eltern, die ihn früh an Kindermädchen und Internate abgaben. Als er zehn war, rasten sie, »besoffen und zu gekokst«, wie er schrieb, in ihrem Porsche an einen Baum. Der kleine Thomas Quadel kam ins Heim von Tante Assunta, die bald auch die Vormundschaft übernahm. Sie behandelte ihn fast wie einen Sohn, förderte seine Leidenschaft, das Klavierspielen, er ging in ihrer Villa ein und aus, hatte dort wohl auch ein eigenes Zimmer. Er schrieb in seinem Buch: »Ich vergötterte Assunta. Anfangs wollte ihr alles recht machen, Yo, wirklich alles, ich wollte so sehr von ihr geliebt werden. Erst nach Jahren hab ich allmählich begriffen, dass sie mich nur als Werkzeug gesehen hat für ihre eigene Geltungssucht oder als Trophäe oder was weiß ich. Sie ist kalt und widerlich.«

Maler entnahm den Aufzeichnungen, dass Assunta wohl eifersüchtig wurde, als Tom sich in Yo verliebte, als ihr nicht mehr die Hauptrolle in seinem Leben zukam. Da war er schon längst volljährig. Sie machte ihm das stundenlange Klavierspielen zur Qual und die eingeforderten guten Leistungen an der Musikhochschule. Auch Assuntas Lebensstil, den sie ihm beibringen wollte, wurde ihm immer verhasster. Er schmiedete Ausstiegspläne, bewarb sich hinter ihrem Rücken bei der Polizeischule.

Als Yo zur Behandlung nach China geschickt wurde ohne Vorwarnung, ohne Gespräch, aber mit der Erklärung, sie würde als neuer Mensch zurückkommen, brach er wohl endgültig mit Assunta.

Im Hubschrauber war es trotz der Kopfhörer sehr laut. Maler schaltete das Mikrophon vor seinem Mund ein.

»How much longer?«

»Five Minutes.«

Die Stimme des Piloten klang metallisch und ernst. Und sein Gesicht sah, soweit Maler das erkennen konnte, auch so aus.

Er dachte an die Morde, die Qualle begangen hatte. Sah die Bilder vor sich, den sterbenden Pfarrer Lichtinger in der Intensivstation, die Tatortfotos der erstochenen Catherine Bernard, die inzwischen naturgemäß auch in München auf dem Tisch lagen. Er dachte an seine liebe Kollegin Elisabeth Brenner, die Rechtsmedizinerin, und den erstochenen Obdachlosen. In Qualles Wohnung hatten sie den Ausdruck der Phantomzeichnung aus Mailand gefunden, die bei genauem

Hinsehen große Ähnlichkeit mit ihm auswies. Er hatte das Bild und die zugehörige Fahndung im Präsidium aus dem Verkehr gezogen. Wie auch den Bericht der Rechtsmedizinerin. Er wollte nur noch Zeit gewinnen, um Tretjak zu finden.

Sie hatten in seiner Wohnung auch die Perücke mit den langen blonden Haaren gefunden, die er bei den Taten getragen hatte und wohl seiner früheren Frisur nachempfunden war. Das Flugticket nach Mailand, am selben Tag zurück.

Ja, Major Tom war ein kaltblütiger Mörder.

Aber Maler hatte in der kurzen Zeit ihrer Zusammenarbeit auch den anderen Thomas Quadel gesehen, den jungen Mann, der Zwischentöne hörte, Gefühle anderer wahrnahm, den Beruf des Kriminalbeamten mit großer Kreativität anging. »Chef, ich habe eine Idee …«

Der Hubschrauber setzte zum Landeanflug an. Ein helles H zeigte sich auf dem Boden. Maler sah, dass daneben zwei Polizeifahrzeuge warteten.

Maler dachte daran, was er den Medizinstudenten immer antwortete, wenn die nach den Arbeitszeiten eines herztransplantierten Kommissars fragten.

Von wegen flexible Teilzeit. Wie lange war er jetzt auf den Beinen?

Fast vierundzwanzig Stunden.

»Yo, du musst wissen, dieser Regler hat einen autistischen Sohn«, hatte Major Tom notiert. »Er hat ihn in England in einem Schloss weggesperrt. Aber ich werde ihn erleben lassen, was es heißt, einen geliebten Menschen zu verlieren.«

Maler sah im zitternden Scheinwerferlicht, wie die Rotorblätter des landenden Hubschraubers die Frisuren der Beamten, die aus ihren Fahrzeugen ausgestiegen waren, durcheinanderwirbelten.

Er wurde zur Rückseite von Castle Winwood gebracht, wo der Garten an einen hohen Zaun aus Schmiedeeisen grenzte. Mehrere Beamten warteten dort im Dunkeln, wie viele war nicht erkennbar. Die meisten hatten schusssichere Westen an. Es war still, es wurde kaum gesprochen, und wenn, dann nur geflüstert.

»Hat sich Ihre Kollegin noch einmal gemeldet?«, fragte Maler leise. Seit vorgestern war die Frau am Empfang des Castles eine verdeckte Polizeibeamtin.

»Nein, Jenny hat sich nur diese beiden Male gemeldet«, antwortete der Beamte, der die Leitung zu haben schien. »Das erste Mal, als Tretjak mit dem Betreuer das Gebäude betrat, und dann noch einmal, als sie merkwürdige Geräusche meldete. Dieses Gespräch brach aber abrupt ab. Seither ist ihr Telefon tot.«

Maler sah den ernsten Blick des Beamten. Hoffentlich nur ihr Telefon, sagte dieser Blick.

Maler überlegte kurz.

»Ich laufe jetzt um das Gebäude herum, und dann gehe ich rein«, sagte er. »Allein.«

Er dachte an Inge. Ihr hatte er gesagt, dass er wegen letzter Ermittlungsformalitäten nach London musste.

»Davon kann ich nur abraten, Sir«, sagte der Beamte. »Wenn der Täter im Gebäude ist, ist Ihr Vorhaben lebensgefährlich.«

Auch in so einer Situation und geflüstert waren Ton und Wortwahl der britischen Polizisten sehr höflich, dachte Maler.

»Wenn der Mann schon im Gebäude ist und Tretjak und den Jungen in seiner Gewalt hat, bin ich der Einzige, der eine Chance hat, mit ihm zu reden«, sagte Maler. »Wenn er erst noch kommt, sollten wir jetzt möglichst unauffällig operieren. Halten Sie sich bitte im Hintergrund, bleiben Sie unsichtbar.«

Der Beamte händigte ihm eine Fernbedienung aus. »Für die Schiebetüren am Eingang«, sagte er. Und dann flüsterte er noch: »Good luck, Sir.«

Als August Maler wenige Augenblicke später die Eingangshalle betrat, war sofort klar, dass Major Tom im Haus war.

Die Polizeibeamtin Jenny saß tot in ihrem Stuhl. Ihre Bluse war voll Blut, Maler sah den Griff eines Messers. Ihre Haarspange fiel ihm noch auf, weil einem in solchen Momenten oft die absurdesten Nebensachen auffallen. Eine gelbe Plastikhaarspange, ausgesucht und gekauft bei Woolworth, dachte er.

Im Gebäude herrschte absolute Stille. Maler hatte die Information, dass sich das Zimmer von Daniel Miller alias Daniel Tretjak im ersten Stock befand. Nummer 21, am Ende des Ganges, letzte Tür rechts. Er griff nach seiner Dienstwaffe im Schulterholster, entschied sich aber dagegen, sie zu ziehen. Leise und langsam setzte er seine Füße Schritt für Schritt auf die Treppenstufen nach oben, dann auf die alten Holzbohlen des Ganges. Das Licht war schwach, kam aus kleinen Lampen über dem Boden. Nachtbeleuchtung. An der Wand am Ende des Ganges hing ein großes Ölgemälde von einem Mann mit Jagdgewehr und Jagdhund zu Füßen. Wahrscheinlich irgendein Earl of Winwood, dachte Maler.

Die Tür zu Zimmer 21 stand offen. Es kam kein Geräusch aus diesem Zimmer. Jetzt zog Maler doch seine Waffe, entsicherte sie und näherte sich dem Türrahmen. Vorsichtig spähte er ins Zimmer. Er sah niemanden. Schließlich drehte er sich ruckartig ganz in die Tür, die Pistole in den ausgestreckten Armen.

Im selben Moment erfüllte ein lauter Ton das Gebäude, und Maler erschrak. Er nahm zwei Dinge gleichzeitig war:

Das Zimmer war leer, kein Mensch, nur ein unordentliches Bett. Und: Der Ton stammte von einem Klavier, es waren jetzt auch mehrere Töne. Sie hallten laut und deutlich durch die Räume und Gänge. Das Klavier konnte nicht weit weg sein. Maler erkannte die Melodie: Es waren die ersten Töne der Mondscheinsonate von Beethoven.

Er ging den Gang zurück bis zur Treppe, dann in die andere Richtung weiter. Die Töne wurden lauter. Die Tür des Zimmers, aus dem sie kamen, war geschlossen. Maler drückte die Klinke so leise wie möglich herunter und drückte dann die Tür vorsichtig auf.

Das Zimmer war groß, in der Mitte stand ein schwarzer Flügel. Oben auf der lackierten Fläche lag eine Pistole. An der Wand standen mehrere antike Stühle. Auf zweien saßen Gabriel Tretjak und ein großer, dunkelhäutiger Mann. Das musste der Kinderbetreuer sein. Vor dem Flügel auf dem breiten Schemel saß Malers Assistent Qualle mit seinem lilafarbenen Haarkamm. Neben ihm ein Junge mit dunklem Haarschopf und blassem Gesicht. Er blickte unbeteiligt auf die weißen und schwarzen Tasten vor ihm – und die Finger, die darauf spielten.

Qualle unterbrach sein Spiel abrupt, als er Maler wahrnahm. Er sah ihn an, und nach einem kurzen Moment der Unschlüssigkeit machte er eine Kopfbewegung in Richtung der Stühle und setzte sein Spiel fort. Maler nahm auf einem Stuhl direkt neben der Tür Platz, gegenüber der beiden anderen Zuhörer. Er begegnete Tretjaks Blick.

Tretjak war an Handgelenken und Beinen gefesselt, mit Stromkabeln, soweit Maler das erkennen konnte. In seinem Mund steckte ein zusammengeknülltes Taschentuch.

Während Beethovens wundervolle Akkorde und Töne sich im Raum ausbreiteten, dachte Maler, dass sich niemand, wirklich niemand dieses Wiedersehen mit dem Regler hätte ausdenken können.

Was nun geschah, war der ungewöhnlichste Polizeieinsatz, den Maler je erlebt hatte. Nach und nach kamen die britischen Polizeibeamten in den Raum, mit Helmen auf dem Kopf, die Sturmgewehre im Anschlag. Maler machte ein Zeichen, die Gewehre zu senken. Außerdem schoben sich Kinder in Schlafanzügen durch die Tür, auch zwei Erwachsene, alle verschlafen und ungläubig dreinschauend.

Als Qualle den letzten Ton des ersten Satzes gespielt hatte, senkte er erst den Kopf, um ihm nachzuhören, dann stand er auf und drehte sich zur Tür.

Sofort richteten sich die Gewehre wieder auf ihn.

Qualle fuhr dem Jungen neben sich durch seine strubbeligen Haare und blickte in die Runde.

Dann verbeugte er sich tief.

Als er sich wieder aufgerichtet hatte, streckte er beide Arme nach vorne und sah August Maler an.

»Chef«, sagte er. »Die Handschellen bitte.«

Wurde es dahinten schon hell am Himmel? Maler hatte jedes Zeitgefühl verloren. Der Wagen mit dem verhafteten Qualle war weg, andere Fahrzeuge trafen ein. Spurensicherung, Rechtsmediziner, ein Leichenwagen … Maler stand draußen neben anderen Beamten und dem Betreuer von Daniel, der sich ihm als BB vorgestellt hatte.

»Ich weiß auch nicht, was genau da mit dem Mann passiert ist«, sagte der und zuckte die Achseln. »Er hat mir die Pistole in den Rücken gedrückt, und gleich nach Betreten des Zimmers ist er stehengeblieben und hat die Schlafenden betrachtet. Die lagen da so ineinander gerollt, und Mister Miller schnarchte leise. Immer wieder hat der Typ mir bedeutet, dass ich still sein soll, aber die Pistole hat er nicht runtergenommen. Kam mir wie eine Ewigkeit vor, dass wir so dastanden und Vater und Sohn betrachteten. Zehn Minuten waren es mindestens.«

Er hielt inne und zündete sich die Zigarette an, die ihm ein Polizeibeamter angeboten hatte.

»Wie soll man nach solchen Sachen nicht rauchen.«

Er machte ein paar Züge und schüttelte still den Kopf. Dann fuhr er fort.

»Ob Daniel Musik hört, hat er mich dann gefragt. Ganz leise, ich hab's fast nicht verstanden. ›Ja‹, hab ich gesagt, ›so Sixties Pop.‹ ›Das ist Schrott‹, hat er gesagt und nach was Klassischem gefragt. ›Ja‹, hab ich gesagt, ›aber nur ein einziges Stück, schon seit er ganz klein ist. Die Mondscheinsonate.‹«

BB schüttelte wieder den Kopf und trat die Zigarette auf dem Boden aus.

»Ob es ein Klavier gibt, wollte er wissen. ›Ja‹, hab ich gesagt, ›im Musikzimmer einen Steinway-Flügel.‹«

Maler nickte.

»Und dann sind Sie dorthin?«, fragte er.

»Ich soll die beiden aufwecken, hat er gesagt. Und keine Dummheiten machen, sonst wäre ich tot. Und die beiden anderen auch. So hat er's gesagt. Mit Pistole im Anschlag. Den Vater musste ich dann fesseln und ihm was in den Mund stopfen … Ich hab jeden Moment gedacht, dass er ihn gleich erschießt … oder mich … oder den Jungen … Der hatte einen Blick drauf …«

Maler sah, dass BB plötzlich anfing zu weinen. Er legte ihm die Hand auf den Arm.

»Mann«, sagte BB und wischte sich die Tränen ab. »Spielt der dann einfach Klavier. Wo gibt's das denn?«

Wenig später stieg Maler in den Fond eines Polizeiwagens.

Als er sich in Bewegung setzte, sah er Gabriel Tretjak im inzwischen hell erleuchteten Eingang von Castle Winwood stehen und ihm nachblicken. Maler wollte noch etwas denken, aber da war er schon eingeschlafen.

ELFTER TAG

Castle Winwood, England

»Dein Fußballclub hat schon wieder verloren«, sagte Carola und lächelte, »dein Arsenal London.«

»Die kommen schon noch,« sagte Tretjak. »Wirst sehen. Man muss nur Geduld haben.«

Sie saßen nebeneinander auf der einzigen Bank vor dem Parkplatz von Castle Winwood. Es war später Nachmittag, schon nach siebzehn Uhr. Aber noch erstaunlich warm für Oktober. Sie hatten eine Routinebesprechung mit der Heimleitung hinter sich und einen gemeinsamen Besuch bei Daniel. Carola war aus London gekommen.

»Darf ich dich heute Abend in mein Haus zum Essen einladen?«, fragte Tretjak.

»Was gibt es denn? Pasta alla Cacio e pepe?« Carola sah ihn an. Hatte Catherine Bernard ihr erzählt, dass Tretjak für sie gekocht hatte? Damals waren die beiden noch Freundinnen gewesen. Da wusste man nie.

»Ich habe auch andere Sachen auf Lager«, sagte er.

»Zum Beispiel?«

»Tiefgefrorenes Rinderfilet. Beste Qualität. Hat die Frau gekauft, mit der ich mal zusammengelebt habe.«

»Ich bin nicht so fürs Aufwärmen alter Geschichten«, sagte sie. »Ich habe im Hotel in Dorchester eingecheckt, und dort fahre ich jetzt auch hin. Aber ich mache dir einen Vorschlag: Komm doch morgen früh zu mir.«

»Und dann?«

»Dann frühstücken wir Rolls mit Clotted Cream und Orangenmarmelade.«

»Und dann?«

»Dann gehen wir zu Fuß hierher und besuchen Daniel.«

»Da brauchen wir mindestens zwei Stunden.«

»Genau.«

Die Eingangstüren des Castles glitten auf, und BB kam heraus. Er blieb kurz vor den beiden stehen, schüttelte lächelnd den Kopf und ging zum Parkplatz.

»Er ist größer als sein Auto«, sagte Carola. »Er passt da eigentlich gar nicht rein.«

»Er hat sich den Sitz bis in den Kofferraum zurückverlegen lassen«, sagte Gabriel.

»Hast du das von Mao Tse-tung gehört?«, fragte Carola. Sie stand auf.

»Nein. Was ist mit ihm?«

»Er hat sich das Leben genommen. In einem Hotel in Kapstadt. Läuft eigentlich gegen dich jetzt auch ein Verfahren wegen Theseus?«

»Davon gehe ich aus«, sagte er.

Carola lief zum Parkplatz. Sie hatte ihren Triumph wieder zurück.

Tretjak beobachtete, wie sie davonfuhr.

Dann schaute er zur Sonne. Irgendwie verpasste man immer den Moment, in dem sie die Farbe wechselte.

Jetzt wieder.

Plötzlich war sie orange.

EPILOG

Ground control to Major Tom.
Ground control to Major Tom.

David Bowie war nicht von dieser Welt. Er kam aus dem All und ist auch dorthin entschwunden. Denn auf dieser Welt gibt es nur zwei Arten von Menschen. Diejenigen, die ficken. Und diejenigen, die gefickt werden. Jeder weiß, wo er selbst zu finden ist.

Und diejenigen, die nichts von beidem sind, das sind die Außerirdischen.

May God's love be with you.

Ich bin eingebuchtet, Yo.

Ein paar Quadratmeter und ein Klo.

Weißt du, wieviel mir das ausmacht?

Nichts.

Scheiße ich drauf.

Ich halte alles aus.

Und ich bin jung.

Meine Führung hier wird so gut sein, dass sie alle mit den Ohren schlackern. Die Wärter, die Priester, die Gutachter, die Justizbeamten. So einen netten jungen Mann hatten wir noch nie hier, werden sie denken. Und so einen reuigen Sünder haben wir noch nie nie nie erlebt.

Nur eine Frage der Zeit, dann starte ich wieder.

Ground Control to Major Tom.
Put your helmet on.

LESEPROBE

4

Am nächsten Morgen werde ich von einem Gewicht geweckt, das schwer auf meine Brust drückt. Zuerst denke ich, Frodo und Gesche hätten beschlossen, die Wohnung aufzuräumen, und erst einmal alles, was im Weg ist, auf mein Bett geworfen – kein sehr naheliegender Gedanke, aber ich sagte ja schon, dass mein Gehirn nach dem Schlafen nicht allzu schnell in Schwung kommt –, doch dann steckt das Gewicht mir einen Finger in die Nase und verkündet: »Mamalad!«, und mir wird klar, dass es sich um Hektor handelt. Ich öffne die Augen und erstarre, als ich sein Gesicht dicht vor meinem sehe, blutverschmiert. Dann kapiere ich, dass die roten Flecke Marmelade sind.

»Guten Morgen, Hektor. Könntest du deinen Finger aus meinem Nasenloch nehmen?«

»Mamalad!«

»Ja, das sehe ich. Hast du etwa schon gefrühstückt?«

Heißt das, Alma hat ihm Frühstück gemacht? Mist, das wäre definitiv meine Aufgabe gewesen. Und selbst mein Gewissen, das im Allgemeinen sehr belastbar ist, findet, dass man seine Aufgaben nicht an Siebenjährige delegieren sollte. Noch dazu an Siebenjährige, die einen vor sich selbst gerettet haben. Im Nachhinein bin ich Alma sehr dankbar, dass sie Oliver und mich letzte Nacht rechtzeitig unterbrochen hat. Mit Oliver zu schlafen wäre selbst für mich eine besonders dämliche Idee gewesen.

Hektor lässt noch einmal seinen Schlachtruf »Mamalad!« ertönen und fügt hinzu: »Kissschacht.«

Kissenschlacht? »Nee, Süßer, jetzt muss ich erst mal aufstehen.«

»Kissschacht!«, verlangt Hektor schon deutlich lauter, worüber mein Kopf sich gar nicht freut. Eigentlich verträgt er Alkohol gut, aber vielleicht gehört Wodka Lemon auf Wein in die Kategorie

»Lass das sein«. Doch das ist nicht Hektors Schuld, also gebe ich nach, und wir toben so lange auf dem Bett herum, bis ich ganz wach bin und Hektors Gesicht sauber. Stattdessen klebt die Marmelade jetzt am Bettzeug.

Nachdem Hektor sich bereits am Morgen verausgabt hat, ist er den restlichen Tag ausgesprochen friedlich, was deshalb auch für unseren gemeinsamen Sonntag gilt, den wir auf Almas Wunsch hin wieder am Ausee verbringen. Als wir am Nachmittag zurückkommen, liegt im Hausflur eine Visitenkarte von Oliver auf dem Boden, die er durch den Briefschlitz geworfen hat. Auf der Rückseite steht: »Fand es schön gestern. Hab deine Handynummer nicht. Freu mich, wenn du anrufst.«

Das werde ich in nüchternem Zustand sicherlich nicht tun, und ich will die Karte wegwerfen, aber Alma fragt, ob sie sie für ihre Sammlung haben kann. Seit sie lesen kann, ist Alma ein Buchstabenjunkie und sammelt jeden Fetzen Papier, den sie in ihre kleinen Finger bekommt, also gebe ich ihr die Karte.

Kurz darauf kommt Tim nach Hause – mit einem veritablen Kater. Er sieht zerknittert und müde aus mit dunklen Schatten unter den Augen. Ich wusste es ja, feuchtfröhliche Männerabende sind nicht sein Ding, obwohl er tapfer behauptet, das Wochenende in Hamburg sei wirklich nett gewesen. Ich überlege, ihn zu fragen, ob er einen Lapdance bekommen hat, doch erstens will ich nicht gemein sein, zweitens haben Alma und Hektor, die sich begeistert in seine Arme stürzen, Vorrang.

Während die beiden ihrem Vater von ihrem supertollen Wochenende mit ihrer supertollen Tante erzählen, packe ich meine Sachen zusammen, und kurz darauf brause ich auf meiner Tigerin davon. Ich genieße die Fahrt nach München dieses Mal besonders. So gern ich meine Nichte und meinen Neffen habe, bin ich doch immer auch erleichtert, wenn ich wieder aus Neustadt wegfahre. Familienleben hat für mich stets einen Hauch von Gefängnisaufenthalt, und auch wenn ich das nie zugeben würde: Müsste ich jeden Tag Hektors Trotzanfälle ertragen, wäre ich vermutlich bald reif für die Klapse.

Ich bin rechtzeitig zu Hause, um noch mit Frodo und Gesche loszuziehen. Da ich Freitag- und Samstagabend auf Entzug war, überrede ich die beiden, mit mir tanzen zu gehen. Im zweiten Club lerne ich einen süßen Typen kennen – dunkle Locken, sanfte Gesichtszüge, Oliver ziemlich unähnlich – und nehme ihn mit nach Hause. Der Sex ist okay, mehr nicht, und ich bin froh, dass der Typ sich hinterher verzieht, ohne großes Aufheben davon zu machen.

Anschließend schlafe ich schnell ein, und ich schlafe gut, allerdings viel zu kurz, dann werde ich vom Klingeln meines Handys geweckt. Ich drehe mich auf die andere Seite. Das Klingeln hört auf, setzt aber kurz darauf wieder ein. Ich taste mit einer Hand den Stuhl ab, der neben meinem Bett als Ablage dient, bis ich mein Handy erwische.

»Ja?«

Tim klingt ziemlich gereizt. »Mara, meine Güte, wieso kannst du nicht beim ersten Mal rangehen? Hat Lisa sich bei dir gemeldet?«

Wie immer ist mein Gehirn noch nicht in Schwung und benötigt einen Moment, bis es eine brauchbare Antwort liefert. »Lisa? Wieso sollte sie? Und was geht es dich an, beim wievielten Mal ich an mein Handy gehe?«

»Weißt du, wo sie ist?«

Ich halte das Handy von meinem Ohr weg und blinzele aufs Display. Halb zehn. »Vermutlich im Krankenhaus. Sie hat doch bestimmt Dienst.«

»Hat sie, aber sie ist nicht dort, und sie geht nicht an ihr Handy. Ich glaube, sie ist verschwunden.« Bei den letzten Worten rutscht Tims Stimme höher, und mir wird klar, dass ich Gereiztheit mit Besorgnis verwechselt habe.

Dennoch schüttele ich den Kopf. Auch mit nur halb funktionsfähigem Gehirn erkenne ich, dass das absurd ist. Meine

Schwester ist zuverlässiger als eine Atomuhr, sie ist bestimmt nicht verschwunden. »Woher willst du wissen, dass Lisa nicht im Krankenhaus ist? Wenn sie auf Visite ist, nimmt sie wohl kaum private Anrufe an.«

»Eine Kollegin hat angerufen und gefragt, wo Lisa bleibe. Sie sagt, sie sei heute gar nicht auf der Station erschienen. Und sie ist gestern nicht von der Tagung nach Hause gekommen. Ich habe mehrfach versucht, sie anzurufen, aber ihr Handy ist ausgestellt.«

Ich setze mich mit einem Ruck auf, mittlerweile hellwach. »Sie ist gestern nicht nach Hause gekommen? Und du meldest dich erst jetzt bei mir?«

»Ich wollte nicht überreagieren. Ich dachte, sie sei vielleicht zu einem Notfall in die Klinik gerufen worden, und die hätten vergessen, mich zu informieren. Das ist schon mal vorgekommen. Aber als sie heute Morgen nicht da war …« Tims Stimme kippt, und mir läuft ein eiskalter Schauer den Rücken hinab. »Und das ist nicht alles. Es scheint, als sei Lisa gar nicht auf der Konferenz gewesen. Ich habe Peter angerufen, Peter Stoika. Er hat die Tagung organisiert und Lisa das ganze Wochenende nicht gesehen.«

»Aber sie ist am Samstagfrüh dort hingefahren.«

»Ich weiß, aber wenn Peter sie nicht gesehen hat …«

Ich versuche, einen klaren Gedanken zu fassen. »Meinst du, Lisa hatte unterwegs einen Unfall?«

»Das dachte ich auch, aber Peter sagt, das könne nicht sein. Die Tagung war in Moosbach, das ist nicht weit. Wenn Lisa auf dem Weg dorthin etwas zugestoßen wäre, wäre sie ins Neustädter Klinikum gebracht worden. Peter hat dort nachgefragt. Nichts. Außerdem ist der Wagen auf mich zugelassen, wenn er in einen Verkehrsunfall verwickelt wäre, hätte man mich informiert.«

Tims Stimme wird immer schriller, und mir laufen noch einige Liter Eiswasser über den Rücken. Dann fällt mir etwas ein: der Anruf meiner Mutter am Samstagabend. Lisa hatte versprochen, sie zurückzurufen, das jedoch nicht getan.

Ich werfe die Decke zurück und schwinge meine Beine über die Bettkante. »Du musst die Polizei anrufen, Tim, sofort.«

»Das habe ich schon. Sie haben gesagt, sie könnten erst etwas unternehmen, wenn Lisa mindestens vierundzwanzig Stunden verschwunden ist. Ich solle mich morgen früh noch einmal melden, wenn Lisa bis dahin nicht aufgetaucht ist.«

»Aber wenn Lisa doch schon seit Samstagmorgen …«

»Das habe ich auch gesagt, aber der Beamte hat das nicht ernst genommen.« Tim atmet schwer. »Seitdem habe ich alle möglichen Leute angerufen, Freunde, Kollegen … Keiner hat Lisa am Wochenende gesehen oder mit ihr gesprochen. Was soll ich bloß tun?«

Die verzweifelte Frage löst in mir einen Panikanfall aus. Ich sitze auf meiner Bettkante, presse eine Faust auf meine Brust und versuche, tief Luft zu holen. Ich kann das nicht, schießt es mir durch den Kopf, ich kann keine Verantwortung übernehmen! Ich übernehme nie Verantwortung. Ich bin dafür ungeeignet. Doch dann fällt mir etwas ein. »Ist Alma da?«

»Nein, ich habe sie in die Schule gebracht und Hektor in die Kita. Wieso?«

Scheiß auf ihre kindliche Privatsphäre! »In Almas Schatzkiste unter ihrem Bett müsste eine Visitenkarte von Oliver Breckenkamp liegen. Er bearbeitet bei der Kripo Neustadt Vermisstenfälle. Kannst du mir die Nummer geben?«